ZAODONG

关圣力

著

躁动

中国言实出版社

图书在版编目（CIP）数据

躁动 / 关圣力著 . -- 北京 : 中国言实出版社，
2018.8

ISBN 978-7-5171-2901-1

Ⅰ.①躁… Ⅱ.①关… Ⅲ.①中篇小说—小说集—中
国—当代②短篇小说—小说集—中国—当代 Ⅳ.①I247.7

中国版本图书馆CIP数据核字（2018）第186209号

责任编辑： 史会美
责任校对： 胡　明
责任印制： 佟贵兆
封面设计： 淡晓库

出版发行 **中国言实出版社**
　　　　　地　址：北京市朝阳区北苑路180号加利大厦5号楼105室
　　　　　邮　编：100101
　　　　　编辑部：北京市海淀区北太平庄路甲1号
　　　　　邮　编：100088
　　　　　电　话：64924853（总编室）　64924716（发行部）
　　　　　网　址：www.zgyscbs.cn
　　　　　E-mail：zgyscbs@263.net
经　　销 新华书店
印　　刷 北京温林源印刷有限公司
版　　次 2018年9月第1版　　2018年9月第1次印刷
规　　格 710毫米×1000毫米　1/16　16.25印张
字　　数 185千字
定　　价 39.80元　　ISBN 978-7-5171-2901-1

目 录

目 录

短篇小说

通宵明亮的小屋

其实，生活很不容易。这句话，是刘山对我说的。刘山说这话是在一个晚上，当时屋子里堆着许多人，天花板上两根四十瓦灯管泛着白光。它们永不疲倦，永远保持放光，一旦坏了，立刻就会被狱工换上好的。人世间的夜晚，也许没有任何地方比这个房间里更明亮。人们居住的地方，办公的地方，娱乐的地方，都有开灯关灯的时候，唯独这里只要一到太阳西斜，便要开灯，一直到第二天大亮以后，才会把灯关闭。还有几天就到大年三十了，大家的精神被无望笼罩着，更显得疲惫，每个人都在心里算计自己的事，甚至盼望出个奇迹。打架、偷盗的人，梦想突然被释放，案情严重或不严重的人，凡是身上没有命案，都一起做梦，梦想天降甘霖。自由对生命的价值来说，在这个房间里才显出了珍贵。可我们每个人心里都明白，"突然释放"，仅仅是梦想，对于我们，没有奇迹可以发生。

那天晚上，监房里的人，像往常一样堆在一起，人挨着，挤着，压着，叠着，蜷缩着。还没到睡觉的时间，有人叹息着说：穷忍着，富耐着，睡不着眯着。便歪在墙根下闭眼睛。没睡的人，目光呆滞，额头却因身体被长期束缚，缺少自然的滋养与体能的付出，泛着精力过剩的白光。我坐着，靠在冰凉的水泥墙壁上，仰着头，微微眯缝着眼睛，把目光投向屋顶的角落，那里有圈圈点点的脏污。还有一只干死的蚊子，紧紧扒着墙面，保持着生前的姿势。细看，能看到它随着空气的流动，微微颤动。

　　刘山挨着我，也仰着脑袋看天花板。我们的腿不能伸直，只有蜷缩着，脚下就是别人的身体，甚至是脑袋。监房里的人，躺着，卧着，摊开一片，无所事事的像狗一样，有的睡着了，有的没睡着，散乱堆积在地板上。所有的人，不管曾经是什么阶层的人，在这里，都变得规矩，只能规规矩矩。银行高管紧紧挤靠着拉板车收废品的人，并不嫌他肮脏；习惯说套话的人与流氓对着比赛说最脏的话，然后大家一起笑。人性的本真，在这里畅快淋漓地展示着。屋子人很多，也不安静，有人不停地翻身，有人互相悄声嘀咕。所有这一切，都发生在明亮的灯光下，都发生在我和刘山的目光下。有人假睡，他们很安静地躺着，只松软着身体，挤在人堆里忍着。也有没躺下的，像我和刘山一样，双手搂抱着双腿，脑袋抵在膝盖上，紧紧挤坐在便坑周围。屋里空气不新鲜，暖暖地弥漫着男人的雄性气味儿。房间不大，十五平方米的样子，水泥地板和作为我们床铺的大木板上，很干净，没有一点污渍。每天早、中、晚，都有人用撕碎的衣服擦地板和木板，擦马桶，这是监室里犯人们自己定的规矩。被拘禁时间短的人，擦马桶的次数多。长期关在这里的人，不擦地板，不搞卫生，他们每天监视别人擦地板，还要挑毛病，骂人。即使自己方便过，也要别人来清理便坑里的污物。

刚被送进来的时候，我觉得被冤枉了，情绪激动，根本无法平静下来。我曾扒着铁门上的小窗，大喊冤枉，要求提审，要求他们放我出去。一位年轻的女提审员把我提到审讯室，严肃地对我说：你不要闹了。我们注重事实，不会冤枉任何人，只要查清楚你不是毒贩，会立刻释放你。但现在不行。因为我们掌握的事实是，你的行李箱里携带了大量毒品。然后她说：再闹，反铐了你，关单间。说着话，她和书记员各自拿起一个手电筒样的东西，挨近身边的铁柜一晃，又一晃。我看见那东西顶部与铁柜之间电光闪烁，我听到"啪啪啪"火花爆裂的声音。女提审员漂亮的脸，板得人造冰一样冷、净，没有一丝表情。她说：回去好好想想，把所有的细节想好，老老实实地交代你的问题。

从那天开始，我不敢再叫喊，高压电流通过肉体时，人会非常痛苦，我害怕电击，我怕突然不停的电击会摧毁了我的神经。很多天，我睡不着觉，只能静静地坐着。深夜，监室里的人入睡后，我曾数过被关在这屋里的人，有贼、票证贩子、企业家、诈骗犯、政府官员，还有大学生、小商贩，当然，也有我，我是作家。

被抓进来那天晚上，二十点五十七分，我乘坐昆明到北京的飞机，准点降落。在三号航站楼提取行李时，我非常幸运。传送带刚刚开始转动，我的行李箱第一个就被吐出来。我刚好站在传送带出口很近的位置，看到我的箱子滚出来，我立刻伸手抓住它。后来，被关进这里后，睡不着觉的那几天，我回想提取行李时的过程，寻找哪个地方出了问题。在昆明友谊宾馆里，我把自己的衣服，获奖证书、奖品，还有我给妻子买的礼物装进箱子。然后，一直到机场，行李箱从没离开过我。我渐渐想起来，在我伸手去抓箱子的一瞬间，有另一只手也同时伸向我的箱子，但那只手没抓住箱子提手，然后她放弃了。因为我比她先一点抓牢了箱子，把它甩到我身边的行李车上。那女人歪了头看我，目光有些怪异。我也看她一眼，还笑着点了下头。她没笑，只紧紧盯着我的行李箱，表情显得尴尬，甚至愤怒。那女人身材修长，气质很好，大方端庄，穿戴服饰入时。我什么都没想，也许她看错了，相同的物品很多。

这时，同机回北京的记者田田取到了行李，她把箱子放到行李车上，我们走向出港口。我有一种感觉，不知道是怎么就有了那样的感觉，我觉得有人，不是一个人，紧紧跟随在我们身边，但我不敢肯定人家准是跟着我们。下了飞机的人，都是朝着出港大门的方向走，流水似的。我对田田说，你住朝阳，我住西城，顺路，一会儿租个车，我先送你回家吧。田田笑了说，好啊。

刚刚离开行李提取处，两位穿制服的男女，快步赶上来拦截了我们。那女人揪着我的衣服袖子，强迫我把行李车推到人流稀少的边上。我记得他们说了句：检查！并要我打开箱子。我感到莫名其妙，也很恼火。我说，在昆明上飞机时，扫描过，下飞机又检查什么？无理取闹！他们不听我的话，坚持检查。我很无奈，田田说，让他们看看吧，省得麻烦。我蹲下去准备开箱子还没有打开箱子时，那俩人中一个人的手机突突地震动起来，他看了看手机，突然对女人说，走吧！然后又对我们说，快走吧，耽误你们了，对不起。然后他们迅速地转身离开了。我想发火，这不是故意刁难人吗！可一想人家也没怎么样我，只随便问问，而且还说了对不起。这么犹豫的一瞬，等我站直身子时，已经看不到这俩人。不远处，有几个警察随意溜达着。我以为那俩人去检查其他乘客了，或者感觉我们没有问题，也就没在意，继续与田田一起向出口走去。

到家后，妻子很兴奋，扑在我怀里亲吻，然后拉我去沐浴。我与妻站在淋浴喷头下洗澡，细细的水丝喷洒在我们身体上。妻浓黑的长发被水淋湿后，粘贴在肩头，和水一起流淌在她细嫩丰润的乳房上，散开的发丝，花瓣上的脉络一样伸展开。她赤裸的身体，在水雾朦胧间扭动，性感极了。我的心首先勃起了，紧跟着身体也被她抚弄得蓬勃坚硬，这时，门铃响了。我和妻子没理会，这样的时候，谁来访我们都不欢迎。然而，门铃响不停，后来又掺杂了敲门的声音。不能说是敲门，是在砸门，咚咚咚的声音，很响很重，果断，固执。我意识到有什么重要的事，急忙跑到卧室抓了件毛巾睡衣，穿在身上就跑去开门。妻不快，光裸着身体，从浴室门那里探出头看着我，等着我。我打开房门前，回头看到浴室的门开着一条缝隙，她探出的脸上充满了渴望。妻生命特别活跃。

门外站着四个警察，其中两个手里拿着枪。枪身在楼道幽暗的灯光下泛着蓝色的光，警察帽子上的帽徽也闪烁着光，金色的。四个警察都板着脸，没有任何表情，两只黑黑的枪口同时指向我。突然，一切都显得那么恐怖。面对这样的情况，我不知所措。然后，我就被送到这里来了。虽然我不断地向警察和审问我的人解释、重申，我没做任何坏事，那三包东西不是我的，可怎么会在我的包里，我不知道。但所有人都不相信我的话。

那天，我看到有二十多个人坐在屋子里，沿着房间的围墙坐了一圈。听到铁门响，屋子里的人都转过头看着门。押送我的警察把铁门打开，让出门的位置，示意我进去。我对那警察说，你们把我抓到这里来，一定是误会，我没携带毒品。他板着脸看了我一眼，耸了耸肩膀说，进去！这事你得到法庭上去说明白。听他这么说，我没办法，或许这事真的与他无关。我无奈地摇摇头，往监房里走。我没想到进门还会发生什么事情。可在我即将进门的一瞬间，那警察在我背上，用非常大的力量推了一下。我身体趔趄着扑进监房，绊在一条腿上，又碰倒一个人，然后我扑在地上。

绊我那条腿的就是刘山的腿，我被推进门的时候，他把自己的腿抬起来，绊了我一下。我很清楚地看到，在我站到门前时，他不仅第一个看到了，还很快地调整了坐着的姿势。我想他大约是想在我被推进去的时候，抬腿方便才要调整姿势的。我像一只大虾米，匍匐在地板上，铁门在背后很响亮地关闭了。

监房里的灯光欢实着，小小的屋子里被它照得透亮。随着关门声响的消失，大约静了五秒钟，屋子里的人，突然爆发了夸张的笑声，声音很大，小小的监室被震得嗡嗡响。所有的人都在笑。

现在屋子里的二十六个人，横七竖八躺在地板上，人挨着人，没有一点缝隙。我和刘山俩人就这么坐了许久。我是屋子里的第二十七个人。从出差回到家里那天开始，我一直被关在这里，已经是第二十三天了。我不知道田田是否也和我有一样的遭遇。那天我对刘山说，希望她的箱子是正常的，千万别有我这样的事情发生。刘山看了我一眼说，她大概不会像你这样倒霉。她心细，她的抽屉、箱子总是上锁，在家里，只有我们俩人的时候，她一样要锁起来，她有很多秘密，她说是隐私，不让我看。出差也一样，她的行李箱不仅锁上密码锁，还要再挂个小铜锁。沉默了半天，他自言自语地说，其实，生活很不容易。

听刘山这么说，我猛地觉悟了，我没有锁箱子的习惯。无论是到哪里开会、讲学或旅游，我的行李箱托运时，只拉好拉链，从来不锁。我微微扭了头看窗户。由于屋里亮，窗户那儿里边亮，外面漆黑，只能隐隐约约看到窗户外面竖立着的铁栅栏，再向外，除了一片深深的黑暗，什么也看不见。我不知道，这时外面开始飘雪花。

刘山的话，不算什么，谁都知道生活很不容易。但在这个监室里，在这种失去自由的时刻，这话却像把锥子，能刺疼人心。

在昆明开会期间，我常常想妻子。被关进这里，被冤枉不说，还没有出去的准日子，当然就更想她。抓我那天，四个警察闯进我家时，我的家就像没锁的箱子一样，暴露在他们面前。正在沐浴的妻子，身上挂满了冰凉的水珠儿。因为她从大学时代坚持冬泳，淋浴也一定要用冷水，慢慢地，我也习惯了与她一起洗冷水澡。我尤其喜欢洗冷水澡时抚摩她的乐趣，冰凉的水流下，手掌掠过她微微温热的皮肤，总显得比平时的抚摩更性感，这样的时候，她的身体总是快速传递给我爱的信息，让我膨胀。水雾喷洒中，还能闻到她身体散发出的淡淡的香味儿。每当这样的时刻，我总是耐不住冰凉水流的冲击，紧紧搂抱妻的身体，把她当成温热的导体。妻说这时我的搂抱，极其有力。

我不知道警察们是否看到我妻子的身体，但我相信，他们一定看到了。那四个警察是用枪把我逼回房间的。他们把我围在中间，大声斥责我，逼迫我打开行李箱时，我想穿件衣服，却没得到允许。一个警察说，打开箱子！他把手中的枪，用力指了指我的提箱。妻在浴室门那里探出半个身子，看到了这情景，惊叫了一声，迅速缩回头去。只过了几秒钟，妻子便用浴巾挡住胸前和下身扑出来，飞进了卧室，浴巾的边角，蝴蝶翅膀一样在空气中飘飞。她后背上的水珠，在灯光下闪烁着晶莹的光。我敢肯定，在这一瞬间，那四个警察看见了我妻子的身体。因为妻飞奔着跑向卧室时，四个警察的眼睛，并没有看着我，他们突然都不说话了，脑袋向妻子奔跑的方向转去，只把枪口对着我。空气像凝固了一样。

屋子里静静的，时间凝固了一会儿，只一会儿。当妻子丰满圆润的屁股消失在卧室门里时，有个警察呵斥我：这是你的箱子吗？他的声音不像刚才那么响亮，明显地嘶哑了，却严厉了许多。我说，是。箱子里有我带给妻的礼物，还有我此次获奖的证书。我的箱子这时还没打开，妻子也没给我打开它的时间。

另一个警察用很大的声音命令我：打开！把箱子打开！！

我虽然披着睡衣，但在陌生人面前，感觉像赤身裸体一样。我说等我穿件衣服好吗？一只枪口往我的脸前探了探，然后指向箱子。我无奈，只好蹲下去。箱子打开后，我看到里面除了我的物品外，还有三个包装得十分精美的小包。一个警察拿起其中一个小包，并撕开了包装。包里是两个安全套，装着白色粉末。我立刻猜到那是毒品，心便缩紧了。我对警察说，这不是我的箱子。不，不，这是我的箱子，但这几包东西不是我的。警察们不再说什么，那位说话声音嘶哑的警察，突然用力把我双手背到身后，给我戴上了手铐。他嘴里说着，老实点！不是你的东西，怎么会在你的包里？手铐在刚刚沐浴了的我的手腕上，冰凉极了。我看到妻给我戴眼镜时流出了眼泪，她问我，为什么？我摇摇头，我说，我也不知道为什么。妻为我穿衣服时，那几个警察一直看着她。

我无法说清楚我箱子里的事。真的说不清楚。确切地说，是我的箱子里多出了东西，而我又一口咬定那不是我的东西，警察们不相信。我被带回警察局拘留后，他们不断地提审我，最多的一天竟有五次之多。

每次回到监室，室头就对我说，这么频繁地提审你，你的事大了，八成要公诉你判你，绝不是拘留了。有时候，他还给我一支烟抽，当然，他也给刘山烟抽。监室里的人是严格分等级的，室头、刘山和我属于头等，还有二等、三等，随时抓进放出的是最下等。如果没有刘山，我大约是不能抽上烟的三等以下的人。室头给我的烟是好烟，很贵的那种，即使是在外面，能抽得起这种烟的人也不多。我曾经问室头，进来时，我牛仔裤上的铁扣子被剪掉收走了，细细的鞋带儿也要抽去，一张纸片都不可能带进来，这么贵重的烟，你怎么能弄进来的。他努努嘴，示意我看一个头发花白，满脸端庄的老家伙说，他的。有人给他送进来的。我转头去看那人。那老家伙向我笑了笑。他的笑很无奈。他的烟，却不给他抽。我弄不明白监室里的事。

我们吐出的烟雾在屋子里弥漫，这时能听见有人用劲吸气的声音。这样的时候，监室里所有的人都看着我们，眼睛里放射着贪婪和渴望的光。有人甚至站起来，假装活动活动坐疲惫了的身体，其实是故意走近我们三人坐的地方，挨近我们头顶上那个小窗户，因为烟雾只能从那个小窗户向外飘散。他们走到窗边，用力呼吸沿着窗户向外飘散的烟雾。没站起来的人，也都是把头扭向我们，鼻孔张开得很大。

我对室头说，我是被他们冤枉了。箱子里那些东西真不是我的，可那几包东西怎么进了我的箱子，我也真说不清楚。室头说，所有被关进这里来的人都这样说，谁敢承认自己是毒贩啊？瞧你这模样，倒不像毒贩。可光瞧人的外表，是瞧不出来好坏人的。你瞧那老小子，不像坏人吧？可都进了监狱了，还有人给他往里送烟贿赂他呢。你知道他多大的案子吗？一千多万，有存款，有现金，还有外币。三四年的工夫，哪里来那么多钱，他也说不清楚。他可是经常在电视上做报告的人，你说他是好人还是坏人？凡是出了事的人，都说不清楚。你要是真没做，那你跟我一样。我也说不清楚自己的事。不一样的是，你那事要是查实是你干的，就你箱子里那货物的分量，能把你贴墙上[①]。我的事，即使是真事，顶多判三年以上七年以下，可我自己说不清楚，要能说清楚，我出去就告他们违法超期羁押，还得申请赔偿呢。

　　你进来多少天了？能把自己择清楚吗？我告诉你吧，要真的不是你贩毒，就得等真贩毒的家伙犯了事被抓住，他还得肯交代你箱子里的这件事，以图立功轻判，你才能被释放出去。你自己无法证明自己清白，警察凭什么相信你。这么说吧，那家伙要是到死都不说出真相，你的事还就没戏了。你说你没贩毒，你就必须提出自己没贩毒的证据。别忘了，人家可是抓了你现行。

　　刘山说，能说清楚的事就是打伤人和强奸！鲜血淋漓，折胳膊断腿，这种事你无法狡辩；强奸，验你的精液，你说什么都没用。

　　刘山是因把人打伤了进来的。他用砖头拍伤一个俄罗斯人，

———————

① 指死刑犯的判决书贴在墙上。

头部骨折，额头外伤，生命也有危险。那人至今还在医院里抢救观察。

监室里除了我，还有几个比我晚来几天的家伙，他们或是斗殴轻微伤人，或是偷东西，贩票，按照狱警的说法，他们一般是十五天拘留。其他人最少都在这间屋子里关了四个月。这个时候，是监室里最自由的时间，谁都可以讲讲自己的亲身经历，讲笑话也行，只要能让大家开心。

谁要讲都可以，他们说这叫言论自由。但有一个条件，讲完了大家要评判，不精彩的故事，没有个性的亲身经历，被认为是耽误时间，影响大家情绪，要惩罚。怎么罚室头说了算，惩罚人的方法有很多种。

譬如一个入室行窃的大学生，进来的第一天，交代自己背景时说，自己家祖辈都是农民，他这一生最大的理想，就是能找个坐办公室的工作，当个公务员什么的，从此不再面朝黄土背朝天，给家族争光。于是，为了满足他的愿望，每晚空闲的时候，室头就让他"坐办公室"。"坐办公室"就是在监房中间那小小的空地上，骑马蹲裆式蹲着，这样的姿势，很像坐在办公桌前。做的人，两只手要举在面前像拿着报纸的样子，每隔几分钟，还要像模像样地翻翻页，不时地放下报纸拿起边上的茶杯做喝茶的样子。这么做的时候，一定要做得一丝不苟，"坐办公室"有两项任务，一个是无所事事，"看报、喝茶"；一个是"做报告讲话"。表演"做报告"时，还要表演把手指的关节弯曲起来，先敲敲"麦克风"，再咳嗽两声，然后说，安静，大家安静了，现在开始开会……

这是监室里最快乐的时候，大家都很开心，爆笑啊，根本不像是在拘留所的监房里，即使是被惩罚的人，被罚做表演的时候也十分快乐。大家忘乎所以的气氛达到高潮时,室头会发出命令:单号,嚓眼睛。听到室头的命令,被编为单号的人,就会抱住身边双号的人,把嘴吻住他的上眼皮使劲嚓。一会儿,所有被嚓了眼睛的人,上眼皮通红,微微发肿。有时候室头高兴了,还要换过来嚓眼睛,双号的便有了报复的机会。这样,屋子里除了室头,刘山和我三个人外,眼睛全部红肿。自虐和互虐,使大家暂时忘记了被束缚的烦恼。监室里另一项娱乐活动,就是模拟审判。说真格的,别看这帮家伙都是流氓、骗子、嫖客、贪污犯,他们很懂法律的,假装法官和律师时像真的法官和律师似的,互相量刑也挺准。只要你说的是真话,最后法院的审判结果,基本会与他们说的差不多一样。

我的事就是个证明。几乎所有的人,狱警、提审员、看守等,都认为我是罪犯,只有这屋子里的头儿,还有刘山,说我是被冤枉了。我与室头儿是同病相怜,自然彼此开脱,说说开心的安慰话。可刘山却是实实在在的伤人犯,被他打伤的外国人,至今躺在医院里昏迷着。那人要是死了,刘山最轻也是过失杀人,判个无期,不死更麻烦,判刑不说,还得赔偿人家损失。可刘山根据我说的情况,仍然断定我是被冤枉了。多好的人啊,虽然我刚被关进来时,他用腿绊摔了我,但后来我知道,他还是蛮好的人。

刘山说,我用砖头拍那人,也不能都怨我,是那人先踢了我一脚,让我在市场里出了丑,我才下了狠手。刘山说,我就用皮尺比画着量了量一个胖女人的屁股沟儿有多深,他就从我背后狠狠踢了我一脚,把我踢了一个滚儿。那人的脚大啊,足有四十七八码的样子,穿的还是皮鞋。作家你说,用那么大的脚踢我屁股,这孙子是不是欠抽?!他把我踢得太疼了,我豁出去抵命，也不能输给他！刘山说，我是服装贩子，我拿皮尺量女人身体不是很正常吗？我不是为她们买到手的衣服更合身吗？再说，我不就量了量那娘们儿的屁股沟儿吗，还是隔着她的裙子比画，根本没挨着她的肉，就那么使劲踢我？他们自己人不是见面就抱在一起嘛，咱们为他们服务都不行？

刘山这么说的时候，特气愤。其实他的做法，不是什么大错，顽皮得过火而已，有点流氓嫌疑。人家几个洋女人，在服装市场里转悠，东看西看，转到他斜对面的服装摊位时，一个很胖的俄罗斯女人弯了腰看摊位上的服装。那女人不是一般的胖，很胖，像一个肉屏风。刘山看着那女人，没有量人家屁股的想法，嘴里喊着这边看！这边看！洋女人们没理他。边上一个摊位的女摊主对刘山说，瞎喊什么，你累不累啊？瞧见女人你就犯劲来精神！肥瘦高矮的就不能分一分，可爱的你可以爱爱，这么肥的你也喜欢？

刘山说，卖东西嘛，吆喝吆喝，我出出火。你不知道我媳妇出差，去云南开会了。我想她了啊。刘山说着话，就看那俄罗斯女人。果然，那屁股不是一般的屁股，肥厚，宽大，把一条丝绸材质的花裙子绷得紧紧的，屁股沟儿都显露出来了。边上的女摊主说，咋样，够不够肥？

平时大伙都这么开玩笑，今天也一样，女摊主的话把大伙都逗乐了。刘山来了情绪，也许是他命催的，他随手扯了挂在脖子上的皮尺，悄悄靠近那几个洋女人，在那个最胖的俄罗斯女人后面，抻着皮尺比画人家的屁股沟儿。所有的眼睛都看着刘山手上的皮尺，看着胖女人丰满的屁股。

谁也不知道，几个俄罗斯男人从通道转过来，刚好看到这一幕。刘山正弯了身体，撅着屁股，俩手一上一下地扯着皮尺，在那胖女人屁股那儿比画。突然，他大叫一声，滚倒一边。

刘山跟我讲述这过程时，把我笑坏了。他说当时我躺在地上，屁股生疼，肛门被撕裂了一样，火辣辣的。我趴在地上扭头看，想看看是什么东西把我给放倒了。他说，那男的，两米多高，大白胖子，特壮实，铁塔一样站在我面前。跟他一起的几个人也都不矮，几个人站在那儿，一堵肉墙一样。我知道他为什么踢我，我刚不是量了人家女人的屁股嘛。我捂着屁股站起来，看了看他们，也看了看我自己，我才到那人胸脯那儿。几个摊主看闹出了事，赶紧围上来跟人家说好话。我瞧了瞧几个人，没言声，可我心里不服。都说外国人幽默，全是胡说。我当时就是悬空比画比画，根本没敢挨着那女人的屁股。这不是玩笑嘛，可他这么狠地踢我，我捂着自己的屁股下了决心，非给小子来点厉害的手段尝尝不可，让他知道知道中国爷们儿不是好惹的！

说实话，刘山是个汉子，别看他身材不高，还黑瘦黑瘦，但确实有股子男人样，瞧着就硬实，说出的话都带着狠劲儿。刘山说，我一点不后悔，我媳妇也是这么拍来的，其实，生活很不容易。

我说你下手太狠了。要是把她爸爸拍死你怎么办？刘山听我这样说就笑。他说就我长这模样，手不狠，心不狠，能娶上那么漂亮的媳妇？我跟你说，你想不到我媳妇有多漂亮，对了，我媳妇至今不知道是我用砖头拍伤了她爸爸，把她爸爸，就是把我岳父送进了医院。要不是她爸爸躺在病床上，一个劲地夸我好，她肯下嫁给我？连我自己都不信。哎，你出去可别把这写成小说。

监室里的灯光彻夜不熄，把屋子里照射得亮如白昼。在这里，所有的事情，都发生在光天化日之下，谁也没有隐私。白天的时候，阳光可以从高高在上的小窗口那儿射进来，虽然只有瘦瘦的一束，虽然它不能覆盖了室内全部面积，却可以扫射着让监室里充满光亮。到了晚上，太阳刚一偏西，那束阳光便躲开了窗口，不再给我们温暖和亮光。每到这个时候，就是监室里开灯的时刻。然后我们所有的人，都坐在墙边，背靠着墙壁坐成一圈。我们很随意，有的人把腿伸出去，直直地指向屋子中央。有的人蜷缩了双腿弓着背，有人伸直腿背靠着墙，把胳膊抱在脑后，瞪着眼睛，眼光像伸出去的腿一样，直直地看着屋子的中央。常常可以听到叹息声和自言自语般的咒骂声。没有人说话，大家都沉默着。几乎所有的人，心里都盼望着这个时候监室的门会打开，狱警把谁提走，或者把哪个倒霉蛋送进来。然后我们会议论被提走的人会被审问什么事情，商量着给他判个什么刑。要是有被送进来的倒霉蛋，快乐就来了，我们让他"坐办公室"，让他"做报告"，让他使套话讲外面的大好形势。几乎整个晚上，我们都会兴奋着，直到睡觉。

我进来的那天，第一眼看到的就是这样的场面，然后，他们差一点把我当成了那天晚上的快乐。

我被刘山伸出的腿绊倒后，我的眼镜摔掉了，我先是撞击在人身上。被我撞到的人，就是那个花白头发的老家伙。他当时半蹲在屋子中间的地板上，两只手张开伸向自己的面前，仿佛在看报纸。我撞在他身上，我们一起摔倒。屋子里很静，却很明亮。我匍匐在地板上，抬起头找我的眼镜。没有眼镜我什么都看不清楚。当时我根本不知道，眼镜是无法找到的。我的眼镜，离开了我的眼睛后，很快就被人藏起来。他们对干这种事配合得非常默契。我左顾右盼寻找眼镜时，屋子里所有的人都笑。有人问我，你瞧什么瞧，找死啊你！我说我没找死，我找眼镜。他们又大笑，说，你的眼镜？眼镜是什么东西，你是什么东西。戴眼镜干吗，你就一个流氓，又不是教授、作家，弄成个知识分子样，给谁看啊。哈哈……他们笑过以后，就七嘴八舌地骂脏话。

那天，我很生气。我坐起来，把屋子里的人看了一圈，虽然没有眼镜我看不清楚，但我还是认真地把这些人看了一圈。没人理我，更没人把我的眼镜拿出来。我只好站到刘山面前，对他说，把我的眼镜还给我。刘山仍然坐在地板上，他抬头看着我，不说话，好像挺无辜。

我感到这小小的空间，是魔鬼的世界，充满了邪恶，太他妈的黑暗了，屋子里所有人都是妖魔鬼怪，我眼睛看到的一切，一切的事情都颠倒了。突然，我开始恨我自己，也恨那个在我旅行箱里放东西的家伙，要不是他（或她，或他们）把那东西放进我的旅行箱，要是我下飞机时迟一些，不急着去取行李，我的箱子被那个女人先一步拿走，我可能只是丢失行李的损失，绝对不会被关在这里。那个准备提走我箱子的女人，一定知道我的箱子里的秘密，那三包东西，一定是他们的同伙放进去的。

我用手揉了揉眼睛，想找个地方坐下。就在这个时候，那个被我撞倒的家伙站起来，在我还没有彻底看清楚他的时候，就把一个非常响亮的嘴巴甩到我脸上，然后在另一边又是一下。我捂着自己的脸，看着他，他的头发都斑白了。我不知道他为什么打我，而且这么狠。老东西站在我面前，面带微笑，满脸慈祥的样子。突然他抓住我衣服的领子，摇晃着问我：你什么职业？为什么进来？

我很生气，脸上还火辣辣地疼，心说我做什么职业你管得着吗，我看着他，想是不是回答他的问题。三秒钟，真的仅仅过了三秒钟，老东西那只空闲着的手，又一次打在我脸上。我听到自己耳朵里嗡嗡响，脸皮热得像燃烧起来一样。

说！你什么职业？为什么进来的？不说？不说我他妈的还打你！老东西咆哮着。

平白无故地被人打耳光，我觉得很荒唐，也无奈，我捂着脸说，我是作家。去云南开文学发奖会，回北京时，被警察从我的箱子里搜出了毒品。我以为说过以后，老东西就会放过我。可我没想到，我的话刚说完，耳光便雨点般打过来。他揪着我的脖领子，左一下右一下地打着，嘴里还骂着：你他妈的是作家？还是作家？作家你进监狱干吗？嫖了？偷了？贩毒了是吧？王八羔子，不会干点正经事！你还贩毒！我让你贩毒！我让你是作家！啪！啪……他大约要这么打下去，直到他的手疼，直到他没有了打人的兴趣。

可他没能继续下去，我听到刘山喊了声：停！

刘山抬起头看看我，然后他问我，你是作家？去云南开文学发奖的会？我说是。刘山说你认识田田吗？《新文学报》的记者。我说认识田田。我低头看着刘山说，我们一起在云南开的会，回到北京时，因为顺路，还是我送她回家的呢。你也认识她？

刘山没说话，慢慢站起来。老东西已经松开揪着我脖领子的手，和我面对面对峙着。我不知道刘山要干什么，心想他会不会也像这老东西一样呢？这么想的时候，刘山用胳膊轻轻把我往边上拱了拱，然后猛地把胳膊抡起来，巴掌狠狠地抽在那老东西脸上。他嘴里还骂着很难听的话，他盯着那老东西说，你要翻天啊！你打他干吗？这屋子里轮到你了吗？作家怎么了？没有作家你他妈的上哪儿去听故事？刘山的手掌不断地抽在那老东西的脸上，听声音比老东西打我要狠多了。每一个耳光都啪啪地脆响，声音像屋子里的灯光一样四散开来，让人感觉到恐怖的快乐。屋子里的人都静静地看着，没人参与，没人阻拦。反倒有人大声喊着怂恿刘山：打！狠狠地抽他！老家伙不敢躲开刘山的抽打，只直直地站在那里等着手掌甩在他脸上。

大约刘山打累了，喊了声：跪下！

那老东西咚的一声跪在木板上。我尴尬地站在一边，不知道怎么应付这样的局面，不知道是否应该阻拦下刘山，毕竟这老家伙像刘山打他一样打了我。老东西没有一丝一毫的善良与同情心，而我与他无冤无仇，甚至从来也没见过面。刘山这么打他，我感觉心里平衡了些。

老东西在刘山面前跪下后，我以为这事就算完了。可没想到，刘山抬起脚狠狠地踹在他的胸口上，喊了声：跪马桶边上去！说着话，他把自己的鞋褪下来一只，甩到老家伙面前说，抽自己二十个嘴巴！

我看到那老家伙的头颤抖着，灰白的头发在灯光下闪烁着亮光。他拿着刘山的鞋，爬着跪到木板下面的水泥地上去了。那个墙角，安装着一个蹲式厕坑。老家伙爬到那里跪好后，转了头向后看着刘山说，我不敢了，求求您，饶了我吧！我不知道他是田田的朋友啊。别打我了，我要是能出去，我会恢复职务的，我有权力啊，我好好孝敬您，您有什么难事，我都给您办，饶了我吧，别打了。要不，我还给大家接着表演"坐办公室"吧？

刘山没理他，只转头拍了拍我的肩膀说，误会了啊刚才。你打他，你愿意怎么打就怎么打。这里我说了算！说着话，他看了看室头儿。室头儿说，打！

我说我的眼镜呢？这时，我看到有人把我的眼镜递给刘山。刘山把我的眼镜接过来看了看，说，没坏。他又揪起自己的衣服下摆，把眼镜擦了擦递给我说，田田是我老婆。

我没打那个老东西，我不会打人。我拿着我的眼镜，找了个地方坐下，揪着衣服角儿擦镜片。这时边上的人悄声告诉我，田田是刘山的老婆，要不是这样，你今天可要惨了，你进来前，他正因为自己的事烦恼呢。

由于有了田田的关系，刘山成了我的朋友，监室里没人敢再欺负我。但没完没了的提审，没有结局的关押，把我折磨得够呛。总是那位年轻的警察，我归她审理，她曾经创造了一天提审我五次的纪录。几乎是我刚被书记员押解回监室坐下，狱警就喊我的号提审。每次她都向我提出相同的疑问，每次我都重申我的清白。虽然她年轻，漂亮，穿着警服显得更精神，但在她的问题前，我厌恶极了。她说要我把案件里所有的细节弄清楚。有一次，就是那天她第五次提审我时，我忍无可忍了，就对她说，细节不是过程，而是人物独特的心理、行为和事件发生时的关键场景。而你问我的问题，也是我想弄清楚的事情，我也想知道那东西怎么会在我的行李箱中。我是被陷害了。我冤枉，冤枉！你知道吗？

听了我的话，她居然笑了。她的牙齿整齐白亮，非常性感。

第二次看到她的笑，是我被关进监狱的第四十一天早上。我刚坐到专门为犯人预备的椅子上，她笑了，然后对我说，你的头发太长了，出去理理发、刮刮胡子再回家……

笸箩婆

笸箩婆因坐笸箩得名。

每到夏时，人们都到外面乘凉，小板凳，藤躺椅，一搬就打开的钢丝床，躺的，坐的，靠的，什么样的都有。凉风吹来，或不凉的风吹来，人们都觉得身上痛快，心里也舒坦。

笸箩婆却从来不坐凳子什么的。她坐在一只笸箩里，一只很大的笸箩。她盘腿坐在笸箩里面，前边还放着一只笸箩，里面装着各种针线活。后来笸箩里是放她的小孙子。她很爱自己的孙子。常见她佝着身子，用手轻轻扶着小孙子，嘴里唱着："小小子，坐门墩儿，哭着喊着要媳妇儿。要媳妇干什么？点灯说话儿，吹了灯做伴儿。"唱着唱着她就笑了，满脸的皱纹更深了。有时她就哭，哭得很伤心，泪流满面。哭归哭，她总是把小孙子紧紧地搂在怀里，眼泪流到小孙子嫩嫩的脸蛋上，她便用粗糙的大手去抹自己的老脸和孙子的小脸。嘴里还不停地叨唠："媳妇，唉——眼下这些媳妇呀。"她长叹几声，似乎吐出了心里的不痛快，又干号几声，便继续唱起来："……打卤面儿，拌醋蒜儿，不吃不吃三碗半儿。"老人们都唱"两碗半"，而她唱三碗半。因为她自己每顿饭都吃三大海碗面条，她希望小孙子比自己吃得多。可是儿媳妇却因此而嫌弃她。

笸箩婆吃得很多，顿顿如此。她身高体壮，两只脚足有四十二码，走起路来噔噔响。七十多岁的人了，不咳不喘，五十斤米从粮店扛回家，路上还要肩着它停下来几次和熟人说话。一到家她便脱了小褂，赤裸着上身出来进去地干活。两只干瘪的奶子像居家小媳妇千针万线纳成的鞋底子，蔫蔫地挂在胸前，一走路就滴里搭拉地左右乱晃。她不怕羞，年龄老啦，没人稀罕。不像年轻时那般能逗得人眼出火似的丰润，谁都想伸爪子在上面捏弄捏弄。她自己也不稀罕，年轻时用它挣饭吃时的得意劲儿早没了，总觉得它碍事，干活时不方便。她每天要干许多活儿，烧水做饭带打杂儿，家里所有的活儿她全包了。有时她觉得自己不是母亲、奶奶，而是被雇用来的保姆。就是保姆也没什么，反正是为自己的儿孙们当牛做马，她乐意。可是儿媳妇却嫌她脏，整日里拿话捏弄她。

笸箩婆不是老北京人。解放前二十多年，她和一个又瘦又小的男人来的。她挑着一个担子，两只大筐装满了破烂家什。一走路那扁担便颤颤地发出"嘎吱嘎吱"的响声。那男人走在她身旁，有时得跑几步才能跟上。他们在靠城边的营房里住下了，在一个不大的小院里租了两间小北屋。那两间屋被挤在旮旯里，很黑很破，原先没人住。

时间不长，他们开始做煎饼。笸箩婆摊那男人卖。很薄很黄很香的煎饼，买的人挺多，都说好吃。还有人说："这才是纯粹的山东煎饼。"后来有了点积蓄，那男人便挑个小挑到街上去卖。笸箩婆更辛苦了。她三更起身摊煎饼，那男人睡觉起来挑到街上去。天亮后笸箩婆在门口卖，她没有闲下来的工夫。

笸箩婆年轻时不难看，她不留纂儿，短发齐肩，摊煎饼时一绺头发散落在额头，遮住右眼，轻拂着她红扑扑的脸蛋。她爱唱小调，爱笑，常一个人偷偷地笑。

几年过去了，那男人忽然打了笸箩婆。开始没响动，只在笸箩婆脸上能瞧出点变化。今天乌眼儿青，明天猪嘴唇。笸箩婆不唱也不笑了，眼睛里总汪着泪。湿润润的挺可怜。

一日他们打到了街上。笸箩婆是号叫着从大门里蹿出来的，没跑多远，她便被那惊了的儿马般的男人抓到了。那男人一个蹶子把她撂倒在地，然后他骑在笸箩婆身上，破口大骂，"你这个吃枣不吐核的骚货！""老子打死你！王八蛋！"他挥舞着一根很粗的擀面杖，狠狠抽打着躺在地上翻滚的女人。他的擀面杖下去，打到哪儿算哪儿，从不手软，也不心痛。他特别喜欢打女人丰肥的屁股，不停地打，那两块又肥又有弹性的肉，在他的杖子下颤颤地抖动，他便笑，打得也就更欢。笸箩婆强忍着，躲闪着，只有哭的份儿。她用自己强壮的身体，承受着那男人没头没脑的毒打，仿佛是在赎罪。夜晚还得忍着痛苦，把男人搂在怀里，赔上许多温柔和笑。

"滚开，臭母猪！"

"我成，真的成。"

男人不出声，伸手抄起了烟袋锅子。笸箩婆赶忙给他装上烟，手再抖抖地把火捧过去，男人靠着墙，两腿弯曲，泥胎般地抽着烟，烟锅的小亮儿在黑夜里一闪一闪，她便猫一般温顺地偎在他的胸上，扒着男人的肩，等着。男人抽完烟，不说什么，只把烟袋望边上一扔，便猛地把她拎到身下，两只枯瘦粗糙的爪子便按在她耸挺着的乳上，发狠地揉搓。听到女人喉间发出了点响动后，他的手便沿着她那散发着旖旎春光的肉体上的曲路走了去。筐箩婆许是被打得紧迫了，恨不能立刻就给他怀上一个崽。

筐箩婆睡不着，便想起在家乡头一回做那翻天覆地的事情时的光景，想起在家背着爹妈呕吐，吐得她翻肠倒肚，觉得世上的一切都在旋转。她变了。胯骨大起来，乳房鼓胀胀，把衣服支出老高。这变化瞒不过爹妈，爹妈先是用狼眼一样发出的绿光把她看了又看，接着便像捆猪似的捆起她来。好一顿毒打，天地都昏暗了。第三天夜里她逃出家门，带着遍体伤痕，跌跌撞撞跑出了自己家的破土屋，横一横心，出了村。她越过贫瘠的黄土地，躲过那片瘆人的乱葬岗，气喘吁吁地扑进邻村，敲响了那人的家门。门像天堂之门一样对她紧闭着。许久，门里响起了男人粗重的呼吸声，门缝中窸窸窣窣地响着碎声儿，塞出一个破布包，里面是几团煎饼两个馍。她摸到了那只颤抖的手，发了狠地紧抓着。然而，那手……那男人长满老茧的手，那曾摸过她身体的手，缓缓地有力地抽了回去。门里静得没有一点声音，门外只有筐箩婆自己的抽泣声。秋夜的凉风徐徐吹来，撩弄着筐箩婆披散的头发，轻轻抽打她的脸蛋。

怎么会是这样呢？筐箩婆的头脑僵死了。她靠在那扇破门板上，总觉得是靠着那人宽厚温热的胸脯。她想撞进去，就死在那里，紧挨着那怦怦跳动的心脏，她为自己的想象迷醉了。

鸡叫了，狗咬了。她害怕了。爹妈的心太黑，打，总往她的肚子上打。好像那儿是罪恶的渊源，他们是借了神圣的力量要将它打碎。打碎了，世上就纯了，善了。筐箩婆一跃而起，跌跌撞撞扑进黑夜之中。第二天夜里，她终于昏倒在一条小河边。鲜血洇湿了身下的土地。她醒来时，看见一个又瘦又小的男人蹲伏在身旁，把一个馍举到她的嘴边。不远的地方扔着两个大筐一根扁担。

这就是筐箩婆的男人，现在躺在她身边的男人。他知道啊，可为什么……

筐箩婆哭出了声。她爬起身，边摊煎饼边掉泪。

没过多久，那男人挑着挑儿跑了，带走了家里所有值钱的东西。剩下筐箩婆孤苦伶仃地活着，她想起了家乡和邻村那人。她想回去，又怕爹妈不饶。筐箩婆伴着思乡的愁苦，独居的寂寞，心里装着看不见摸不着的一点光亮，强打精神，挣扎着熬时日。她卖煎饼，她要攒钱，她的心还没被黑暗的东西压死，那里还残存着属于人的本能和每日都刻毒地折磨她的欲望。

可是自古以来，寡妇门前是非多，筐箩婆活得孤独却不清静。闲人们来买煎饼时，慢慢就搭上了闲话。

"嗨！这儿煎饼可是真香。"

"敢情，跟别处的就不是一个味儿。"

"那是啊。您把钱往这一扔，甭吃，闻闻味儿就值啦。您瞧人家是什么人呀！"

"就是干点儿，要是再来碗稀的，啊……"

闲人们大笑。筐箩婆一声不吭，只低头卖煎饼。最难对付的是媒婆，她们大有不把筐箩婆嫁出去决不甘心的劲头。筐箩婆思前想后，终于没答应。

可是那事到底让人给做下了。

王老五是个不争气的穷人，自幼没了爹妈，成人后也没娶过媳妇。他靠卖力气吃饭。今儿个抬杠，明儿去拉洋车。出足了臭汗挣俩子儿。没焐热乎就换了酒喝。三十啷当岁的人了，就没吃过一顿正经饭。

那天，往城外送走了一个死鬼，回来时天就擦黑了。西北风吹到人脸上就跟小刀子割肉似的。哥儿几个怀里揣着苦主家给的钱，肩上扛着抬棺材的杠子，一人弄了一脑门子白毛汗。到了朝阳门外大街，他们把东西送回杠房，哥儿几个拱拱手，道声"明儿见"，便各自回家了。

王老五没有回家。唉——他那四个旮旯空的破窝！一盘塌腰裂缝的土炕冰凉棒硬不说，那床开了花的破被油腻得打弯都费劲儿。有时还从里边窜出只拃来长的耗子。这也叫家？王老五要不是喝醉喽，在自己心里笼上一炉火，回去也得冻挺了尸。

他出了杠房，往西走不远，就进了路南边的荣盛家酒铺。要了一壶酒，一盘羊杂碎，半斤酱驴肉。屁股落座，三盅白干儿酒已经入肚。吞进一大箸羊杂碎后，王老五正把筷子伸向那切得薄如草纸的驴肉时，听到有人唱他：

王老五，王老五，
你的命儿真叫苦。
衣裳脏了没人洗，
袜子破了没人补。

这王老五不是头回听到。照例，他咧咧嘴，晃晃秃脑袋瓜，长叹一声，"唉——"便又端起了酒壶。

喝酒的人哄堂大笑。

王老五一仰脖喝光了那壶酒，又喝光了第二壶，第三壶，扔下大半盘驴肉，前额闪着紫光，骂一句："王八蛋，王八蛋！"晃晃地站起来。人们大笑，喝酒，吃肉。

王老五没有回到家，他晃晃地走着，漆黑的冬夜里只有他那两只眼睛发出点亮来，照见了自己眼前的一点路。走着走着，他忽然闻到了煎饼的香味，木呆的脑子便醉啦。他一拐，便伸手去推那扇破门。门开了，他便晃晃地走进了院子，直奔笸箩婆那两间小屋。他像回到自己家一样，推开门便扑到炕上，呼呼睡了。

笸箩婆吓了一大跳，她想喊，又不敢喊。想把王老五挽回家去，试了试又搬不动。手忙脚乱中，不知怎么的，手就碰到了王老五的裆，她的脸立刻烧起来。强压了许久的欲望也就被烧上脸的火逗着了。她发了一会儿呆，见王老五没动静，胆子就大起来。她的手重新奔了男人的下身。

……王老五醒了。又醉了。这一"醉"便沉沉睡了去，直到第二天天亮。

一来二去，笸箩婆的煎饼就不值钱了。来买煎饼的人，总用异样的眼光瞧她，好像她变成了妖精。渐渐地，来买煎饼的人少啦，只有闲着冒火的男人们，才来这儿买上卷煎饼，叉开两腿，用手捧着煎饼站在她面前吃。笸箩婆的头低到了锅沿上。

煎饼卖不出去，笸箩婆的日子渐渐艰难起来，到了晚上一合计，赚不回本钱，只剩下多半盆稀糊糊。冬天就这么过去啦，夏日这买卖就做不成了。笸箩婆没辙，去找了王老五两趟，可王老五实在没拿她当回事。虽然他在笸箩婆身上找到了那么一点儿滋润，可真到了分他酒钱的地步，就不成了。

王老五拍着闪亮的秃脑门，嘴里不干不净地尽情喷吐着腔子里的酒气，把笸箩婆骂了个脸面无光。他不知道是哪一回的功绩，自己已经在笸箩婆的肚子里留了种儿；他也不知道笸箩婆在自己的小屋里拿起了几回绳子，他更不知道，笸箩婆是因为自己肚子里蠕动着的是条小生命，还是要证明自己是个女人才活下来，因而才使后来的世界上多了个孽种。这孽种便是他王老五的后。也曾有人劝他说："老五啊，就娶了她吧。两人一块咕嘟着怎么也比一个人强，是不是您呢？"

"娶她？别人的剩儿。有钱我不如弄壶酒喝。我给您道乏了大哥。"

"那娘儿们不错。"

"不错归您啦！您把嫂子休喽，娶了她吧！"说完了，王老五就"嘿嘿"得意地笑。

王老五终也没娶笸箩婆，他仍然卖苦力喝酒睡凉炕。他终于把怀着他儿子的女人推上了绝路。

开始笸箩婆要饭吃，可是一闹起"混合面"来，她便要不着什么啦。她想起女人最便当的一条路，有什么法儿呢？人活着总得吃啊！

笸箩婆赶三关似的，提前十几天，就把肚子里的崽儿给弄了出来。是个儿子，活得不易。熬过了几十天后，肚子里的饿，儿子的哭声，终于把她推出了家门。她拾掇好女人的器具，挺着馋人的胸脯，趁着夜黑开始做开啦。

三星还高挂在中天，挣扎着不肯闭上它们那已经疲倦的眼睛。

笸箩婆趿拉着前露脚趾，后露脚后跟的破鞋，披着件满是补丁的外衣，靠在自己家门的门框上。

谁要？谁要？只要给口吃的。只要给口吃的……

笸箩婆在心里念叨着，祈祷着，"唉——"她从心里发出一声女人悲弱的哀叹。她不时抬起枯瘦的手臂，去揉揉浮肿的眼睛，摇头晃脑地左右看着。

那自古至今从不过问世事繁乱的月，像往常一样眯着眼睛看定了人间。它明亮的光把笸箩婆瘦弱疲乏的身形，模糊地印在凹凸不平的地面上，忽左忽右飘忽不定像个幽灵。它不懂人间的酸甜苦辣，它只看到笸箩婆痛苦的挣扎。这阴柔的月终于笑歪了嘴，伴着笸箩婆悄悄走过了她的大半生。

笸箩婆的儿子，王老五留下的孽种，并不知道自己的身世。曾安分守己地守着寡妇妈过了许多年，倒也还知道孝敬。可该死的王老五临死的时候，突然想起了若干年前一个闲人对他说过的话：我说老五，那娘儿们肚子里装的可是你的种儿！早先他听了这话也没理会什么，可眼下这话，对于一个要死的人，就好比一罐子盐卤，浇进了他的腔子，令他撕心裂肺地疼。人老啦，就想到该在这世上留点什么，可他这一辈子除了喝酒胡呲，给世界上留了点骚臭外，也就没什么了。要不趁还没闭眼认下这个孽种，那可就真是臭块地拱起一堆土了事了。王老五认了。可那孽种不认，不三不四的话噎得王老五直瞪眼。王老五在绝气前的一刹那，终于运动起全身残存的那点臭气，痛痛快快地骂了一回自己的儿子。

"我……我睡过你妈！在她跟了许多野男人之前……之前就有了你！你……你，你他妈是我……"

话没说完，王老五便归了西，他终于给这世界上留了点什么。

由此，笸箩婆的儿子开始不孝敬了，他腻味自己的妈妈，更厌恶自己怎么会是这么一个出身。后来他娶了媳妇，便在腻味母亲的种种手段上有了帮手。而这帮手却又是一个绝对的急先锋。

笸箩婆说什么呢？她就这么一个儿子，还得指望他养老送终呢！再怎么着那也是自己的儿子呀，小两口搬走时，不是把小孙子给留下和她做伴了吗？可是儿子竟忘了给母亲弄个小板凳什么的，只留下了那两个不知从哪年开始，便被母亲使用着的笸箩。

那笸箩如今已经很黑很脏很糟了……

香火

礼拜天，祁家老三放完鸽子，煮在火炉上的一锅米饭也熟了，他把大铁锅从火炉子上端下来，转身搁在了水缸边儿上。往起直腰的时候，顺手把盖锅的笼屉盖子碰开点儿缝，大米饭的香味儿，随着热乎乎的蒸汽，扑散出来，一会儿，就香满了一屋子。祁三爷的乐儿，把整张脸弄出许多褶皱，像被小孩子使劲拍扁了的芸豆饼，布满了细小散乱的笑纹。乐着，用脚勾过一个木制的小板凳，坐在了饭锅的旁边。往下坐时，没留神，光着的脊梁挨着了水缸，祁三爷触电般地痉挛了一下。真他妈凉！他自言自语地骂，虽说骂了，脸上的乐并没歇着。他坐着往前蹭了蹭小板凳，把掖在裤腰带上的旱烟荷包揪下来，右手攥着拃来长的烫金花黑色烟袋杆儿，把它杵进烟荷包，左手隔着荷包袋，揉上了一锅子旱烟。两排黄牙，把翡翠绿的玉烟嘴儿咬在中间，却没法点火。感觉手里的火柴盒轻，晃晃，没响动，捅开看看，火柴盒空了。想把烟袋锅子就着火炉点上烟，又一想，把烟袋锅子撤回来，没点。祁三爷站起身，出了屋门奔里院走。

里院住着他大哥一家和七十多只鸽子。说是一家子，其实只有他大哥和大嫂，没孩子。大嫂人说不上漂亮，身材却苗条丰润，性格也开朗，在棉纺织厂里做织布女工。大嫂跟祁大爷结婚五六年了，连黑夜带白天，没少在床上折腾，可肚子里压根儿没什么动静。往日里，两人也为这事着急上火。大哥说大嫂是冷经不孕，隔三差五地数落她，拿话噎嗝她，说她要断了祁家的香火，是个不争气的娘儿们。酒喝多了的时候，还咋咋呼呼地喊着说要休了大嫂。两人常常大半夜里折腾，也不知道都干些什么，总能弄出乒乒乓乓的响动。为了生养，大嫂用了许多心思，隔三差五去医院开中药调理身体。大包大包的草药没少吃，弄得满嘴中药味，整个人都是中药味儿，但她的肚子，仍然没见隆起。后来有邻居给出主意，说让大哥去医院查查，把"精神"鼓弄出来验验，看看是不是男方的毛病。大哥不好意思去，他认为自己膨胀得虎势，哪次都把事情做得地动山摇，怎么会是自己的毛病呢？再说，把"精神"鼓弄出来，怎么鼓弄？后来，大家伙劝着，去了个离家很远的医院，托熟人找了个大夫，悄悄地给大哥做了化验。结论出来，白纸上使蓝墨水写得清清楚楚：一、"精神"太少；二、活力不大；结论是不易授孕。不是大嫂的毛病。这回大哥傻了眼，没脸呢。打那时起，不跟大嫂发脾气了，改成喝闷酒，喝了酒自己跟自己磨叽，背人处，更深时，常常拿手抽自己的脸。慢慢地，就把造人的事给荒疏了，光剩下伺候他那堆鸽子玩。肥地懒犁，不出庄稼不是没辙嘛。

大哥！您的火柴呢，我使使。祁三爷把烟袋从嘴里抽出来又塞进去，两排挂了锈的黄牙一张一合，重新咬在烟嘴儿上。

祁大爷正喂鸽子，听见三兄弟的话了，却没抬头，仍然甩着胳膊，往地上扔老玉米豆儿。随着玉米豆儿唰唰地落地声，嘴里冲三兄弟扔过一句话来：拿我这当杂货铺子啦？

您瞧，您把话说哪儿去啦？我正在屋里做饭，白米饭蒸熟了，我瞧着心里舒坦，想抽口烟，可火柴盒儿空了。没火，您说我这烟怎么抽？回头我上杂货铺子买一包来。一包火柴，十盒！大哥您听见了吗？我白送您，那能值几个钱！

怎么抽？你那米饭是用天火煮，太阳晒熟了的？火炉子没点着？打小你就爱占个便宜，吃窝头你都得使手扒拉半天，还得拿起来掂量掂量，哪个个儿大，哪个分量沉，你吃哪个。我还不知道你。屋里拿去！大哥闲话说了，火柴还是得给兄弟用。哥俩把话说了半天，他看都没看祁三儿一眼，仍然往地上撒老玉米豆儿，嘴里还咕儿嘟儿地招呼他的鸽子。几十只鸽子，有的从房上飞下来，有的飞上去，自由得好看。更多的鸽子落在院子中间的空地上，挤挤挨挨埋了头抢食吃。

祁三爷进屋拿了火柴，不慌不忙地点上烟，然后侧歪了身子，隔着窗玻璃瞧了瞧外面的大哥。大哥还在忙活着喂鸽子，根本没看他。祁三儿把火柴紧紧攥在手心里，攥好了那盒火柴，转身出了屋子。不能急着走，站在屋门口，离大哥两丈多远，他跟大哥聊天。

祁大爷仰着脖子往房上看，绿豆般的俩小眼睛，紧紧盯着两只正在踩蛋的鸽子，不看，也不理祁三儿。他那刮得精光的秃头在夕阳的照射下泛着亮光，两只晒得紫黑的耳朵，像狼狗的耳朵一样向外支棱着。

祁三儿见大哥不理他，就要走。他说，大哥，您忙着。我去弄饭吃。

三儿，你等等儿。祁大爷走到房檐儿底下，伸手从窗台上拿过一盒烟卷儿，抽出一根儿叼在嘴里说，给我点上。说着话，一扬手，把烟扔回窗台上。

祁三爷停了脚步，转身瞧了眼大哥，慢慢凑到大哥叼着的烟跟前，把手里攥着的那盒火柴拿了出来。他头微微向前倾着，小三角眼里的黑眼珠挤到上眼皮处，把眼光牢牢地撂在了大哥的胸脯子上。双手忙活着拿出了一根火柴，"噗"地划着了，俩手捧着，微微抬了抬头。大爷低头就着三爷手里捧着的火，点着了烟。随着嘴里鼻子里冒出的烟雾，带出一句话来：火柴，你拿着使去吧。

听了大哥的话，三爷的脸上显出了尴尬样儿。大哥，您瞧，我这么一顺手，没留神，就，就，给攥出来了。我给您放回去，要不，给您放窗台上？说着话，他张开手。手里是那盒火柴。

不是让你拿着使去吗？多少钱的事啊，拿着吧。我这儿有点事儿求你。

您说。祁三爷顺坡儿下驴，重新把火柴攥进手里。

明儿一早儿，我去天津港送货，来回得蹬四五天，这些鸽子你帮我照看几天。早晚让它们飞飞，别让它们憋闷喽。你大嫂忙，得上班去，没闲工夫不说，她也伺候不了鸽子，她不会喂。

成啊。您一个人去呀？那可够孤单的。路上您得多留神，到天津有二百多里地呢吧？

哪能一个人呢，常贵儿、曹麻子，社里派了我们仨车。拉轴承，这趟活儿不轻。哎，回头你把鸽子窝的钥匙拿走，粮食放在我床头的口袋里，喂多少你拿多少，别糟蹋粮食，也别跟你的掺和到一块儿。

瞧您这话说的，老以为我啬刻，好像我有多奸多贪似的。那粮食能掺和吗？根本不是一码子事。您想想，您那是信鸽，嘴大嗓子眼儿粗，喂的是老玉米豆儿。我那可是家鸽，个儿小不说，只只都长得秀气，喂老玉米豆儿，全得噎死，我压根儿也没喂过老玉米粒。我养活的鸽子，吃高粱和大米！您又不是没瞧见过。您要是不放心，怕我多弄您的粮食，找个家伙给扎出来，您扎多少，这两天我喂多少。

你少跟我这儿贫嘴恶舌，我那粮食是"珍珠黄"，不是"大马牙子"，你那些鸽子能不能吃，我还不知道？提前扎出来？亏你想得出来！提前把粮食扎出来，人就显着生分，让你嫂子笑话咱哥俩。

那——待会儿我嫂子下班回来，您得先跟她垫个话儿。大哥，我先回去了啊。再待会儿大米饭该凉了。

嘴里说着大米饭，祁三爷的脸上又有了笑模样。出了里院的小门，也没奔杂货铺子，火柴有了，还干吗去呀。抽足了烟，用小铁锅摊了俩鸡子儿，切了根儿大葱，又夹了几块臭豆腐，大米饭盛上摆在那儿，得先喝两口酒。喝也没什么好酒，本地酒厂的白薯烧。除了养活鸽子的乐儿，他只有喝酒这个爱好。其实，祁三爷不能喝酒，他沾酒准醉。喝醉了，也不碍谁的事，往那盘破土炕上一歪，再睁眼时天就亮了。

今天他却没醉，心里有事啊。虽说那酒也烧得他晕晕乎乎，身子跟煮过了火的面条似的，软塌塌地瘫卧在炕上，可人的神经却醒着，说什么也不肯歇歇儿。睡不着觉，他想起女人来，这女人不是别人，是大嫂。头些日子，也是大哥蹬车出远门，很晚了，还没回来，让大雨给截在外面。那天的雨下得特别大，闹闹哄哄溜溜地下了多半宿。天下着大雨，人待在家里便闲得没事。吃晚饭时他喝了酒，然后软在炕上，迷迷糊糊睡着了。忽然觉着有人推他，睁眼一看是大嫂。他以为有什么事，一机灵，肚子里的酒，没了一多半儿。他瞧见大嫂披着湿淋淋的雨衣站在炕边上，忙问，我大哥还没回来？大嫂说还没回，雨下得大呢，一时半会儿停不了啊，他不定在哪儿避雨呢，这雨要是不停，他回不来。我刚熬了一锅红豆粥，给你端来一碗。起来，趁热喝喽。赶明儿别老喝那"猫尿"，爱喝也别多喝，伤身子！祁三儿记得，那天他对大嫂说，我吃过饭了。可他转头看看小炕桌上，俩窝头和一碟子小咸菜还摆在那儿，旁边放着大嫂送来的红豆粥。祁三儿就乐着拍了一下自己的脸说，大嫂，您瞧我这不是蒙我自个儿吗，窝头还摆在那儿，我愣说吃了。得，有您这碗热粥，我这晚饭就有了滋味啊。

哎——光棍儿汉有几个知道心疼自己的？赶紧起来，喝粥，把窝头吃了再睡。老大不小的汉子了，总让大嫂操心！

听大嫂说着话，祁三爷往炕边上挪。挪挪蹭蹭没留神，藏青色儿的大裤衩子散了腰。裆里那堆垂垂累累的玩意儿露了出来，他赶紧侧身，面朝里，侧歪着身子把裤衩拉上，掖紧实。

大嫂已经把他的窘态瞧在眼里，笑了，哟，多大的爷们儿了，还害臊呢。早就该娶媳妇了。说着伸手在祁三儿的脑袋上胡噜了一把。祁三儿光秃秃的脑瓜顶上立刻感觉深刻，脸上火辣辣地烧起来，被大嫂嫩手摸过的地方发麻发木。再抬眼一看，自己的鼻子尖前，是大嫂湿衣服里面高高向外挺着的胸脯。他慌了，一边让大嫂坐，一边伸手端起那碗粥仰头就喝。那粥刚出锅没多久，还烫。祁三儿喝进嘴里的粥，没咽下去，猛地喷了出来，弄了大嫂一身，胸前和腰胯处都是他喷出来的粥，黏黏糊糊一大片。大嫂不恼，还顺势把他的脑袋往前按搂了一下，嗔怪说，瞧你这嘴急的！祁三儿没留神，被大嫂猛地这么一搂，他的脸往前一扑，碰着了大嫂的奶子。碰着了，也没有什么温暖的感觉，隔着衣服呢，那淋了雨的衣服冰凉冰凉，可大嫂胸前的柔软，却让祁三爷觉着心惊肉跳，很不好受。

这么想着，祁三爷慌忙坐端正，假模假式地装了一锅子烟抽着。

那天，大嫂在他炕沿儿上坐了好大的工夫，说了许多话，还说让他帮忙做件什么事，却没说做什么。只说大哥自己不好意思说。对，还说都是一家子，又在一个大院子里住着，本家本姓的，也不是外姓怕什么。把事情做下了，院子大门关着，外人也不知道。这么说的时候，大嫂还总是拿手摸他的脑瓜子。大嫂的举动和说的话，把他弄得糊里糊涂。后来大嫂骂他是呆子，拿了碗，气气地转身走了。

黑暗中，祁三爷俩小眼珠子，盯着烟袋锅子那点亮，小红火光一闪一闪，眨眼似的闹得他心烦。又伸手摸过了酒瓶，也没找酒盅，对着瓶子口，仰脖儿灌了两口。祁三爷顺着酒劲儿进入了梦乡。

祁三爷没因为喝多了酒而耽误放鸽子。东边的天刚蒙蒙亮他就起来了。这时，祁大爷早已蹬着车，赶早奔了天津港。

祁三儿起来，站在床边，把穿着的大裤衩子随便缅了缅，晃晃悠悠出了屋门。从没正经用过的家伙，经过一宿的歇息，铆足了劲把裤衩中间拱起一个大包。祁三儿没理会，这家伙每天起床时都如此，活动活动撒泡尿，它就安分了。到了鸽子窝前，隔着铁网门，瞧见那些鸽子俩俩地，成双成对儿地在一个个小方格子里边转悠闹腾。他俩小眼睛立刻放了光，嘴角上也有了笑模样。

祁三儿乐着拉开了铁网门，放出鸽子，瞧着它们扑啦啦地飞出窝门，不等鸽子们落在房顶上，他把手中的幌子，使劲往半空里一挥，鸽子们忽悠地一侧歪，直接奔了蓝天。他仰着脖子往天上看了一会儿，溜溜达达奔里院走去。把大哥那一窝鸽子也轰上了天后，他站在屋门口喊，大嫂，大嫂！您起来了吗？

三兄弟呀，进来吧。

祁三爷拉门进了屋，一眼看见大嫂短衣小裤地坐在炕边，蓬乱的头发还没梳理，散散乱乱地半遮着红扑扑的脸蛋儿。白而修长的两条长腿，像两根管灯似的放着耀眼的光。祁三爷觉得大嫂的两条腿好看，皮肤细腻，脚丫子也白嫩，可又不敢盯着看。他微微仰了头，往上翻着眼皮看着顶棚说：大哥让我帮着喂喂鸽子，我得扢点粮食。

你大哥跟我说了。过来扢吧。大嫂坐在炕边没动地方，两眼始终搁在祁三爷光着的胸脯上。

祁三爷蹭到床边，哈了腰，伸手揪过粮食口袋，扢了老玉米豆儿，转身要走，大嫂站起来说，三兄弟！

大嫂。您瞧，我可没多扢。

大嫂没理他，仍然叫，三兄弟！

祁三爷把装粮食的小盆举到大嫂眼前说，真没多扢，您瞧瞧！

多扢少扢我都不管，也就是你那大哥，把这点老玉米豆儿当宝贝儿。这些粮食，往房顶子上一扔，往院子里一撒，谁还挡得住谁的鸽子过来偷嘴吃。你说是不是，三兄弟？

是。祁三爷说。鸽子是有嘴有腿有翅膀的，自由自在谁也拦不住。

三兄弟！三儿啊，你今天别做饭了，大嫂给你做好的吃，反正你大哥不在家。

您今天不上班了？

今儿个不是星期天嘛。

您瞧我这记性，我这儿还琢磨着，喂完鸽子赶紧去上班呢。星期天我就不用着急了，不急了。让它们多在天上闹腾会儿。大嫂。我可等着吃您做的饭啦。

听着祁三儿的话，大嫂"嘻嘻嘻"地乐了。她叫祁三儿，三兄弟，等会儿再去喂鸽子，你先过来，帮大嫂捶捶肩膀，我这儿，大概夜里吹了风，有点别扭着疼。

祁三儿把盛老玉米豆儿的小瓦盆儿放在桌子上，不紧不慢地站到大嫂身后，攥着拳头"咚咚、咚咚、咚咚"地捶打在大嫂的肩膀上。

大嫂觉得很疼，可她没说疼，却"嘻嘻嘻"地笑起来，三兄弟，你不会轻点吗？这咚咚咚的擂鼓似的，你是天兵天将啊。就不知道心疼女人，将来哪有女人喜欢你，给你当媳妇呀。

大嫂瞧您说的，我不是有大嫂疼我嘛。

是吗，大嫂有这么好吗？大嫂说着话回了头，双眼也斜了瞧着祁三儿。隔了一会儿才说，三兄弟，大嫂真这么好吗？

您比我大哥心疼我，他虽是我亲哥哥，可他，老拿我当外人，无论干什么，都跟我较真儿。祁三儿说着话，手也没闲着，仍然用力地在大嫂身上捶着。

哎哟！大嫂突然一歪，人随着哎哟的呻唤声，歪在床上。祁三儿正捶得用心，一拳下去捶空了。见大嫂倒在床上，忙停下手问，大嫂，您怎么啦，是不是我手重，把您捶疼了？

大嫂微微抬了头，把手伸给祁三儿，用一种嘶哑的声音说，嗯，你那拳头太硬了啊，捶疼了我。祁三儿以为大嫂想起来，便哈了腰，用另一只手去扶床，准备把大嫂拽起来。在他刚哈了腰，还没使上劲的一瞬，大嫂攥着他的手，用力往下一带，把祁三儿拉倒在床上。

祁三儿却不知怎样应付这种局面，慌里慌张想往起站。可他还没动作，大嫂伸出两条雪白的胳臂，把祁三儿揽在怀里，紧紧地箍住了。三儿，你大哥他不成。可他又想要孩子。你帮我做做吧，可是咱家的香火啊！

祁三儿听着大嫂说的话，愣了。他不知道大嫂要他做什么。他只瞧见大嫂的眼光跟往日里不一样，直直地盯死了他。祁三儿觉得大嫂的眼睛里像有火在燃烧，要把他点着。

蓄谋已久的大嫂，容不得祁三儿多想，一波大浪般翻了个身，迅速地淹没了祁三儿。她嘶哑着声音说，三兄弟你别动！听我话，听话，你别动！然后她俯身，又起身，俩手紧忙活，身体像小船的白帆似的，扯满了篷。不知何时裸露出的前胸，闪着白亮白亮的光，在祁三爷眼前扭动。

扭着，扭着，便跳跃起来。

祁三爷的脸火辣辣地烧着，身体也火辣辣地烧着！他仿佛真的被大嫂点着了，浑身燥热得难受。不知怎么办的他，扭过头向窗外看，蓝蓝的天空里，黑白两群鸽子正自由自在地飞着。

猫儿腻

苦夏过了，立秋要补亏。家里煎鱼吃，说是贴贴秋膘。其实，鱼炸着吃更香，但油不多，只好煎鱼吃。那年是配给制，鱼并不好买，可还是排队买到了。几斤杂鱼，排队买鱼的人，无论是谁，一样是这么一份。晚饭时，胡同里弥漫着烹鱼的香味儿。平时没有供应，一旦来了货，甭管什么东西，便显得珍贵，邻里们宁肯排几个小时队，买来一起享用。于是，立秋那天，胡同里家家都吃鱼。鱼的做法也简单，大多是侉炖和铛煎，也有少数人家使油炸鱼吃。家里油少，我家煎鱼吃，却不叫煎鱼，仍然叫炸鱼。本想将这些鱼一次吃光，但为了第二天还能闻到鱼的香味儿，还是紧紧嘴，剩下两条煎鱼。可就是这两条鱼，让我闹心。

虽说立秋了，天气依旧非常热。白天的气温高达三十三度，闷热，到了晚上更热。光裸了身体躺在床上，很惬意，可过不了多长时间，浑身仍然有汗，用手一摸，胸前，肩膀，裸膊，大腿，全身上下都是黏糊糊的。人如此，那煎鱼能受得了吗？

若在眼下，极简单的事，把剩菜剩饭放进冰箱里就可以了。那年，我家没冰箱，大家家里都没冰箱。再说，我挣钱不多，除了日常开销，还得将小钱攒起来，准备踅摸个女人恋爱。再者也没冰箱卖。市场上但凡有点什么吃的穿的用的物件，都是极其珍贵的，很抢手。

我等没什么办法的人，一般是用个大号的盆，把剩菜剩饭扣在院子里。外面的气温比屋子里低几度，可空气不流通，天又闷热，被扣起来的饭菜，到了第二天，常常发馊变酸，仍然得扔掉。但是，活人不能让尿憋死。记得上小学时，老师就教过我们一课，课文题目大约叫作《还是人有办法》。我找了根细麻线，把那对儿鱼，连同盘子，装在一个网兜里，吊在屋檐下。把鱼挂好后，仰头看看，背阴，通风，感觉挺安全的。想着第二天仍然可以吃煎鱼，便有点暗自欢喜。

入夜后，我忍着闷热，躺在床上时，突然听到了猫的叫唤声。我没闻风而动，爬起来去赶猫，我太相信自己的判断力，我断定那挂鱼的高度和方位，是猫所不能抓到的，还有就是一旦爬起来去赶猫，准得再出一身臭汗，便也就安安稳稳地躺着没动。

热，睡不着觉，就得想点什么事。我想了一会儿与女人恋爱，不知道怎么回事，又想到了猫。我想，人为什么会喜欢猫？又想，大概因为猫会捕捉老鼠，长得像老虎，却没有老虎的凶猛性情和野性残忍。猫平时那种听话温顺的样子，当然招人喜欢了。睡不着，再接着想，也不能一概而论，谁都知道，有能捉老鼠的好猫，也有捉不住老鼠的笨猫，还有根本不捉老鼠的懒猫。如此，得出结论：有猫就吃老鼠这句话，不是真理。

没规定不许养猫，可见人们是寄希望猫捉老鼠的，自然规律嘛，物种得平衡。有猫吃老鼠，人应该是受益的。可很多的猫，越来越多的猫得到了人的厚爱，却没见老鼠被灭绝或减少，那些耗子，反而长大个儿了，活动更加疯狂。大的足足有一尺来长，到处乱跑乱窜，猛一看，像只"小猫蜜"。这不是瞎说，我亲眼所见过的。有时候，"小猫蜜"们，就那么大摇大摆地从猫眼前出溜过去，似乎没什么忌讳的，看都不看猫一眼，看也是抛个媚眼儿逗猫。猫当然也不看老鼠一眼，或者睁只眼闭只眼，假装没看见，随便"小猫蜜"们闹腾，大有同流合污的嫌疑。

那么，猫们为什么不捉老鼠了呢？我想。据猜测，是因为它们的主子把它们喂肥了，宠娇了。你看它们肥硕的腰身，滑亮的皮毛，叫唤声又那么柔柔地温顺和目中无人，总是装出高傲的样子。有时候，它们还会娇娇地卧在主子脚边，把尾巴摇来摇去地，表演出可爱可怜的把戏，讨好主子。

主子们喜欢猫，就为猫的这个"可爱"，喜欢花钱去买些肝啊，肉啊，小猫鱼啊什么的猫食供养猫，纵容猫们光吃不去捉老鼠。再说，猫们得到了这些优待，吃饱了没事干，除了给主子表演猫步和摇头摆尾，夜深人静时，趁主子一松心，准会出去干些浪漫的勾当。"恋爱"固然应该自由，可夜的清净，却无端地被猫搅得乱糟糟，平添了许许多多的噪音，搅扰得人心烦。

若是不捉老鼠的懒猫和捉不住老鼠的笨猫，应该列入禁养的范畴。

这么想着，我便慢慢地迷糊着睡着了。

第二天早上，我一起床就发现了，屋檐下，只剩了一条小麻线在那低垂着，随着清晨的一丝清风，微微晃动。我的煎鱼呢？毫无疑问，煎鱼昨天夜里让猫叼跑了。

　　唉——我怎么会忘了呢，上蹿下跳是猫的本能，它们为了自己的口腹之欲，偷盗人类的食品，是非常勤奋的。

躁动

他跟在她身后走进电梯间。

她把头凑到正在电梯间里值班的姑娘耳边，悄悄儿说了句什么。那姑娘点点头，俩人同时发出清脆的笑声。开电梯的姑娘还乜斜着眼睛看他。

他靠在电梯间的壁板上，看着这两个都穿紫红色西服，留一样流行短发的姑娘，觉得她们在放光，照亮了这小屋或世界。他觉着有一股温热从身体各处向胸里涌，心也强力地搏动着。

开电梯的姑娘伸手按了下绿色的电钮——忽的一下，他觉得自己变得轻飘飘的像水蒸气，唯有大脑在拼死地和那台牵引电梯的高速卷扬机比转速。

青春与衰老竟有这么明显的区别，她们只有神秘的快乐，没有持久的烦恼。自己呢，除了对事业的追求，还有说不出来的苦闷。他想用美学中的"移情作用"，把这部装潢华丽的电梯与面前的姑娘们交织起来，可无论如何也找不到合理的想象的方位。他想笑，嘴角的皮肉却不听使唤。

电梯在七楼停住。"您到了。"开电梯的姑娘看着他，唇边伴有一丝微笑。他觉得这位姑娘神色狡黠，却想不出是为什么。他说了声谢谢，便跨出了电梯间。

深长的楼道里静悄悄的。

停在了办公室门前，他把钥匙插进锁孔，左旋右转了几次，却怎么也听不见"咔"的那声清脆的令人愉快的声音。他怀疑自己用错了钥匙，想将它拔出来看看，可钥匙却无论如何不肯离开锁孔。没办法，他只好继续把钥匙死命地旋来扭去往外拽。

忽然，门开了。一个和他年龄相仿的女人出现在门口。她那显然是染过的头发梳得光溜溜的。她表情茫然。可有着浅浅皱纹的白皙的脸上还是漾出了微笑。"噢！是您，请进，请进。"她想把门再打开点。

可他正手忙脚乱地抓住门把手，使劲往外拔钥匙。从那女人身后透过来的光，毫不留情地把他的窘态暴露无遗。他感到尴尬，太阳穴嘣嘣直跳，额头也渐渐沁出了汗珠。"哦，对不起。对不起。您看我又走错了门。不，不。是走错了楼层。这么早就打扰您的工作，请原谅。其实……"

他想说这不能怨他。可他又很快地坚信，这件事情绝对说不清楚。他终于没再说什么。

"没关系。请进来坐坐吧。"看着他尴尬的样子，那女人唇边滑过一丝同情的却不大自然的笑。她感到困惑：老先生这些天是怎么了？

看着她的笑她的脸她在门缝处更显修长的身材虽说这一切在

那光亮下都显得有些阴暗可他还是感到了自己心跳异常。

他不敢做非分之想，只把钥匙紧紧握在汗湿了的手心里，边点头哈腰边向后退去。眼看着那女人把门关上了，他才松了一口气，挥起袖子轻拂去额头的汗珠。可一股怒火却腾地撞上来。他觉得自己像个充足了气的气球，正被一个顽童恶狠狠地挤压着揉搓着。你要是不飞快地玩了命地跳跃开，立刻就会爆炸。

他猛地转回身，重新走向电梯间。决不能再容忍。这不是第一次，而是第三次了。他要发脾气。他要向科学院领导汇报这件事。说不定他还要骂人。那和他有着一样学问，一样头衔，一样受人尊敬的女人是个寡妇。而自己又偏偏丧偶鳏居。真他妈的气死人！这样的恶作剧，怎么让人忍受得了！自己一辈子安分守己，在学问上苦心钻研，从未越"道德"这个雷池半步。难道老了老了还要在自己的清白中掺进点杂色儿？这俩可恶的小妞，非教训教训她们不可。

越想他的火气就越大，脚步也沉重了许多。整座大楼仿佛都在和他的身体一起颤动。

他站在电梯间的出入口前，瞪圆了眼睛看着那排相继亮灭的阿拉伯数字。电梯正好停在八楼（他的办公室所在层）。可他偏偏按了向上的电钮。于是那电梯像故意跟他斗气似的，一点一点地升上了二十三层，又跳跃着滑向最底层，然后才慢吞吞地向上爬来。像是过了一万年。终于，电梯间的门又像每次一样无声地开了。面对着这个好不容易才到面前的明亮的小屋，他像是在突然间悟出了什么，火气竟悄悄地溜走了些。

那俩姑娘的表情依旧还笑还低声耳语还用水灵灵的大眼睛撩他还不断地用手去弄一弄散向额头前的头发像什么事情都没有发

生似的。

　　也许，也许她们疏忽了，并非故意。这在生活里是常有的。这么想着，他竟觉得那俩姑娘的笑很熟悉也很亲切，就像刚才那女人的微笑一样，只是比那女人的笑更放肆，裸露着青春的得意劲儿。

　　他又靠在电梯间的壁板上，只感到自己心里那股火气变成了清凉的什么，像三月的风，带着活力，浸遍了他的全身。

　　电梯在八楼停住。"您到了。"开电梯的姑娘看着他，唇边伴有一丝微笑。

　　他说了声谢谢，便轻松地跨出了电梯间……

微神

　　我与她的交往，没人知道，虽然这是我的真实经历。我一直遵守着我们的约定，许多年来，无论生活里发生了怎样的变化，我都没有对任何人说起这件事，只把它记录在日记里。也许在我死后，我儿子整理我的文字时，发现了记录我和她的往来故事，我与她的特殊关系，并被其中许多细节所感动，然后把它公之于众，让大家看看我不为人知的隐私。但那已经不是我关心的事了。

　　在过去的日子里，我的头发慢慢地变得花白了，各种各样的事情，像一把舞动着的斧子，以无情凶狠的手段，快活地砍剁着我的生命。这个缓慢的过程，带给我烦恼和坎坷的同时，也给我带来了无穷尽的快乐。我灵魂的碎片散落在时间隧道上，到处斑斑点点，有的在闪闪发亮，有的则已经黯淡无光。但是，每一处都沾染了尘世的温热，有被欺辱和被压迫，也有亲爱和友情。

　　很久前的一个深夜，我第一次遇到她。她身穿一袭白色亚麻布的连衣裙，修长的身材在人群里很显眼。那个夜，很黑，她在灯光照射不到的暗影处，独自静悄悄地站在一棵槐树边。虽然车站前人非常多，可她却仍然吸引了我的目光。后来我再见到她，用照相机为她拍照时，我看到镜头里的她很熟悉。但我想不起她是谁，经过我大脑细密的搜索，在记忆的硬盘上，终于出现了她的痕迹，那是她，我终于记起来了。直到今天，从我第一次见到她，已经过去了近十年，她给我留下的印象，仍然清晰地在我大脑中深深地刻印着。

那个夏天的深夜，我去火车站接从上海过来办事的姑妈。我看到火车站前，聚集着许多许多人，路中间横七竖八地停着几辆大型客车，便道上散乱地放满了自行车。这样的情景，从我记事以来从没有过。几乎所有的街灯都关闭着，只有车站屋顶上的霓虹灯闪闪放光。夜的黑色紧缩了人的视觉空间，也掩盖了所有的绿色，人群显得更加庞大，密密麻麻似乎看不到边。有人戴着的眼镜镜片，随着他们的移动，被霓虹灯灯光映射着，不时闪烁出一点亮光。我看到她站在人群外面的边上，嘴唇紧紧闭着，脸上没有表情。她像我一样，只是严肃又无声地看着面前的人群。我能够记住她，是因为有一阵子，我突然看到她的身材变得高大了许多。仿佛有只手转动了我眼睛里的聚焦环，她在我面前慢慢靠近，人群却越发模糊。她高而窈窕的身形，在夜色里变得十分出众。穿在她身上的白色亚麻布连衣裙，被夜风吹拂着微微飘动，裹住她的前胸、臀部和修长的腿，勾勒出她美妙的身型。她的背后，什么都没有，仅仅是一望无际的黑夜，混沌茫茫的天空，朦朦胧胧的，很深很远。看到她时，我觉得似曾相识，却无论如何想不起在哪里见过她。生命的距离实在漫长。

直到今天，也没有人知道我与她的约定。发生在我与这个女人之间的故事，从一开始便充满了神秘。那天，在一棵蜷曲着枝杈的槐树下，她用急切的话语催促我赶紧离开，立刻回到家里去。并告诉了我稍后发生的事情。她还把我生命里将会发生的一切事情，像讲述故事似的说给我听。我摇摇头，表示我不相信她说的话。但她微笑着看我，又将我生命中曾经的大事，一件一件说了出来。那个时候，面对她的微笑，我感觉恐怖极了。她说的每一件事情，都准确无误，就连那个冬天的清晨，我看到了一只硕大的有翅膀，却是硬蹄怪物这件事，她都知道。

那天夜里，下了一场大雪，世间的一切都被雪覆盖了。起床后，我拉开窗帘，从窗玻璃向外看雪景。可是除了雪以外，我还看到一只像大鸟一样的东西，站在我家院子里那根晾晒衣服的铁丝上。它抬着头，翅膀微微向两侧张开缓慢地呼扇着。太大了，真的太大了，它张开的翅膀，几乎覆盖了整个院子的上空。我家的院子，不算小，种着两棵粗壮的枣树，花池子旁边放着直径一米多的大鱼盆，还有一架蓬勃茂盛的金银花。我虽然只有三十几岁，可从十六岁开始在马路公司修路，山南海北到处跑十几年了，也去过不少地方，可我从没见过这么大的"鸟"。就在我将眼睛贴近窗玻璃，想仔细看看它时，那东西似乎察觉到有什么动静，它从铁丝上跳下来，沿着我家院子的南墙根儿，一步一步不慌不忙地向院子门走去。这个时候，我家还没有人起床到屋子外面，院门仍然关闭着。我看到那东西走到院门前，用身体碰撞大门，咚咚咚，咚咚咚的响声很大。我家的房屋，院墙，所有的建筑，都在它的碰撞下颤抖了，情景恐怖极了。大门没有被它撞开。我家院门厚重结实，是用上好的黄花松打造而成，上下各有两道粗壮的门闩。那东西转到门边，没有犹豫，只往下缩了缩身体，向上用力一纵，跳上了将近三米高的院墙，然后便消失在墙外面。我推开屋门，想追到院门外面，去看看它到底是什么东西，可推开屋门后，我惊呆了。厚厚的雪地上，有两行马蹄状的动物脚印，从院子中间的铁丝下面，一直延伸到大门边和墙角处。我看看院子里厚厚的雪地，白茫茫很干净，除此之外，雪地上平平整整，再也没有被踩踏过的痕迹，更没有与这个东西的足迹不一样的其他足迹。我没敢继续向前走，更没敢追到院外去，只愣愣地呆立在屋门口。

可是这件事，仅仅是我自己看到的，从没告诉过任何人，更没对我的家人说起过，她怎么会知道呢？

我不知道她是谁，更不知道她讲给我听的事情，是否真会发生。

她是怎么走进我的生命，是如何知道了我生命里的曾经和未来，如何知道了那些还没有发生的一切琐碎事，又为什么告诉我，我都无法知道。我真的不知道她是谁。她不仅闯进了我的生命，引导着我走进了与她谜一样的关系，还强迫我向她承诺了保守秘密的约定。馒头槐浓密卷曲的枝条，像许多许多条小龙，盘旋在一起，大伞似的将我和她笼罩着，也遮掩了我们的秘密。

那女人说，没有人知道自己的明天会发生什么事情，你是个例外。你现在知道了你的生命以后要经历的一切事情，在那漫长的岁月里，你会感觉到许多成功和快乐，也仍然会有许多艰难和痛苦。但是你记住，当你快乐时，顺利时，永远不要想起我；当你面临坎坷，又无法克服那磨难时，我会来看你，并随时守护在你身边。你记着，无论在你身上发生什么事情，他们有多么大的力量，有多么巨大的威胁，没有人，没有任何东西能够伤害你，在你面前，他们所干出的事情，只是一种表演而已，只是为了使你的生命更坚硬。

说完话，女人便从我眼前消失了。

我四处寻看，希望在人群里找到她，问问究竟，弄清楚她是谁。可哪里都没有她，我看到的只是密密麻麻拥挤在一起的人。

也许只是一瞬间，我周围一片空白。天空突然变得明亮起来，从我身边一直到遥远处，所有街灯都在瞬间点亮了，大地上灯火通明，整个城市似乎都在喧嚣着膨胀。我看到有流星闪烁着红色的光芒在夜的空间飞舞穿行。

那天夜里，我刚一回到家，便感觉全身发热，体温表显示高烧四十一度。我突然生病了。在这些天里，无论白天黑夜，我不敢睁开眼睛，因为我看到的一切，别人都说看不到，情景恐怖极了。即使我闭住双眼，三维空间中几乎所有的一切东西，街市，村落，人群，车水马龙，甚至有张牙舞爪的魑魅魍魉，都会在我眼前不停地奔跑，跳跃，旋转，走马灯一般地旋转不停。我的眼睛晕晕地看不清都是些什么物件，似乎有一辆高速移动的铁甲列车，载了我在半空里飞速前行。只一会儿，真的，仅仅眨一次眼皮的工夫，它从高亮广袤的空间，一下子栽入一个巨大无比的白色深坑中。惯性的冲击，伴随着巨大怪声的轰鸣，白色的烟尘柱状生起，然后腾空四散，像一朵巨大的蘑菇云，遮蔽了白昼和黑夜的天空。我听到外面有鞭炮样的声音响起，由近而远此起彼伏，彻夜未停。

大约，在那个时刻，我大声地呼喊了。

这是后来听父母说的。他们说，突然的，很大很大的声音，你尖声喊叫着，从来没有过的响亮，我们听了那声音都觉得恐怖极了。附近的许多邻居，也跑来家里，探问发生了什么事情，他们也说听到了你的喊叫声。所有人都守在你身边，轻轻地呼唤你的名字，安慰你不要害怕，并抚摸你的额头和身体。手所触摸的每一个地方，都热得烫手，你呼吸出来的气息，也是热得滚烫。来看你的医生，边低着头收拾听诊器，边无奈地摇头。看着昏迷中的你，我们束手无策。妈妈流着眼泪，奶奶跪在堂屋门口，面向天空张开双手，不停地祈祷观音菩萨保佑。奶奶满脸的褶皱，没有血色的嘴唇，在灯影的黑暗里，在明亮的阳光下，哆哆嗦嗦地念叨着。奶奶还撕碎了一个红色的绸布被面，一条一条地挂满窗户、院子里和大门边，说是能够驱邪避害。连续许多天，你一直在昏迷中。我说我不知道，但我记得有个巨大的白色深坑，记得直上云霄的白色烟尘。还有一个女人。她是谁？我曾这样问父母。他们苦笑，说你现在说的还是胡话，你那时发着高烧。我说是真的，我真的看见她，我们还手拉着手，在一起说话，她美丽得像仙女。没有人相信我，他们还笑我，说我是生病发烧，大脑被烧糊涂了。

许多年以前的一天下午，她又一次，突然进入我的生命里。没有任何征兆，她出现了。是在一个夏天的下午。

那是个非常平常的下午，我与孩子在一起吃饭，然后，突然间病倒了。记得那天的气温奇高，整个城市处在燥热中，已经许多天没有下雨，甚至没有阴过天。

我居住在城市东边，古城门向着太阳升起的地方，离家不远处有一个古帝王祭日用的园林。园林里古木参天，石碑和神兽石像随处可见，充满了神秘威严的景象。从那里向东南不远是工业区，许多化工厂聚集在那里，废气泛滥弥漫，天空总是被污染得灰蒙蒙，晴天和阴天没有区别。难闻的气味常常飘到我们居住的地方，阴霾像个有毒的罩子，覆盖了我们居住的区域，许多天不散去。但那天是个例外，天空晴朗，透明的蓝色塞满了天地间。阳光无拘无束地倾洒向大地，把一切物体晒得发烫，连空气都被晒得有了很高的温度。

那天，其实我是知道这件事情会发生的，冥冥中我预感到她会来看我。我一直盼望着它发生，我想见到她，只是我不知道它什么时候发生。

在那个晴朗的日子，她真的来了。一切发生得仍是那么突然，仅仅在几秒钟的时间里，我就彻底地被这个女人，被她许多年前制造的恐怖，又一次摆布了。我甚至来不及想一想，这究竟是怎么回事。但我知道，那是她。

我的孩子是个男孩子，正在上小学。与所有的男孩一样，活泼聪明淘气，学习成绩很不错。可他吃饭挑剔，喜欢肉类，特别不爱吃蔬菜。我与妻子为了在他长身体的阶段，让他获得足够多的营养，便千方百计地为他调整食谱，想让他多吃一些蔬菜。我病倒那天下午，我为他煮了一锅菜，里面除了白菜胡萝卜土豆外，还放了火腿肉、鸡蛋和干虾米。孩子的妈妈是纺织厂女工，她们的工作性质是三班倒，每个班八小时。我出事那天，她刚好上中班。中班是下午两点到夜里十点。加上路程，她回到家里总是在深夜了。我和儿子一起吃晚饭，我们一起喝了我煮的菜汤。那是一锅营养丰富的菜，散发着浓浓的香味儿，孩子说好吃，汤也好喝。我说你多喝点汤吧，把里面的菜全部干掉，吃过饭去外面玩一会儿足球，然后写作业。我有点累，过一会儿我再收拾碗。

孩子吃饭喝汤的时候，一切都发生了。

我靠在床上，微微闭着眼睛。静悄悄的屋子里，可以听到孩子吸溜吸溜喝汤的声音。突然，屋子里有一种很好听的音乐响起来。很轻很轻的声音。我从没听过的一种旋律，它没有进行曲铿锵的节奏，没有抒情小调的柔缓，没有圆舞曲的曼妙，它的旋律婉转得让人充满幻觉。这种声音使我感觉奇怪，感觉神秘，感觉熟悉，这是什么声音呢？不知道过去了多长时间，也许很短，是的，很短的时间。在我刚刚闭合眼皮的一瞬间，她出现了。她站在我床边，微微向前倾着身体，微笑着。

我感觉她绵软的手，轻轻地握着我的手，并用力拽我。我很累，不想动。但这个时候，我好像已经不能把握自己的行为了，我的身体不再听从自己大脑的指挥。女人用她绵软的小手拽着我，用一种巨大的力量，把我和她连接在一起。我没有办法抗拒，不得不起身。然后，一切就发生了。

我感觉自己在床边站直身体的时候，听到那女人说，你看。我看到她把手伸向挂在墙壁上的一幅油画。我看到她的胳膊白皙圆润，五指纤长。她的手指接触到那幅画时，奇迹出现了。那幅画是在我家重新粉刷房子后，我亲手挂上去的。那时，人们都不懂得房屋装修，社会上也没有专业装修公司，甚至没有"装修"这个词。屋子住久了，墙壁会变黄变暗，我们便把一种叫作大白粉的东西稀释成浆水，然后用排笔，一道一道，一遍一遍地涂抹墙壁，直到将屋子粉刷白净。我知道，挂在墙上的仅仅是一幅画，一幅画家画的油画作品。可此时此刻，那幅风景画，竟被这个女人用手推开，油画像扇玻璃窗一样，被她推开了。没有墙壁崩塌的声响，也没有窗子打开时金属合页的摩擦声，没有一丁点儿声音。油画被她推开后，我面前出现了另一个美丽的画面，纯粹的大自然在我眼前展开，延展到深深的远方。我用力睁开眼睛去看，眼前的一切惊呆了我。远处是闪耀着亮光的雪山，脚下是柔软的草地，还有一盆碧青色微波荡漾的海，将草地和雪山连接在一起。她说你看到了吗？

我说我看见很远的地方有冰山，很高很白。说着话，我闭上眼睛，我感觉冰山的白色，那种纯净的白色，像火焰似的燃烧着，快要将我的眼睛灼伤了。许多年以后，我真的到了帕米尔高原的时候，才知道我看到的地方真的存在。它是慕士塔格冰山，那盆碧青神秘的海，是喀拉库里湖。

她惊讶地看了我一眼，说除了远方的冰山，真的什么都没看见？没等我回答她的话，她便接着说：你看那里。说着话，她再次抬起胳膊，用手指着远处半山坡上一个山坳说：那里，你看那个山坳处。我顺着她手指的方向看过去，我看到了在喀拉库里湖对岸的山坳，看到了深褐色的山坡，还看到了在半空里流动的风，其他的什么都没有。我知道，没有人能够看见风，人们只能感觉刮风时空气的流动，我却随时都能看见它，看见风的形状，看见风的质量，看见它在半空里行走，看见它掠过世间万物，轻抚或蹂躏它们。我看见的山坡，是深褐色，与冰山形成了两个相反的视觉，我的眼睛感觉到疼痛。我对那女人说，我的眼睛，我的眼睛，被那冰山的白光灼伤了。听了我的话，她笑了。她的笑容自然，好看，笑的声音也好听。她的笑声，似乎穿透了我的灵魂，给我留下了深刻的记忆。在广袤敞亮的宇宙间，雪山的颜色，纯白而清净，是多么真实。我知道，是因为它的颜色衬托，天才蓝，云才白，冰山才会闪耀光芒。

看到了吗？她追问我。我说我看到了在山间奔跑着的风。

她笑了，说，没有人可以看到风，从来没有人看到过风，人们都是感觉风的存在，看到的只是被风吹动弥漫在空间里的沙砾、尘土、杂质，飘扬着的旗帜，肮脏的废弃物，还有被风摇动着的植物。你看到了？真的看到了吗？告诉我你看到了什么。

你说的一切，这里都没有，我看到有什么东西在空中飘荡，我以为那是风。我对她说。我看到的不是你说的那些东西，而是奔跑着的空气。

她没有理会我的话，只是说你憨，却不愚。然后她似乎还要说什么，却没说，她向我摆了摆头说，跟我走吧。说着话，她重新拉起我的手，向着山的方向走，向着那个山坳走去。我看到她的嘴角有细小的笑纹露出，很性感也很迷人。她的笑，牵扯了她的眼角，使她的眼角向下微微弯曲，那双眼睛便有灵动的光闪烁。

我跟着她向前走，眼前的一切景物似乎都在奔跑，空中闪烁着冰山映射出的白色亮光，飘飞着光与光互相碰撞出的五颜六色和神奇的声音，还有光与风摩擦时发出的怪异响声。

猛然间，我明白了，我躺在家里床上的时候，听到的音乐声就是这些声响。这种声音，无论是多么高妙的乐师，无论是什么管弦丝竹金属等乐器，也抚弄不出来。这个时候，我一点都不奇怪了。这种神秘的氛围，产生了巨大的能量，将我捕获。我觉得自己走在生命之外了。我的记忆告诉我，从我很小的时候，就常常听到这样的音乐，有时候是在万物喧嚣的白天，有时候是在静悄悄的夜里。这样的时候，我的身边，我的思维里，便什么都没有，只有这美妙的响声。

孩子用小勺把汤送进嘴里，吸溜吸溜喝着汤。我听到了他喝汤的声音，却看不到他。我仰躺在床上，睁开眼睛也只能看到屋顶。我的屋子是所老式的平房，灰砖灰瓦的四合院，我家祖上买下它已经有一百多年了，屋顶的天花板已经陈旧得泛着黄褐色，还有斑斑点点的污痕。屋子里并不明亮，白天也会显得很暗，却平静温馨。我知道孩子此刻在桌子前吃饭，他坐在一把朱红色泛着亮光的太师椅上，小小的屁股占不满椅面，两只脚踩着太师椅子下面的横撑儿，身体前倾，胳膊支搭在硬木桌子的边缘。我爱看他吃饭的样子，爱看他用小羹匙把汤送进嘴里的样子。但此时我却看不见他，我看见的是褐色的山坳，是奇形怪状的巨石，是耀眼的冰山，是青色的湖水，是绿色的草地，还有没有颜色的风。

我听到一只猫轻轻走过房顶时的脚步声。

我与那女人的手，由于长时间握在一起，两只手中间热乎乎的，有一种潮湿的东西粘连着我和她。她拉着我向前走，不与我说话，也不再让我看什么。我跟在她身边稍后一点的地方，刚好看到这个女人的后侧面，看到她的脸也是小半边，但看得勉强，她长长的头发被风吹拂得飞舞着，遮住了她的脸。隐约可看到她侧脸的白皙，沿鬓角处蒙着细茸茸的汗毛，淡墨痕似的一道，这使她的脸看起来十分生动。她的身体有着S形的美妙，前胸，臀和胯部，夸张地鼓胀着。从我的角度看，她体形修长不失丰腴，俊俏极了。她走路轻盈，几乎没有一点声音。风把她长裙的下摆吹向一侧，抖动着裹住她的小腿肚，偶尔还会把她裙子的一个边角掀起，很快又重新落下，贴在她圆滚滚裸露着的小腿处晃动，发出布与空气玩耍碰撞出的扑啦扑啦的声响。

这时我似乎有所觉悟，仿佛感到人在梦里。在这个梦里，我看不到自己，看不到生活里熟悉的一切，甚至看不到人世里的丝毫模样。所有的东西都那样缥缈，那样遥远，一片白亮白亮的光塞满了所有的空间，透过这样的光亮，我看到了被揉搓得扭曲了的宇宙。而我自己，却浑身发热。喀拉库里湖在我的脚下荡漾。

她领着我穿过山坳时，风变得大起来，那个山坳像条深褐色的绸布带子，一直延伸到远方，在风中飘动起来，所有的山峰都缓慢地飘荡着。这时，一个巨大的飞行器出现了，它越过我们脚下的喀拉库里湖，向着白色冰山飞行。我抬头去看，飞行器巨型的翅膀向外霸道地伸展着，钢铁的躯体被阳光和雪山辉映得闪闪放光。飞行器下面却是一片黑暗的阴影。那阴影铺天盖地，随着飞行器一起移动，遮蔽了世间所有的光亮，慕士塔格冰山在它的遮挡下消失了。我们身后，突然响起了轰轰隆隆噪乱的爆裂声……恐怖极了！

又过了许多年以后，我再一次看到她时，是在广西北海的海边，在一片宽阔的银色沙滩上。我斜靠在一棵椰树上，赤裸的腿伸到阳光里晒着，双手在树荫里摆弄照相机，翻看刚刚拍摄的椰子树和火红的木棉花。我喜欢摄影，更喜欢大海边的景色。

黄昏时的太阳，一抖一抖地挨近地球，逐渐变大变圆。这是件我永远也无法弄明白的事情，它那么大，离我那么近，可它的光却不像早晨和中午那样暖热，甚至没有一丁点儿温度。这时候，没有任何征兆，她突然出现了，就在我面前。她像我一样坐在沙滩上，离开我大约有五六尺的距离。我感觉到她的存在时，她正微笑着看我，整齐洁白的牙齿若隐若现，身上仍然穿着我熟悉的白色亚麻布连衣裙。看到她时，我非常吃惊，像以前许多次遇到她时一样莫名其妙。怎么会？

她一只脚裸露着平放在沙滩上，一只脚伸进潮湿松软的沙子里，只有几个脚趾露在沙子外面，趾腹圆润粉嫩得性感极了。我看到了一片绿色的青草随风微微晃动，慕士塔格雪山的峰顶高耸着。她仍然在微笑。我知道，她也一定知道，她的微笑于我，是友善的诱惑和问候。可对于她的突然出现，我却感觉到了恐怖。恐怖极了！她曾经对我说过："当你遭遇坎坷，又无法克服那磨难时，我会来看你，随时守护在你身边。"

我向远处望去，她身后，橙红色的阳光铺在海面上，被风吹皱了，仿佛变成了一张巨型渔网，覆盖了整个大海，密密麻麻没有一丁点儿疏漏。

我没有办法无视眼前的一切，海浪，沙滩，阳光，她的微笑，还有因她的出现，我内心产生的恐惧。她怎么会在这里？她到底是谁？

许多年过去了。我说。

她也说，许多年过去了。

她抬起手，指向遥远的北方。她说你看。我看到那里已经进入冬季，大地上没有了花草，植物上看不见丁点绿色，寒风刮刀般剥光了所有树木。海平面突然变得虚无缥缈起来，雾气蒙蒙中耸立着一座城市，敞亮的街道上，密密麻麻地行走着许多人。到处是奇形怪状的高楼大厦，还有高楼制造出的阴影。浓雾里，有只像鸟一样的东西，展开巨大的翅膀在半空中盘旋。她又伸出食指，在我眼前轻轻划动了一下。所有的景象消失了。

海面上布满了雾气，朦朦胧胧中，又出现了那一片古旧的瓦房。有只猫躬着身体，在房顶上自由地轻轻漫步。灰色的房屋，被橘黄色的大机械，西服革履包裹着的家伙，戴着黄色塑料帽子的农民工，还有穿蓝黑色衣服的人群包围着。巨大的推土机冒着黑烟开动了，土地在它履带碾压下颤抖，房屋在它的推铲下坍塌了。来自各省的北漂农民工们，兴奋地挥舞着手里的钢钎，大铁锤和镐把冲向围观的人们，一阵阵呐喊声和柴油机的轰鸣声交响喧嚣，震耳欲聋，一团团烟尘遮天蔽日，笼罩了已经坍塌成土堆瓦砾的房屋。人群呼喊着聚集起来，却又在钢铁和木棒碰撞肉体的响声里四散开。在他们身后，是一排又一排满面笑容的蓝黑色衣服。

她又把食指划动了一下。我看到了我。

我在灰蒙蒙的远方，提着我的联想牌笔记本电脑，孤独地微笑着，无奈地走过因房屋倒塌而变成的一堆堆瓦砾。那只曾在屋顶散步的老猫，蹲在瓦砾堆的一个角落，目光呆滞地看着我。可以任它自由行走的屋顶，永远地消失了。

我转过头看她，她仍然微笑着。我看到了她眼睛里闪着亮光。我知道，那是她的智慧，是她的善良，是她对我的爱护。她说，是这样的，你看到了吧？

太阳从海平线那里消失，天在瞬间暗下来，大地上黑黢黢一片。涨潮了。听得见海浪笑闹着，哗啦啦的响声，掩盖了世间所有的声音，汹涌的大浪，一波连一波扑向海岸，仿佛要撕碎了世间的一切。

她摆摆手，示意我到她身边去。我放下相机，坐到她身旁，我渴望她的温暖。我把手伸向她，像很久以前，她拉着我走向那个遥远的山坳似的，我们的手紧紧地握在一起。我手上黏附着的沙子，散落在她身上和裸露的腿上。没来得及落下的沙子，便在我和她的手掌中间摩擦。我感觉到那些沙砾，在我和她手掌间摩擦产生的暖热，渗透过我掌心的皮肤，融进我的血管，固执地蔓延遍我的全身，持久地温暖着我。

那时，我想靠近她，拥抱住她，亲吻她，问问她是谁，为什么告诉我这些，为什么让我看这样的画面，她又为什么用她的身体温暖我，给我智慧和力量。

可黑暗的沙滩上，只有我自己孤零零地坐着。

起风了。我又看到了风。风在夜空中奔跑，像无数条鞭子似的抽向一切裸露的东西。

遥远处，夜黑中，波涛汹涌的海面上，有只竖立着的帆，它的一线白色，放射着光芒，照亮了我。我看到那一线白色，利剑似的用它的坚硬，划开黑暗的夜空，在海面颠簸晃动着。

那一年冬天来临时，我在她告诉我的那个深夜，背着我的笔记本电脑离开家。第二天，她让我看到的一切，真的发生了。

那人那狗那鸡

那狗用眼角的余光看着竹笼里那鸡，嘴角露一丝冷笑，他大声地对鸡说，鸡！你整天都被圈在小笼子里，活动范围那么小，真够可怜呀，你看我多么自在！为显示自己的得意和自由，他向上跳了跳，还把自己的头用力向上仰，把脖子伸长。他想让那鸡看看他脖子上的项圈，项圈是那人亲手给他戴上的。那狗戴着的项圈非常漂亮，用本色牛皮制作，两寸多宽，厚实却柔软。上面的金属环和装饰扣子，被阳光照射得银光闪亮。被主人拉出去散步的时候，那狗戴着项圈，比没有项圈带，或拿绳子拴着的狗，显得威风帅气了许多。走在路上的时候，他总是不可一世的样子，感觉他的脖子上套个项圈，是自己的骄傲，根本没理会那根连接项圈的铁链子，紧紧地束缚着他的活动范围。那狗随时随地都想炫耀自己的项圈，就像那人在与人交往的时候，总是要把写着自己名字和头衔的小纸片，恭敬地送到人家手里一样。那狗把头仰起来，把自己的脖子伸长，准备给那鸡看看自己的项圈时，脖子虽然感到项圈束缚的沉重，却没使他感觉别扭，他已经习惯这样的牵扯。那狗项圈连接着锁链子，发出金属的摩擦声和碰撞声，哗啦哗啦地响亮着。锁链的另一头，拴在鸡笼旁边一个柱子上，柱子根部已经被锁链摩擦得脱了一层皮，闪烁着木头质朴的光亮。

那鸡正蜷缩在竹笼里，卧在一团松散的稻草上闭目养神。她被那狗的叫声吓了一跳，困乏劲儿被搅没了。她抬起头，半睁开迷瞪的眼睛，瞧瞧外面。太阳老高了，金色的阳光洒满大地，把鸡舍笼罩得暖洋洋，她的身体也在阳光覆盖里暖得十分舒坦。她看到那狗站在鸡笼下，身体的一半在阳光里，滑顺的皮毛在阳光下闪着亮光，看起来，那狗真的有点威风。那狗另一半身体在鸡笼的阴影里，阴影处的皮毛，没了阳光的照射，显得很脏，而他却是雄赳赳的神态。这使那狗的样子，看起来十分滑稽。那鸡就从自己的喉咙里弄出一点咕咕咕的响声，表示了对那狗的蔑视。

被狗搅扰了休息的那鸡，很生气，她微微歪了头，拿一只眼皮乜了那狗一眼，便低着头活动身子。她伸伸脖子，把翅膀伸展开，使劲扑棱了几下，她要放松放松身体。可她的翅膀刚一张开，就碰到了竹笼。用坚硬的竹子编织的竹笼壁，把她的翅膀碰得有点疼。那鸡怕被那狗笑话自己娇弱，便忍着疼痛，收回翅膀，若无其事地在原地踱步。她把一条鸡腿抬起来，蜷缩到身子下面，鸡爪子缩紧，再伸开，反复做了几次，再换另一只腿接着做。随着她丰满的鸡腿和纤巧的爪子，抬起落下，缩紧张开的动作，那鸡感觉浑身的筋骨都松散开了，通泰得很惬意。她想对那狗说点什么，但还没说的时候，她感觉肚子胀，她知道自己的那个要来了。这是她生命的本能，是她的骄傲，更是她看不起那狗的资本。

那鸡想，哼！连个蛋都不会下，笨死你！我住鸡舍里怎么了？那人要是敢对我不好，我就不给他生蛋吃，哼，哼！她歪了眼睛看了看那狗脖子上的项圈，眼光里流淌着一千多个蔑视，一万多个骄傲，她得意地晃动着自己的脖子。那鸡脖子上顺滑的鸡毛，被阳光照射得五光十色，非常漂亮。

那鸡转回头，不再看那狗，也没有向远方看。她知道自己看不到远处的任何东西。她也没有像往常一样，把头摇来摆去随处乱看。她只骄傲地把脖子伸长，高高仰起头，眼皮耷拉着，在原地踱着大步，仿佛整个世界都在她的脚下，仿佛她栖身的鸡舍不是狭小的竹笼，而是宇宙，她正在把整个世界都踩在了脚下亵玩。

过了一会儿，那鸡将身体调整到比较舒适的姿势，弯曲了两腿使身体矮下去，她把身体蜷缩在那团充满温暖散乱的稻草垫子上。但她感到屁股那里十分别扭，即将出世的鸡蛋，堵塞了她的屁股，弄得她整个身体都不舒服。她悄悄抬了下头，翻了翻眼皮，狠狠地乜了那狗一眼。她看到那狗眼睛亮亮地正在看着她，便觉得自己应该把活儿做得潇洒顺利一些。但此时的她，已来不及潇洒，来不及让自己显示出高傲的表情，即将出生的蛋，制约了她的身体，把她的脸都憋成了红色。她必须集中精神，全力以赴来应付自己面临的局面。为了不让那狗看笑话，她不能失去风度，那鸡赶忙把丰润肥白的鸡腿用力叉开，屁股颤颤地向后撅起着。那鸡知道自己这时的样子不好看，可她并不觉得羞耻，而是感觉骄傲，她嘀嘀咕咕不停地说，疼，但快乐着！

那狗站在柱子边，伸长脖子高仰着头，认真地注视着鸡舍里的那鸡。那狗看到那鸡红润的脸蛋儿和丑陋的姿势，感觉很好笑，就大声地笑了起来，汪……汪汪汪。此时此刻，那鸡已经无暇理会那狗，因为她屁股里的蛋，已经迫不及待地要挤出来，她在努力工作中低声说，讨厌，狗！那鸡终于在那狗笑声的伴随下，顺利地生下一枚蛋。她听到自己身体后边，发出了一声很轻很轻的响声，像那人随意放了个屁一样。那鸡知道自己下蛋成功，全身一下子感觉轻松了。那鸡知道，今天的功课顺利做完。她回了头，看着从自己身体里出来的蛋，椭圆形淡褐色的表皮上，沾着丝丝湿润。那鸡便嘎哒，嘎嘎哒地浪笑起来。她得告诉全世界的人，她下蛋了。

笑了一阵儿，她歪了头，透过鸡笼缝隙看那狗。那狗也仍然在仰着头看她。那鸡很生气，就对那狗说，狗！你真没羞，怎么能偷看人家？流氓你！那狗听了鸡的话，便大声笑。那鸡说，你笑什么笑！对了，你是不是在笑我？哼，我看你是嫉妒我了呢。我现在的处境，有什么不好吗？你没看到那人总是把好吃好喝给我送到嘴边吗？可是你看看你吧，脖子上扣着项圈，还被锁链子拴着，你还笑我？哼！——说着话，那鸡眼里闪烁着一万个看不起那狗的神态，把头扭向一边。嘎哒，嘎哒……嘎嘎哒，那鸡又得意地浪笑起来。那鸡为了表达自己的兴奋劲儿，张开翅膀使劲扑棱。

得意着的那鸡，翅膀又碰到了竹笼。这次她的翅膀仍然被碰得很疼，羽毛都被碰掉了，但为了不给那狗嘲笑自己的资本，那鸡忍受着身体的疼痛，仍然不动声色。

那狗知道，那人很爱惜鸡蛋，他总是在那鸡下蛋以后，刚一听到她的浪笑声，就会立刻从屋子里出来，得意扬扬地把鸡蛋收回去。他会把鸡蛋积攒起来去换钱，换金银财宝，或者在他需要补一补身体，恢复精力的时候，吃掉几个鸡蛋，营养自己。那狗感觉这是个讨好那人的机会，他知道那人马上就会到鸡舍来，他不能放过任何表现自己的机会。为了讨好那人，他放弃了对那鸡的关注，赶快扭转身体，把头扭向屋子的方向，大声叫那人，呜——汪！呜——汪！

那人听到鸡的笑声和狗的叫声，从屋子里走出来，从容地走向鸡舍。他知道，只有在有事的时候，那狗才会这样叫他，而鸡的笑声是告诉他，我又下蛋了，快来拿吧。那鸡的笑声，使他非常兴奋。他大步走着。穿在他脚上的反毛皮鞋很脏，鞋面上沾染了一块一块的污渍，鞋带子松散着，有一条带子的头，被踩在脚下，已经沾染了泥污，干巴巴已经看不出带子的颜色。大皮鞋被他穿了许多年，已经被他穿得歪七扭八，根本不像鞋的样子，硬硬的鞋底儿，已经明显地扭曲，把鞋尖高高地翘起，滑稽地骄傲着。鞋虽说已经很不规矩，那人却仍然能穿着它，走路的时候，总是用它在地面上敲出进行曲的节奏声。那人踢哒踢哒地从屋子里大步走着，威武地边走向鸡笼，边对着那狗大声呵斥：叫什么叫！你个狗东西！

那狗站在鸡笼旁，四条腿直直地很规矩，他仰着头，默默地注视着那人，注视着那人穿着皮鞋的脚。听到那人的训斥，他便不敢再叫，他害怕那人用穿着皮鞋的脚踢他。那狗在那人的骂声里，把耳朵耷拉下去，把尾巴紧紧地夹在屁股中间，狗头却仍然高高地仰着。那狗闭着嘴，无声地看着那人走向鸡笼，他脖子上的项圈在阳光照射下闪着银色的亮光。他看到那人嘴里虽然在骂着他，却再也没看他，而是径直走向鸡笼。那狗看到那人不再看他，便感到受了冷落。他想再叫几声，把自己的感受说出来，可他没敢叫出声，只微微低了头，又把头抬起来，继续看着那人的行动，让声音呜呜呜地在自己的喉咙里响。

那人走到鸡笼边，他首先看到了那鸡屁股后面的鸡蛋。他总是第一眼就能看到鸡蛋，他只关心鸡蛋。那人刚一看到鸡屁股下面的蛋，脸上就有了笑容，被烟熏得黄黄的牙齿露出来，很整齐，却锈黑得十分难看。那人笑着把手伸进鸡笼，先抚摩了下那鸡的身体，便抓住鸡蛋拿出来，用另一只空着的手，从放在边上的口袋里抓了把鸡饲料，撒在鸡食盆里，又给水罐添了些水。

那鸡歪了头，用左边的眼睛看到那人所做的一切，再转过头用右眼睛又看了一眼那人，高兴地笑了，但她没敢浪笑，她知道主人有时候是很严肃的，她只是呱呱呱呱地表达着自己的得意。那鸡笑着，乜了一眼那狗。

那狗站在一边看着那人和那鸡。他们的亲密接触，让他嫉妒，便盼着那人在给那鸡喂食后，也会随手扔一块骨头或者剩大饼、馒头什么的吃食给他。那狗知道，虽然他经常吃那人吃剩下的东西，甚至有时候还是山珍海味，可那人平日里对他还是挺宠爱，脖子上的项圈和锁链，都是为他到外面找了工匠特别定制的。那人怕他闲得久了，牙齿咬合力会下降，牙齿变得不锋利，还特别给他准备了口咬胶，让他锻炼自己。那人只在心里烦闷时，不高兴时，才会对他发脾气。但那狗也知道，那人只对他发脾气，从来不对鸡发脾气。那狗记得，那人生气的时候，常常用脚踢他，用两只脚中的任何一只踢他，哪只脚踢着方便，就用哪只脚踢，从来不顾及他的身体能否承受。那人踢他的时候，脚上一律穿着皮鞋，嘴里还要伴随那脚接触他身体的瞬间，恶狠狠地骂他：你个狗东西。那人却没踢过鸡一次。那狗总也弄不清楚这到底为什么。他很苦恼，便在叼咬口咬胶磨牙玩的时候，常常把口咬胶当成那人的脚脖子。

　　看着那人拿着鸡蛋走回屋子，根本不理他，那狗便觉得那人性情乖舛多变。那人只在需要他看家护院的夜晚，才爱他，需要拉着他去散步时，才宠他。他想不明白那人为什么会喜怒无常，为此，那狗十分郁闷。抑郁时，他真想咬那鸡的脖子一口，也想咬那人的脚脖子一口。听到屋门砰地响了一声后，那狗的神经，被关门的响声振奋了。冷不丁地，他想起来，那人总是每隔一段时间，就会换换鸡笼里的鸡。他也确实在隔过一段时间后，就得到一次啃鸡骨头的机会。这个记忆，让那狗感到得意，想象中，他甚至闻到了烹鸡翅的香味儿。这么想着，他心情好多了。

　　得意着，那狗踮起脚，仰着头，瞧了正在啄食吃的那鸡一眼。然后，他趴在地上，捂着嘴，眯缝着眼睛，悄悄地笑了……

幸福电梯

昨天艾云女士发短信息给全友德先生说，先生出差到北海开会了，安全期三天，你到家里来，明天我等你。全友德先生进了楼，像别人一样径直走到电梯前。

这是座很大的公寓住宅楼，大堂空间宽阔，天花板雕塑几何状花纹，中间悬挂着的许多盏造型不同的大灯，灯的四周垂下玻璃流苏，一条挨着一条，被灯光吹动着微微晃动，灯光又在它们的扭动中，向外反射着各种颜色；大堂地面铺了光溜溜的彩色地砖，上面没有一点灰尘。一位微胖的中年女人，推着大拖把在大堂里不停地走来走去擦地板。

有人陆续从大门那儿进来，直接走向电梯间门前等候。所有人行为规矩，举止稳重，显得有教养。等电梯的人们，扇面形站成一堆，围着那扇不锈钢门，等候它向两边打开。门边镶嵌着两只按钮，一个指向上，一个指向下；门上方还有一排红色小灯，交替着亮起，显示电梯开动时行经楼层的位置。向下行使的电梯到了，它明亮的门向两边缩进，人们向前蠕动，挨个走进电梯。小小的空间被塞满时，电梯门重新缩回中间，闭合得没有一丝缝隙，它板着冰冷的面孔，制造了里面和外面。

全友德先生和其他几个人变成了外面。

外面只能等电梯落到底层后，重新向上升起。

时间过去了很久，电梯周围重新站了许多人，在外面的后面围成扇面形。又过了很久，电梯却始终也没再升上来。几个外面交头接耳，猜测出了什么事故。几个有急事要去办的外面商量怎么办，最后他们决定不再等候电梯。时间是宝贵的，全友德先生压抑着心里的喜兴说，还耸了耸肩膀，以表示他支持走步梯上楼。他跟在几个外面后面，从旁边的步梯上楼。

全友德先生与几位外面沿着步梯，转了几回身，爬到了一个大堂一样的空间，可这里被一堵玻璃墙隔断了，玻璃墙扭扭转转地阻断了所有的通道。站在这里，能看到人们要去的地方，还能看到在最里边角落里有扇小门。玻璃门在前边不远处，走到那里需要从一个高台阶边绕过去，过道很窄。几个人顺序了脚步，一个跟在一个身后，向那里走，全友德先生稍微落后了一些。那扇玻璃门通体透明，只在中间有个亮晶晶的钢铁门把手。门边放着一把歪扭的旧沙发，柔软的椅面看起来曾经很厚实，但此时，它的中间已经深深凹陷了，有个胖胖的光头男人坐在那里。光头男人的脑袋肥大，两只耳朵像狼狗的耳朵一样竖立着。他手里摆弄着一只挺大的雕花烟斗。他低着头说，像是自言自语：你们得按门框边上那个蓝色的按钮，那是电铃，一按就会响起好听的音乐。外面有人听到声音后，会来开门。

听了他的话，前面有一只手伸出去，按了蓝色的电铃钮。很快，外面果然出现一个人，他快速走到门边来。那人身穿合体的西服套装，身材瘦高，脸很长，像马脸一样长。他微微有点驼背，头发很长，似乎有些日子没洗过了，黏腻散乱地蓬松着。他板着面孔，眼睛盯着地板，并不看等在外面的人们。他走到玻璃门边，不言不语地把门打开后，然后转身突然又消失了。

全友德站在人们的后面，看到了这个过程。

在全友德先生一分心的工夫，便与几个外面离开了几步路。可就那么短短的距离，不可思议的事情发生了。他快步走到门前时，玻璃门突然以飞快的速度关闭了。他觉得真是好笑，只差这么一点点自己就被关在门外了。但他不急，一举一动都显示着一位学者应有的教养。再说，他也知道把门打开很容易，光头男人说过，只需按按门铃就可以。

全友德先生伸手去按那个蓝色的电铃钮。他按了一次，又按了一次。里面没人来开门。那个瘦高的男人并没有像他期待的那样来开门，他始终没再出现。

全友德先生站在玻璃门前等着，尴尬，焦急，却又无可奈何。那地方窄小，窄得像条独木桥，仅仅能容下一个人的身体。全友德先生侧了脸向后看，没有人，只有他自己站在门外。这时他看到有个人从步梯那里走上来。

是艾云女士。穿在她脚上的深棕色细跟儿高跟鞋，把地面敲得嗒嗒响。看到她，全友德先生轻松了许多。艾云女士住在这座楼里，她知道怎么把这扇门打开，自己的家嘛。

全友德先生站在玻璃门前，扭转过身体，等着艾云女士走过来。他对艾云女士说，你出去了？我还以为你在家呢。我在这里等一会儿了，没人来开门，我已经按过几次门铃，但没有人来开门，不知道怎么才能过去。我心里还嘀咕，怕你在家等我着急呢。艾云女士微笑着抬起手，轻轻拍了拍他的脸说，真笨，笨得可爱你。说着话，她隔着全友德先生的身体，向前微微探着上身，伸出手，亲自去按了电铃按钮。

仍然没人来开门。

艾云女士和全友德先生站在玻璃隔断前，看着空荡荡的另一边，等得心急。

过了一会儿全友德先生说，怎么办？一定是这里出了什么问题。还有别的地方可以走吗？他问她，又挨近她耳边说，时间是宝贵的。你懂的！从他嘴里呼出的热气，轻扑着艾云女士脸，又暖又痒。艾云女士觉得心跳快起来。她觉得有些热。她说，今天确实很怪，我记得这里很宽敞，根本没有什么玻璃墙和门。我自己的家，我怎么不知道这里发生的变化呢？

这时，刚才开门那位瘦高的人，突然出现在门里边。但他并没像上次一样打开门。他站在玻璃门前，在里面用很大的声音，对全友德先生和艾云女士说，这边出事了，什么什么事，他解释着，这门不能再打开了，恐怕要等一等，一小时，两小时，或者更长时间吧。我也说不好。你们可以继续在这里等待，也可以下去乘坐电梯，或者以后再来。

艾云女士把一只手抬起来，扶在玻璃门上，她站在全友德先生的身边与里面的人说话。她的身体轻轻挨碰到全友德先生，先是肩膀，接着是前胸，不知道她是故意还是无意。她穿在身上的亚麻质地的小外套，高高地鼓着，淡黄的颜色更加突显她前胸的丰满。瘦高男人看到了这一切，似乎很生气，他不再与艾云女士说话，板着脸突然消失了。坐在破沙发里肥胖的光头男人也不见了，玻璃门边只剩下那只破旧的大沙发，还有全友德先生和艾云女士。

过了很长时间，再没人走上来。

艾云女士对全友德先生说，哎，我感觉有点热。说着话，她解开了小上衣的两粒纽扣，黑色内衣露出来，把她的身体衬托得白皙性感。全友德先生看了看空荡荡的四周，把手扶在艾云女士肩头说，热，脱下吧，凉一凉。这里没人。不等艾云女士回答，他伸手将艾云女士的上衣撕扯下来，拿在手里，然后他把它用力扔到那只破旧的大沙发里。只穿了内衣的艾云女士说，你就喜欢让我这样。你看看，我穿成这个样子太暴露了，多不好意思，咱们在那里坐坐吧。

俩人紧紧挨着挤在破沙发上，艾云女士蜷缩着身体，尽量将身体藏在全友德先生怀里，她用左手在他手背突起的骨头上轻轻摩挲着。她说，他告诉我到北海开会，算上路程，要去五天时间。鬼才知道他是去开会，还是带了别的女人去幽会，谁不知道那里有个"银滩"。哼！管他呢！他总跟我说去开会。我才不管他。咱们不是也有时间了嘛，我算了算，掐头去尾咱们有三天的安全期。她笑了，左右看看，并没有其他人，便将头扎在全友德先生胸前说，抱抱我，用力抱紧。

全友德先生听话地揽了艾云女士在怀中，挨着她细腻的肌肤，他觉得仿佛是将一团柔软绵密的丝绒抱在怀里，从她身上散发出的一股股淡淡香味不断浸润着他的神经。他感觉自己体内的怪兽正在伸展身体，张牙舞爪地时刻准备冲出来。

艾云女士却停下来，她用双手推开他说，渴了。我去烧开水，给你泡茶喝。这里也不方便啊，咱们，咱们去看看电梯来没，回到家里去吧，在家里更方便，随你疯。你要不喜欢喝水，家里有酒，白酒、葡萄酒和啤酒，咱们也可以一起喝酒的。

艾云女士站起身，回头乜了全友德先生一眼。走吧！她向楼下走去，高跟鞋把地面敲得嗒嗒响。她边走边对他说，来，快点，咱们回家去，我顺便给你做点好吃的东西。待会儿你好有力气！

全友德先生说好啊，我盼着这样的时刻。他急忙抓起艾云女士的外套，跟在她身后。

俩人顺着原路下楼，在大堂里经过电梯时，他们看到电梯的门开着，里面空无一人，也没有人等在外面。他们非常高兴，赶紧拉着手走进电梯。他们刚走进电梯，电梯的门就在他们身后闭合了。

艾云女士轻轻舒了口气，转回身扑到全友德先生怀里，两条白皙的胳膊像根绳索一样拴成圆圈，把自己挂在全友德先生的脖子上。她埋了头，噏着抹过红色唇膏的小嘴，深深地吮吸着他身体发出的荷尔蒙气息，同时把自己前胸的高厚和温热传递给他。全友德先生揽着艾云女士的腰，双手交叉到她身后，放在她的胯部，小腹向前紧紧顶着她的柔软。他微微低着头，凑近她，猛地吻住她滑腻腻的嘴唇，将她弥漫着香甜味道的舌头吸进嘴里。他用力吮吸着，感觉着她湿滑的活力，让她在自己身体里裸露。他陶醉着，还用手掌一下一下用力地拍打着艾云女士丰满的臀，啪啪，啪啪的声音，仿佛进行曲的节奏。

电梯发出轻微的嗡嗡响声，似乎还颤抖了一下，开动了。俩人沉浸在彼此的味道里，没有察觉到电梯是上升或下降的方向。

他们沉浸在搂抱着的幸福中时，电梯间悄悄地膨胀着，变得越来越大。

这时，有人敲门。

刚才守卫在玻璃门边的光头男人，打开房门探进脑袋。他看到男人的脸和女人半裸着的白皙后背。他把嘴角撇成了八字。他狠狠地盯着他们两个人，不言不语地将一个遥控器递进来。

艾云女士抬头看了眼全友德先生，他们对正在发生的事情都感到惊诧，俩人谁也没去接那个遥控器。光头男人说，这个小东西能操控所有的设备，随你心里怎么想。管用！你们看，说着话他随意在小东西上按了一下，戴在他头上的两只圣诞节玩具犄角突然亮了，放射着红色的光。他把头晃了晃，两只犄角的红光便左右摆动着。他说，我心里想着把它点亮，他抬起右手，指了指自己的头顶接着说，你们看，它亮了吧？真的管用。我把它放在门边，你们放心做自己的事吧，祝二位幸福快乐！噢，对了，这里很安全，只要你们心里想着这是个封闭的空间，就没有谁会来打搅你们，任何人都进不来。如有需要帮助的事情，包括所有需要帮助的事，请随意按按这小东西上面的任意按钮。我与那个长脸男人恭候在外面，随时准备为你们效劳。说完话，他消失了。电梯的门，仍然紧紧关闭着。

在这个过程中，电梯间不断地变大，变得很大，像间厨房那么大。

艾云女士站在煤气灶前忙碌，白皙细腻的后背裸露着，滑腻腻的样子很性感。全友德先生站在门边看着她。抽风机旋转着发出呜呜呜的响声，像电梯马达的旋转声响一样。这时，全友德先生觉得这里根本不是电梯间，就是一间厨房，像许多家庭的厨房一样，摆满了煤气灶、安装着抽风机和橱柜等一切厨房设备。唯一不同，也让他感觉奇怪的是，这屋子的天花板像个硕大的电视屏幕，黑乎乎的还有点反光，地面则满铺了一块大镜子，映照出他和艾云女士，还有那块黑乎乎的天幕。

看到这一切，全友德先生感觉闹心，也有点惧怕，这是怎么回事？他明明跟她一起走进了电梯间，怎么会出现在这里呢？这么想着，他微微侧头，用眼睛的余光看了看趴在他肩膀上的艾云女士。她的长发蓬松着披散在肩头。他猜测她是不是也看到了这些景象呢，难道是自己的情绪过于投入，兴奋得大脑神经错乱，产生了幻觉？自己眼睛看到的东西，莫非仅仅是自己心里的臆想吗？全友德先生心里揣度着，希望给自己不安的心找到一点点安慰。可就在这个时候，他感觉到艾云女士的身体微微抖动，像他们在一起时，那种到达顶点前，身体不能自控的抽搐，她的身体飞快地颤动着。

我感觉有点冷。这里很冷，好像有风呢，你知道是怎么回事吗？她趴在全友德先生肩头说。

听了她的话，全友德先生也感觉到了，有一股一股阴凉的气息，在他们周围飘荡。他用手摸索着找到她的小外套，展开来披在她裸露的后背上，用手轻轻拍了拍，然后用力将她搂得更紧，安慰她说：不冷了，我暖着你。

在他有力的搂抱中，艾云女士感觉到了安慰，她想，她需要这样的搂抱。有了这样的拥抱，果然不再感觉寒冷。她闭住眼睛，享受着这个温暖又幸福的时刻。

过了一会儿，全友德先生在艾云女士耳边说，好些了吗？

嗯。女人轻轻答应着。

全友德先生又说，哎，我怎么觉得咱们在你家厨房里啊？他的话音刚落，便感觉到艾云女士在他怀里猛地一抖，更紧地搂住他的脖子，用一种怪异的声音说，别说！你别说这个！我好怕！

全友德先生说，我记得咱们是在电梯里，你和我拉着手，一同走进的电梯，是吧？怎么会突然在你家厨房里了？我都闻到你煮咖啡的香味儿了，还听到抽油烟机的声音，甚至看到水壶里的水沸腾时散发出的白色水蒸气。我明明搂抱着你，咱们一起站在电梯里，可我看到我靠在厨房门边，看着你正将煮好的咖啡倒入一只玻璃壶中。你裸露的后背白皙细腻，肉肉的，性感极了。你知道的，那是我的最爱。你看到了什么？

艾云女士感觉十分恐怖，她尖叫一声，紧紧闭上了眼睛，身体抽搐着。与此同时，全友德先生也感到了恐怖，身体似乎失去了所有的力量，双腿变得绵软无力，他在艾云女士的尖叫声中向前一扑，把头埋到艾云女士的肩头，紧紧地闭着眼睛。

艾云女士的身体重新抖动起来。她说，没有。我没看到你说的那些情况。我看了一间小房子，很小，很窄小的房间里，那里有张小床，他蜷在那条小床边，给一个女孩子穿上高跟儿鞋。哦，天呐！他跪在地板上呢，头低得很低很低，用双手捧着那女孩的脚。他的手，还轻轻摩挲着她黑色有镂空花纹的丝袜。

艾云女士的身体因气愤在快速地颤抖。

正在发生的一切，使全友德先生感到不解，也感到了前所未有的恐惧，这是怎么了呢？他抱紧艾云女士，慢慢地转身，试图躲开他看到的一切，也让艾云女士的视线换个方向。什么都看不到的话，大家的情绪可能会踏实下来。他慢慢地扭转身体，把艾云女士紧紧地抱在怀里，不让她的挣扎破坏了他的行动。

突然，艾云女士发出一声尖叫，愤怒地大声骂道，混蛋！混蛋！他，他竟然，可他从来没亲吻过我的脚，从来没有过！她哭喊着，你也没有，你也是个混蛋！

艾云女士抢着小拳头，不断地锤打在全友德先生的肩头和胸脯上，发泄着她的怨恨。

终于，艾云女士不再哭泣，渐渐安静下来，她依偎在全友德先生的怀里，仰起脸，抹过鲜红唇膏的小嘴噘向他，等待着他的亲吻，就像他们往常在一起时一样，温柔而又贪婪。他们就这样搂抱着，不知道过去了多长时间，电梯颤抖了一下，停住了，再也听不到嗡嗡响的声音。她把耳朵贴在他的胸脯上，倾听他的呼吸声，安静地享受着他们俩人的幸福时刻。

全友德先生感到了胸前暖柔的蠕动，他慢慢睁开眼睛。可他眼前竟然出现了一片宽阔的海滩浴场，一个女人和一个男人像他们一样，搂抱着躲在阳伞下。那女人不是艾云女士，男人也不是他。

电梯间里静悄悄。

全友德先生觉得心像被一把尖刀搅动着一样疼。

这时，他的梦醒了。

燃烧的咖啡

沿着窄而陡的楼梯向上。

陈成走在前面，头和宽宽的肩膀一点一点升高，渐渐地挡住了楼梯折角处那灯发出的昏黄的光。他的身影越来越大，光从他的腿缝处透过，懒散地趴在楼梯上，忽明忽暗。

田丽清跟在陈成后面，这是她很不乐意的，并肩共进都好。可这楼房的设计师却把楼梯弄得这么窄，好像人们就应该这么一前一后地行走似的。真可恶。田丽清的高跟皮鞋敲打着木质楼梯，发出单调而又不安分的声音。仿佛她每登高一步，就比原来那一会儿变得更加年轻了似的。瞧他刚才那钩针似的眼神，田丽清心中的欣喜在愤愤中膨胀。陈成在楼梯的折角处一转，瞬间的光明把他的身影赶向前面。那灯光便无遮无掩毫不犹豫地扑向田丽清的脸和前胸。田丽清似乎感到了一点暖和，也感到了那光在她的脸上肆无忌惮地抚摸。他会吗？不知道为什么，田丽清竟留恋起刚刚在自己眼前消失的巨大身影。他的身影既然能遮住昏黄的灯光，也必然和这灯光一样扑在了自己的身上。田丽清的嘴角处泛起浅浅的笑纹。跟着她也转过了楼梯的折角处，向上。

田丽清看到了自己的头和瘦小的身影印在陈成的腰部。她那蓬松的长发，凹凸有致的波浪纹竟是那么清晰，清晰地印在陈成的腰部和臀部，在那些地方微微跳动。看着他的背影，她猜这家伙一定很霸道。

男人总是很笨，陈成向面前的陌生女人笑笑。他不知道哪件衣服合适，便随手把几件衣服拿在手上对比。妻子是医生，随援非医疗队出国一年了，孩子已经长高许多，该添置新衣服时，他遇到了麻烦。在他请导购小姐帮忙时，那小姐问他孩子的身高和体型。他用手比画着，大约就这么高吧。

她在一边说，您的小孩几岁？

四岁。是男孩。

真巧，我的小孩也四岁。她说。这个年龄的孩子身体发育很快，衣服不好买。买现在合适的衣服，穿不了两个月便小了，买大一点的吧，穿起来不好看。她说，你看看这件衣服，我准备买给自己女儿的。稍微大一点，男孩子长得高些，穿起来可能合适。也可以比着这件，给你的孩子再买大一号的，能够多穿一段时间。她把拿在手里的一件米色细条绒上衣，递给他。

他伸手接过衣服时，他们的目光相遇了。他微笑着向她点了点头说，谢谢！

没有蓄谋的勾引，也没有谨慎的怀疑，陌生人之间的交谈，随意自然。可谁会想到，为了一件孩子的衣服，他们经过了简单的接触，就这样走上了窄而陡的楼梯呢。生活中的偶然，悄悄地给人们带来什么？这样想着，田丽清加快了脚步，并抬头看了一眼他宽厚的背影。

陈成不知道身后发生的一切。他的感觉，还在拥挤燥热的公交车上。

什么也没说，他们像所有乘车人一样，笔管条直或随意扭曲着紧紧挨挤在一起。他们走出儿童服装商场时，正是下班的高峰时间。外面行走着下了班的人群，路上塞满了车。这个城市的交通，和许多城市一样，塞车很严重，每天这个时刻，街上几乎见不到空驶的出租车。

他们不约而同地去乘坐公交车，又恰巧是一个方向。

她身材不高，卷曲蓬松的头发刚好在陈成的鼻子下。随着车身的摇摆，她的头发也在随意地晃动，好像故意逗弄陈成似的。

陈成感觉到了瘙痒，也闻到了她头发散发的香味。那香味儿固执地往他的鼻孔里钻。他往后仰仰头，要躲开她蓬乱的头发，可身后也没有空间，还感觉到挺大力量的反抗。无奈，对着她摇了摇头。田丽清觉出了这浅浅的蠕动，抬起头微笑着看了看陈成。

也许受到了田丽清微笑的鼓励，陈成感到自然了许多。他向前靠了靠，立刻感到胸前的松软与温热。忽然，他觉得心跳加快了，喉头像被一只无形而又极有力量的大手扼住，使他喘不匀气。田丽清当然也觉出了这浅浅的轻轻压力。她抬起头，用困惑的目光看着陈成。陈成歉意地对她微微笑了笑。

陈成暗自用力支撑身体，离开了胸前那团柔软的温热。一瞬间，田丽清却突然觉得失去了什么。

车到站了，他们什么也没说，甚至没说句再见，只是互相点了点头就分手了。街上行人很多，空气却清冷多了。

如果陈成就这么一直地走了，他们的故事也就到此结束了。可是偏偏陈成还没走出两米的距离，他站住了，转回身。他看到了她的目光。她静静地站在路边，淡雅的碎花长裙，被微风吹得贴裹着她的小腿。她正侧头看他。

那一刻，两股目光，仿佛被纺锤旋转着，线绳似的扭在一起。看到他的目光，她抬起手挥了挥，又很快地放下了。然后是微笑，彼此的微笑。陈成顺着自己的目光，走回她的身边。找个地方，去喝杯咖啡吧。我该感谢你的。

听着他的话，田丽清似乎没有感觉意外，只是想，是否接受他的邀请。感谢？有这个必要吗？此刻，她的心跳加快了速度。莫名其妙地，她觉得自己仍然年轻。她用目光里的一丝笑纹回答了他。

这是一座法式洋房，曾经的侨民住宅，如今被改造成咖啡厅。里面人挺多，却没有普通餐馆里的喧闹。来这里的人，大多是青年男女，他们喜欢这里安静的环境，彼此说说悄悄话，吃冷饮，喝咖啡。有的人还在不停地敲打面前的笔记本电脑，有的人轻轻地说话，有的低头摆弄手机。安装在屋顶的彩灯，自由自在地旋转，五光十色的线条，慢慢划破昏暗的空间，晃动过所有的物件，人们的身体和脸。悬挂在墙角高处的几只音箱，放送着轻微柔软的音乐，一种浪漫与温情，在音乐的旋律中弥漫。服务小姐穿着白衣短裙，飘忽来去，犹如小天使点缀在人间。

陈成点了两份冰咖啡，又征求她的意见，要了两份冰激凌。他说，1933咖啡厅里最有特色的就是他们的冰激凌，据说，在法国，1913年就有了这种冷饮，很好吃的。她说，是吗？我喜欢冰激凌的。

　　饮品端来时，她看到，两个半球形的冰激凌球，并排放在盘子里，还点缀了两颗红色的樱桃。陈成把冰激凌轻轻地推到田丽清面前。他说，1913年法兰西的象征，与香奈儿一样的经典。看着他的举动，听他这么说，她的心颤抖了一下，她用的香水，就是香奈儿5号。那一刻，她放松了心情，像得到了解脱，同时也感到了他的善意，正悄悄地向她袭来。突然，一种固有的闭塞德行，像一块浸水海绵，在她的心里膨胀。她想起了丈夫和女儿，刚刚还有的那种轻松之情，竟悄然逝去了。

　　对面的他拿出一盒烟，轻声问她，抽支烟可以吗？她点了点头。燃着的香烟，把一团淡淡的烟雾，像一块薄纱似的遮在他们中间。有那么一阵，田丽清想起身离开，他们并不相识啊，她没有义务陪他坐在这里。她不知道，这么坐下去，会有什么事情发生。然而，她体内燃烧的一团小火，正在显示着它的力量，迫使她坐在那里，等着他开口说话。

　　生活中，她还从未走过这么远。自己的生活观并不陈旧，可凝固如玻璃的生活就是再清亮，时间长了，也会显得死气沉沉，失去其自在的原始的沸腾多变的色彩。等待也许不错，不回避就是勇敢。承受一下新的生活，够多么的不容易。她的心中掠过一丝颤抖。她不会忘记自己已经是四岁孩子的母亲，可是她又在等待什么呢？矛盾像一把匕首，在她的思维中搅动。咖啡不苦，她甚至觉得有点甜。

　　陈成用小勺儿，一点一点地吃着冰激凌，像在慢慢轻轻地吸吮女人的双乳。是母亲的妻子的还是其他女人的？不，都不是，他只觉得自己躁动如火燎般的心，需要一种冰凉的什么去慰藉。

如果面前这位还不知道姓名的女人，也有如这两颗冰激凌球般清凉甘甜的双乳，如果她肯，那么，他一定会去吸吮。他不知道该不该把那颗鲜红欲滴的樱桃，用勺子盛了，送到她的盘中。

陈成抬起头，看到灯光的暗影处，有人在接吻。他的心里顿起异样的瘙痒，嘴角撕裂般露出一丝苦笑。这种青春的激情，在他的生活里已经逝去了，只存在自己和妻子初恋的梦里。现在他们之间早已没有了那种激情，就是偶尔在一起，也只剩下简单的律动。他想起了小时候，那时他家在城市边的郊区，为了贴补生活，他帮家里养兔子。至今他还记得，把兔子送到配种站去的情景。那人收了钱，用手抓牢了雌兔，将雌兔的尾部，送进关着种兔的铁笼内，雄兔便像受过训练似的扑上去，律动。他站在一边看着，动物与生俱来的本能过后，一切就都完结了。那人仍然抓着兔子，很随意地把兔子塞回他带来的小铁笼里。而后不久，他家的雌兔，就堂而皇之地做了母亲，生下一群小兔子。请原谅。陈成的心说。他实在不知道，为什么会想起这些事情。他觉得自己的心，在一点点抽紧。

初恋的情景，像点亮夜空的彗星，急速地从生命里跑过之后，便消失在广袤的宇宙间，迟迟不肯再来。陈成又燃着一支香烟，打火机发出火光的一瞬，他的双眼中，同时有生命之火熊熊燃烧起来。他告诉自己，勇敢起来。狠狠地猛吸几口烟后，他用男人挑战性的目光，凝视着对面的田丽清。

田丽清正低头吃着他送过来的那颗樱桃。她洁白整齐的牙齿微微张开，将樱桃咬碎咀嚼。如果这是一颗男人的心，我还会这样细细地品味吗？一股酸甜浓美的果汁，滑过她湿润赤裸的舌头，悄悄地流入她的心里。奇妙的感觉，竟然搅动了她沉静多年的心。

生活中的平淡、枯燥和千篇一律，像条无形的绳索，将她死死拴住。她非常清楚，自己的心灵和身体溃疡。她曾经年轻的心，已经随着岁月延伸成熟了。无论自己怎样化妆，丈夫怎样赞美，自己的心里，也觉得自己不再年轻。

可今天怎么了？面对这个陌生的男人，田丽清感到体内突然爆发出生命力，心搏激烈，血液在血管里汩汩涌流。难道是为他？为这个陌生的他？田丽清悄悄抬起头，她看到了他那燃烧着的目光，直直地盯着自己。突然她笑了，她觉得，他的目光，竟像钩针一般在她的眼睛里穿梭。她躲闪了，垂下自己的眼帘，许久，却又重新抬起头。她迎着他的目光，用自己蕴涵如黑夜的双眸。她要在他的双眼中重新读一读自己的人生。

脚与脚在桌子下面，轻轻碰靠在一起，不是故意的行动，却正在产生魔幻般的力量。先前尴尬躲闪的一切都在这神力下结束了，两颗心，燃烧着。

目光终于像两条绳索似的，将他们的头紧紧缠绕在一起。

窗外，清凉的夜风揉碎了黑暗，到处星光点点，天地间闪烁着五光十色。

较量

　　某君无技术无专长，也不经商，不知靠什么手段，忽然暴富。购车后，又择地盖了楼房，圈了铁栅栏。为了扬威，还养了一条大狗，名曰：德国黑背。该狗自恃种优体健，伙食又好，所以终日在铁栅栏里对过往行人狂吠。猹猹之声，令人胆寒。日久，知道此事此户此狗的人均绕路而行。

　　阿穆，工薪者，酷喜音乐，做工、恋爱之余，常出入声乐训练班，无暇顾及身外琐碎之事，因此并不知此户此狗之事。一日黄昏，他与热恋中的女友散步。二人牵手搭臂，抵头密语，缓缓而行，甚浪漫。偶然行至某君院外，仍耳鬓厮磨悄声细语自顾亲密，全忘了身外世界。

　　谁知某君那叫作"德国黑背"的狗，对他们早已虎视眈眈。突然间，它带着铁索皮绳儿扑向铁栅，隔栏发出一阵高似一阵的狂嚎。那狗吠声撕裂了平静的黄昏，震响了方圆里许的空间，向阿穆和他的女友宣泄着狗子的淫威。

突如其来的狗叫声，使阿穆的女友胆战心惊，转身扑进阿穆怀中啼哭出声。娇小的躯体也随之微颤。

阿穆大怒。先搂紧女友柔声安慰，继而便弃女友于身后，转身如恶狼般扑向铁栅，对着还在狂吠的"德国黑背"放声而吼。此时此刻，阿穆眼中绿光闪闪，杀气腾腾。

那吼声带着阿穆体内积存了二十六年的血腥，似混沌初开时天崩地裂之声，暴风雨般透过铁栅，扑向那狗。阿穆发出的声音，绝对是"德国黑背"从没听见过的，它准以为只用两条腿就能站立着的人，不会发出此种声音。所以妄自霸道了许久许久。今日却被阿穆之声吓破了它的狗胆。

只见那"德国黑背"先是一愣，接着弓腰低头，两条后腿一软，尾巴便夹进裆中，全身猛然痉挛，跟着它有生以来就支棱着的耳朵，蔫软无力耷拉下去，像被夺了魂似的溜回院中的那棵树下，四腿一软，便瘫卧着只剩下抖了。只在铁栅栏内它刚刚扬威的方砖地上，留下了一摊黏湿的东西。

据说那畜生从此不叫了。

酸三色

人生像一块儿一块儿的糖，包裹着色彩各异的外衣，其内容却并不一样，只能见其表面的花花绿绿。有一种包着透明玻璃纸的糖，可见其内是粉红、淡黄、浅绿三种颜色，因其味酸，被称之为：酸三色。我喜欢它。

——题记

我站在紧紧关着的门前，有一阵子了，很无奈。我慢慢转回身向电梯间走去。我渴望在我转身离开时，房门会突然打开，像以往一样，沙涕噘着圆圆的嘴唇愤愤地将我看定。或者她不问青红皂白，便将高声啼哭的女儿掼在我怀中，与我大声争吵。吵得所有的邻居都出来看，吵得这混凝土结构的大楼都倒塌了，吵得地球倒转也无关紧要。然而门仍紧紧地关着。

我不怕吵架，习惯了。她总跟我吵。可我却不愿意用拳头去砸门，用脚去踢门，人们会嘲笑我，好像我没有这个女人就得死，好像我粗俗得令人恶心。

我知道我不会因此去死，可我干吗结婚呢？我百思不得其解。大概是因为父母要抱孙子。结婚是入泥沼……无论男女都一样，这可是比死还难受的事。人一死就没了思想，没了渴求，没了欲望。不死呢，你当然也得同芸芸众生一样，做着各种各样的美梦，遍尝着人生中的酸甜苦辣，在泥沼中慢慢往下陷。原先我并不这样想，只以为听着那破木床"吱吱吱"的响声，既是享受着天伦之乐，而又同时尽了繁衍人类的义务。谁想到从那床上站起来后麻烦这么多呢。但是，又有谁能永远像刚出生时一样，只带着母亲体内的血污，赤裸裸无牵无挂呢？

这位女电梯工，长得比沙涕丰满多了。可我就是不愿意看她。假如她也有沙涕那样一双顾盼撩人的眼睛，她准以为自己是天下第一美人呢。

她对我撇撇嘴，并把那头曲里拐弯的长卷发得意地甩甩，好像她不是她，而是个高傲的什么东西，一个得了摇头病的什么东西。也许她刚刚吃过猪尾巴。真希望她那白嫩的双手上沾点沥青油，或是扎上许多松木刺，省得她总挠头上的卷毛。也许她根本不知道手的主要功能是什么，也许她根本就不知道用手去干点别的什么事了。街上电车轧死了人，天上掉下架航天飞机，或飞来一颗五吨重的炸弹，只要电梯间里的镜子没碎，她的世界就永远是极乐的。

"这么晚了，还出去？"她无神的眯缝眼盯着我，软软的声音里满是浪味儿。

又寂寞了吧？好多次，她都在试图和我聊聊。如果她那脸上还有一点人色儿，我也许会答应的。和一个姑娘正儿八经或不正经地躲在电梯间里上上下下，绝不失为一种乐趣。消闲的法子多着呢。可她腮上的石灰白，唇上的猪血红，还有像被谁打了一拳的乌眼青……我一分钟都不敢多待，嗡嗡响的电梯一停，我立刻逃出去。我宁肯去荒山野庙拥抱哼哈二将。

离开时，我没忘记对她说声谢谢。她笑了，脸上的肉被张开的嘴唇赶向两边。她一定觉得这样特迷人。

外面是白色的世界，积雪在脚下"吱吱"地响。

冬夜的雪中并不怎样寒冷，然而唯有我一个人在这白色中独步却显得有些凄凉。洪荒前的世界是什么样？也有这白色的雪吗？那时要是有人，一定没什么可穿的，裸露着自然必定会有许多情趣，少了些麻烦。此时沙涕在干什么？洗尿布？织毛衣？也许她正躺在被里生气。有什么法子呢，我给她的失望太多了。假如我今天没被"跳蚤"拉去喝酒，而是带着冬日雪天的清新气息奔回家，把沙涕搂在怀里用冰凉的唇吻她温热的腮，把冻得发麻发木的手伸进她的衣领，那么，她准会哼着《熊猫咪咪》的曲子，去给我炸荷包蛋。可是现在……我真后悔。

"跳蚤"那家伙不知是什么玩意儿转世，总受到命运之神的青睐。可我却每时每刻都得玩命挣扎，从没得到过一次他那样的机会。"跳蚤"自称和被称有强烈的上进心，参加过无数次官方组办的各类各级补习学校。直到现在，他还提着紫色公文包，时不时去学点什么。他的上衣兜里总插着支钢笔、圆珠笔之类，鼻梁上架着副金丝眼镜。斯文？我心里最清楚，那是"跳蚤"的最佳装饰品，就像女人戴戒指涂口红。谁要是送他一张电影、录像票什么的，或是请他去喝啤酒，就是学校里考试，他也会立刻舍命陪君子的。鬼才知道他能学到什么。

可恶的"跳蚤"害得我此时还在这凄凉的雪地里瞎转。

我抬起头，去看那挂着粉红色窗帘的窗口，有一丝淡而昏黄的光从窗帘的缝隙处钻进夜空。那光亮很弱很弱。许久，那窗在我眼前消失了。整幢大楼都睡去了。那丝淡淡的光却一直钻到我的心里。

我踩着厚厚的积雪向前走着，看漫天飞舞的雪花追逐打闹。不知怎的，我想起了"古人不见今时月，今月曾经照古人"那句诗来。古时！我也有自己的"古时"，几场大病险些把我的生命结束在童年。上学了，又赶上吃"白菜脑袋、白菜帮子、白薯须子"，弄了满满一肚子"珍珠翡翠白玉汤"。可也怪，我活得倒挺欢实。踢足球咱是校队的，赛跑总得第一。就是身体瘦些，肤色黑点。有人（许多人）说，我那时天真得像只小鸟。怎么会像自由自在的鸟儿呢？这个比喻不恰当。我的记忆从不欺骗我，养兔打鱼草，糊火柴盒，甚至帮助当吹鼓手的大爷看家伙摊，这些事全是我十岁以前干的。我像什么呢？一只贪欲的狼！不怕狮虎的恫吓，也不该被人们捕杀，纵横驰骋在自然赐予我的天地之中。当然，我并不饥饿时，也挺招人喜欢呢。但不知为什么，我总遭到人们的厌恶。特别是女人。一个头发卷曲的女老师，在教室里对我下了毒手。她扔掉了我心爱的木刻刀，只因为我不喜欢她教的音乐课。那年我七岁。假如那位女老师没有扔掉我的小刀，而是稍加鼓励，说不定现今世界上会多一个凯绥·珂勒惠支。然而世界上也终于没有因为我上了音乐课，而出现第二个李斯特。一直到现在，我还弄不明白，为什么那女老师不喜欢我。也许因为我家穷到极点，也许，也许是我太小了不像个男人。可我若是永远那么小，现在就不会有诸如此类的苦闷缠绕着我了。好在我有点赖皮，就像一株叫不上名儿的小草，好歹有点潮乎劲儿就能活。否则，我早就被那些一提就令人恶心得要吐的"人情势利"扼死在童年了。为这全世界的人都应该喊一声万岁，庆祝我的长大。

我确实长大了，大得这世界都容不下我。好像我是拿破仑，好像我是希特勒。其实人们错了，我既无拿破仑的壮志，更无希特勒的野心。我这只"贪欲的狼"只要能填饱肚子，不被人歧视，也温顺得相当可爱呢。如果有谁谁谁虔诚地围住我看，希望我为他们耍把戏，我一定使尽浑身解数，给他们玩儿手绝活儿。

我怀疑自己活得有点神经了，要不怎么会把自己和这么多名人扯到一块呢？

其实这只不过是自己的宽心法罢了。反正刚吃了妻子的"闭门羹"。就不能去想在暴雨中苦苦等那个据说是挺爱我的小妞儿。可到底还是想起来了：那次整整半个钟头，我浑身都湿透了，张玲才幽灵般地出现。她把自己的脸弄出许多热的表情，还在我腮上栽了个长吻。我无动于衷。心都冰凉了，一个吻能重新燃起爱火吗？我愤而弃她于夜雨中，任野性的风雨任意抽打她。男子汉的赤诚怎么总遇上女人的诡诈呢？难道相爱的男女非得走钩心斗角这条路吗？

真希望有一天张玲与她那个有"钟表收藏癖"的男人并躺在床上，听收音机里播我写的小说。后来才知道，当时只因为我是修路的臭苦力，她才故意那样做。

现在想来，也不能怨张玲，她挺鬼，知道女人的依托是钱和权，"爱情"值几分呢？有钱女人可以随便花，可以满足各种各样的欲望。有权她可以挺着颤颤的乳房，站在人们面前吹牛皮。可爱情呢，你不能对人说，我今天是怎样和丈夫做爱的，吻了几下，吻的都是什么地方。那种事普天下的男女谁不知道，满世界都大同小异。

其实张玲挺可爱，她在文学方面有着挺不错的修养。为这点，我曾十二分地倾心于她，谁不想有个贤内助呢？"每个成功的男人背后，都有一个强有力的女人。"这话虽不是真理，但多少切中了要害。

雪仍下着，大片大片的雪花扑打在我的脸上，冰凉冰凉地化成了水。

"这不是何南吗？"一个骑车的女人停在我对面。她身材修长，就是在这寒冷的冬天，穿着厚厚的冬装，也显得十分洒脱。她微笑着看我。

我一愣，在记忆中找寻这女人的踪迹。终于，我记不起来了。"我是李丽。"女人道。怪不得呢，虽然年代久远但美丽依然留在她的脸上。嘿嘿，这倒挺不错，雪地、夜色、美人，奇妙的偶然，一首多美的诗。

"这么晚了，去哪儿？"李丽挺大方，握住我的手不放开，一股浓浓的法兰西香水味扑面而来。我的心开始乱跳，古人云：士别三日，当刮目相看。早先她可是个挺腼腆的姑娘，可如今——"人"真让人猜不透。记得我参军时，她曾代表全班同学，把一朵大红花别到我胸前。那回有多少双眼睛看着我们，她脸红红地，低着头跑回同学中间。只在我眼前留下一个美的幻影，一个可望而不可即的，而又散发着青春甜味的梦。

沙涕是个好姑娘，她不顾母亲的反对，也不听邻居那些"解放脚"们的闲言碎语，不嫌我是个筑路的力夫，不嫌我家穷得叮当乱响，蛮漂亮的姑娘，实心实意地嫁给了我——一个玩铁锹的壮工。当然啦，这也许因为她看我老实，也许因为我会裁缝衣服、会做很香的饭，也许她算准了我这健壮的身体能承担起婚后全部家务，也许只因为她在我身上看出了那么一点点人性，反正她经过一番很艰难的挣扎，终于睡到了我的床上。而且我们感觉良好。

结婚后，沙涕曾希望我弄出点名堂来，说是给她争口气。可我实在让她失望。我也不知道什么时候自己才能活得像个样，她也活得像个样。

"想什么呢？没事去我家坐坐吧。"李丽热情地邀请我，并把她的自行车朝我怀里一推。她倒挺干脆，其实我也乐得有个暖和的去处躲避风寒，和老同学叙叙旧，然后满面红光地回家去见沙涕。

李丽的家既宽敞装饰又漂亮。"平时就我一个人住这里，很清静。"一进门，她便发出一声自"嚎"，同时把她那白色的皮挎包甩到沙发上。沙发像受了委屈似的轻轻颤了颤。

我坐在沙发上，头发上的雪变成了水珠，随着我身体的颤动，滚过面颊，消失了。有一天我也会像这水珠一样消失的，这想法突然地钻进了我脑袋。我拿起茶几上的烟，看着上面那匹忍辱负重的骆驼，心里有几分不解，有几分猜疑。我点上一支烟，抬起头，刚好看到挂在对面墙上的一幅彩色照片。那是两个身着三点式泳服的姑娘，她们背后是碧波滚滚的大海，远处海天连成一线。照片上裸露的女性胴体，散发着异性青春的活力。我走到照片前，发现那个长发飘散的姑娘竟是在图书馆里相识的毛毛。立刻我的心变得酸溜溜的，就像做醋熘白菜而又放多了醋。毛毛的目光像火，而我却不是一块干透了的木柴。

"我和丈夫离婚了。"有一次从图书馆出来时,毛毛悻悻地对我说。可这关我屁事!

"我和妻子没离婚。不过,"我鼓足勇气说,"不过,有时她把我关在门外。"

"我的门永远为你开着。"她的声音颤颤地有点悲有点喜有点浪。

"天哪!我可就会修路打铁卖力气。"

"你还会编故事。"

毛毛像贴膏药,却治不了我的腰疼。我逃了。好长时间不敢再到图书馆去。据说火旺了湿柴也照样燃烧……

"怎样?照得还可以吧。"李丽端着一盘苹果走到我身边。

我们吃着苹果开始扯淡。她有点玩世不恭。我把自己的努力都对她说了,很得意地说的。满以为她会夸我几句。谁想到她竟探身到我面前,凝目看定了我,提高声音说:"你真是个白痴!"接着便哈哈大笑起来,她胸前的曲线抖动着,尽情地发泄着自己的得意。

这小娘儿们,她骂我是连笨蛋都不如的傻瓜。老子安分守己。哼!我点上一支烟吞吐起云雾来。

李丽也点上一支烟,她望着面前浓淡变幻的烟雾说:"要想发财,就去干个体户,只要你敢说会说瞎话,卖凉水都赚钱。眼下兴这个。"

"我没有许多奢望,当工人就挺好。闲下来时看看书,学学写作,人不能吃饱了睡,像只猪。"

"好?一天拼死拼活地干,结果呢?我的老同学,我劝你实际点,别乱追求什么自我价值,那些都是骗人的鬼话。辞职做买卖去吧。"

"你卖什么呢？"

李丽又笑起来："我与世无争。我丈夫是海员，有的是钱。别人没有的洋货，我都有。不过，我总觉得空虚。我这个人就是肯为知己者死。"

我吓了一跳，看来她是为我好。但是我要是肯卖点什么，沙涕也许就不会总把我关在门外了。"李丽，我懂了。充足的物质使你想入非非，弄了满脑子的道听途说。而我呢，像只蜗牛，只有与生俱来的呆头呆脑。"

我捻灭香烟，准备告辞。可她一下子坐到我坐的沙发扶手上，并把一只手搭在我肩头。

"要是有人喜欢你的呆头呆脑呢？怎么样，我帮你。"

沉默。我的心沉缓而有力地跳着。墙上的挂钟也放慢了前行的速度。我抬起头，看到李丽丰满的前胸离我那么近。我望见了她嘴角浮动着引人去吻的微笑。我如坠五里云雾之中。既然"呆头呆脑"都有人喜欢，设若我不呆呢？

我的双眼似乎迷惘了，然而，我还是迅疾地逃向外面白色的世界之中。

……

回到家我躺在床上，把沙涕紧紧搂在怀里。"谁不知道谁呀！"李丽尖刻的声音还响在我的耳边。上学时，我是全班，甚至是全校穿得最破旧的一个。老师和同学都瞧不起我。当然有几个穷哥们儿不在此列。

寒冷的雪夜过去，准是一个晴暖宜人的冬日。我深信这亘古不变的自然。

"电话，"老吴咧着嘴对我说，"一个女的。"他故作神秘。

我去接电话，背后是许多各怀窥测的目光。他们准以为我与全世界的小妞都有点不明不白，真让人无可奈何。

毛毛让我下班后在王府井新华书店前面等她，还说要是不去，她明天就来单位找我。我愁眉苦脸地转回来。那些窥测的目光见了，又都一块儿变成了幸灾乐祸。

下班后，我直奔王府井新华书店，想先溜进去看会儿书。可还没进大门，便被毛毛"火辣辣的目光"俘虏了。

"你躲着我，是吗？"毛毛咬牙切齿，像要吃掉我。

"没影的事儿。"我躲着谁呀，芸芸众生迎面而来背面而去各忙各的。

"你逢场作戏，玩弄我的感情。"她的声音之大，足以引得路人们对我俩侧目相观。"别以为你念过两本书，就可以拿我编故事。你这个笨蛋！你说话呀。"

天哪！她疯啦。

毛毛说我是笨蛋，李丽称我白痴，真是人以群分，物以类聚呀。我哭笑不得。连那个在法律上都属于我的女人，我都不曾对她随心所欲。但我爱她。《五十奥义书·唱赞奥义书》上说："唯伉俪之合，相互满其欲也。"仅此而已。我干吗要去玩弄一个不甚相识，又根本不了解的女人的感情呢？再说我这傻大黑粗的样儿，也不招人喜欢呀。

在新开张的怡乐快餐厅里，我用酒精掺水的饮料浇灭了她心中的怒火。在我还没面红耳赤之前，她给我撂了底。好几个喇叭的收录机，正播放着据说是时代感颇强的音乐。有几对青年男女随着那旋律摇头晃肩，脚下还不停地拍打地面。对面有三个衣着入时的家伙，正低声耳语。看他们那见不得人的样儿，八成是在密谋一个行骗的计划。角落里一半老的男人，正把一块什么东西用勺往一个妖里妖气的小女人嘴里塞。

我的脑袋"嗡嗡"直响，眼皮便向下耷拉。

"嗨！把眼睛睁开。"毛毛急啦。我不敢违抗这命令，要不这一屋子男男女女都该有乐看了。我把目光聚在毛毛脸上，一本正经地坐着。她咧咧嘴，大概是笑我有点傻气。

"不许到处乱看，好好听着。"毛毛开始喋喋不休地高谈阔论。原来她是要帮我发表作品。嚯！这可让我心里一动。她说她的表哥的爱人的亲舅舅在一家有名的大杂志社工作。看着她那因沾了酒而变得更鲜艳的小嘴唇，我忘乎所以了，竟和她连气干了三大杯苦不拉叽的洋酒。

毛毛似乎得到了什么，我也似乎得到了什么。我们各自满足地分手了。

柔软的风轻轻环抱着我，有点冷。

有的编辑说我没底气。对，试试，"我迈步（高八度）山监——（无限延长）"。听，这声音够多么高亢洪亮，就是韵味差点。可感情够了。

行人都歪头斜眼看我，有几位穿得花里胡哨的女人直往边上躲，大概以为我醉了。看吧，那是他们的自由。可唱，却是我的自由。大家互不干涉内政，何必少见多怪呢。

回到家里，躺在木板床上，看着屋顶上吊着的那盏"莲花似的大华灯"我心里挺乐。知我者，沙涕也。可她是什么时候把那个小灯泡换成这么个漂亮东西了呢？醉意蒙眬中觉得沙涕在给我脱衣服，还用手轻轻揉搓我的身体。一种舒服的感觉传遍我全身每一根神经。她挺好的，一日夫妻百日恩嘛。

睡梦中，我又看见那盏大华灯了。可是，它被风驰电掣的外国汽车撞碎了。

沙涕和我的"战争"终于升级了。女人就是目光短，光在鼻子尖上打转儿。也不错，经常打打吵吵，再加上爱情的喜剧，生活挺有味儿。不过那可不像施特劳斯的《小夜曲》那样优美和谐。沙涕可以接二连三摔碎三个暖水瓶，而丝毫不心疼人民币。可哪怕我买一本几块钱的书，她也要刮特级大风。这我不怕，你就是飞沙走石天崩地裂，地我照样耕，庄稼也得种。我又抱回一套《莎士比亚全集》。

然而，今非昔比，我有点后悔，沙涕这次没把我赶出门，也没大吵大闹，当然也没摔暖水瓶。新买的压力暖瓶，她舍不得。她只翻了翻眼皮，轻轻哼了一声。这可真别扭。没吵，这事就没完。我知道她的脾气，用雨过天晴来形容她的性情最合适。得逗起她的火来。

"我还得出去一趟。"

"去吧！"

"大约得十一点才能回来。你先睡吧，不必等我。"

"自作多情。"她摆弄着织了一半的毛线衣，看都不看我一眼。

我没辙，只好到外面瞎转了一圈。等我回来时，屋里空无一人，写字桌上有一张用红笔写的纸条：做你的美梦去吧！

一连三天沙涕都没回来。这使我感到事情不太妙。入夜，我独自站在玻璃窗前，望着外面漆黑的夜空，心里直发酸。

……那晚，我们也是这样站在窗前，也是这样望着外面漆黑的夜空，心里却是暖暖的，像喝了蜜似的。

"这房子是我们的，我们俩的世界。"耳畔是沙涕呼出的热气，温乎乎有点痒。心都痒呢。我慢慢把沙涕搂进怀里，紧紧地拥抱着……静静地听她呶呶的喘息声。

夜很静，整个房间都被这极轻微细小的声音震动了。

……

寒风"噼啪"地拍打着窗玻璃，把我从这片刻的痛苦回忆中惊转来。

第二天上班，我烦得要命，什么也不想干，只想找个人侃侃。可我们那位懒得出奇却总吹自己技术高超的炉头，这会儿正像只大虾似的靠着工具柜流口水。再说我也实在不想听他说什么。他一出声，我就恶心。开口就是我学徒那会儿，一抡大锤就是半天。"眼下用气锤和压力机你们还不知足？"

知足？！

若知足是人类的美德，那我们人类恐怕现在还攀在树上摘野果吃。

其实我挺爱打铁这个行当，就像当初我喜欢修路一样。哥几个赤裸着上身围在气锤旁，任那烧得通红的工件炙烤我们强壮的肉体，在"砰砰砰砰"的气锤撞击声中喊着说粗话，发出阵阵粗犷的笑声。这壮观的场面足够那些多情善感的诗人们呻吟二百多天。可我却觉得这并不多么伟大。只有当那烧红了的铁块在气锤强劲的压力下改变形状时，心里才痛快。当然，我们干的不是精雕细琢的面人儿什么的，引不起那些嫩面细嗓的记者们的赞叹和吹捧，也不像那些在舞台上捏腔拿调的什么歌星们，能引逗起成千上万人的狂热，我们甚至被市侩们划到了现代人的标准之外。可是，若有哪位小妞想真正地追求生活，并且敢睁开她那凡胎肉眼看看我们肌肉隆起的胴体，那她立刻就会如醉如痴。

下班后，"眼镜"带我去看他的几位朋友。他说："那是个小沙龙，我们组织了一个文学社，都是玩创作的。"

我慕名而去，却败兴而归。气得我大骂"眼镜"。这个家伙对我大侃"现代派""伪现代派""黑色幽默"什么的，弄得我脑子里乱哄哄的。有一阵我竟觉着让他们给弄到了外国，就用英语说了句："临渊羡鱼，不如退而结网。"他们都听愣了，半天没一个人说话。我笑了，魔鬼似的，原来这帮家伙全是绣花枕头。整个屎壳郎踢飞脚——乱伸黑脚。要是一手抓着杯咖啡，一手端着铁桶啤酒，隔三差五再玩几夜"砌城墙"，然后嘴里叼着烟卷胡诌是做学问，那杂志社的编辑就都得去找醉鬼约稿了。

"眼镜"满脸羞惭之色，大概感到我的不满了。当我们经过闽南餐厅时，他硬把我拉了进去，说是请我撮一顿。

可"眼镜"让我现大眼了。桌子对面坐着俩哑巴，年纪很轻，男哑巴愣头愣脑，女哑巴还算漂亮，他们八成是在恋爱。那男哑巴穷大方，弄了大半桌菜。他可能是用这个来弥补自己语言表达能力上的不足。有那么一句话，叫"和盘托出"，他把自己的心肝肺都装在八寸盘里，摆在女友面前了。两个哑巴都挺高兴，只喝了几杯啤酒，便勾肩搭背耳鬓厮磨地找地方去进行实质性"会谈"了。我万没想到，俩哑巴刚离座，"眼镜"伸手就把人家剩下那半盘溜肝尖端过来，还对我说："哥们儿，吃这个，这可是肝儿，有营养啊。哑巴请客！"说着，他又接二连三地把哑巴的剩菜都挪到我俩面前。

"哑巴有肝炎病。"我发现食客们的目光移向这边，便提醒"眼镜"。

"患上肝炎好休病假，正愁没工夫写点什么呢。""眼镜"的斯文样全没了，他开始狼吞虎咽。

我放下酒杯，抓起黄色的破帆布挎包，扔下"眼镜"在那吃"肝尖"，他缺这东西。我不想强人所难。人呢，也没必要都像我这样。我知道饿肚皮的滋味并不好受。"饿死事小，失节事大。"也许我太封建，像个"出土文物"。可我又不懂古文。谁知道那八个字是哪位圣人绞尽了脑汁才组成的最佳排列，而又传世不朽的呢？要是当初说"失节事小，饿死事大"就好了。我准会认为乞食是一种美德，而崇拜得五体投地。

我走了。"眼镜"目瞪口呆。不过，他还会挺斯文地在街上走的。

我去岳母家找沙涕，可说什么她也不回家。我无可奈何，急得在街上乱窜，瞧什么都别扭。

"羊肉串。真正新疆的羊肉串。刚烤的，来串吧您。"一个穿脏衣服留胡子的小伙子凑过来，把羊肉串伸到我的眼前，"又香又辣，包您爱吃。"

"呸！香狗屁！"

"你才是狗屁！"一个修眉抹眼涂口红的小妞在烤箱后面叫起来。她那一脸"苍蝇屎"，真够惨的，还没她手里的羊肉鲜亮呢。

"诸位。诸位！吃羊肉串的都听着，这小子说我这羊肉串香狗屁。您花了钱，却挨他的骂？"

这兔崽子，真损。他煽动大伙反对我。但我不怕，长这么大我怕过谁呀？咱是打铁的干活！我拧了拧粗壮的胳臂。

果然有俩小子被他激怒了，扔下羊肉串便蹿过来揪住我的脖领子。"你骂谁呢？！"一个满脸横肉的家伙，恶狠狠地把这还算客气的话对我拽来。瞧他那副尊容，鼻梁上居然还架着副金丝眼镜。

我无意打架，但也犯不上低头服软。我咬牙怒目与他们对峙着。这时，又一个大块头晃过来。我一看是德立，心里就乐了。他是我小学的同学，关过好几年监狱呢。德立冲我点点头，也不说话，伸手就把那俩小子头发揪住。他一瞪眼，对方就先软了。"他说香狗屁就香狗屁，你敢怎么着？"德立的威风不减当年。我真怕他为我再被关进监狱，便抢先对那俩小子吼了声："滚！"他们听了这个字，就跟听话的乖孩子似的立刻逃了。周围有人发出了笑声。

我和德立刚要走，那个卖肉串的又凑过来："得，哥们儿，不打不成交。我请客。往后遇上事，您多照应。"他举过一大把烤得又焦又香的羊肉串，神秘地冲德立挤挤眼睛。

真让人哭笑不得，拿我当流氓了。德立接过羊肉串，对那小子说："我们是同学，有几年没见了。嗨！我先走啦。"

"你跟他们是一伙的？"我见那妖精似的小姐给德立飞了个吻，便问他。

德立摇摇头，说："你太小看人啦。咱有正经职业。"

"在哪练呢？"

"你可别笑话我，"德立把手里的深棕色儿的皮革提包扬了扬，接着说，"你猜怎么着，我爹妈怕我再进去，托我姨夫给我活动了个差事。花了多少钱咱也不管，反正一上班我就坐办公桌。什么文凭，什么坐过大牢，全是扯淡。"

难怪沙涕不理解我。像德立这位四五六不通的人都坐了办公桌，她不能不有所想。"捞点钱，你买书也是好的呀。"沙涕总这么说。我的心像被什么扎了一下，好像明白了点儿什么，但似乎更糊涂了。

"晚上还搞点副业？"

"咱干这工作就是到处转，收税呀，跟这几个哥们挺熟。"他冲我举了举手中的羊肉串，然后放在嘴边上一捋，吞进了一串，又说，"干这工作真不错。那会儿，我下个包，也许里边有十块八块的，碰上个穷酸也许只有五六毛钱，还得提心吊胆的，生怕遇上'雷子'。那帮孙子为少缴税，光想着给点咱，我跟你说，自打我干上这行，我们家就没买过菜，没买过肉……你怎么？还当工人呢？哥们，活动活动心眼吧。"

呸！真不要脸。我恨不能搬过德立的脑袋，咬断他的喉咙，要不就给他来个扫堂腿，摔小子个嘴啃泥。

……一辆公共汽车开进站。我追着赶在关门前挤了上去。在充满人味的汽车上，我决定：回家睡觉。并且不乘电梯。我相信沙涕一定会回来。

中篇小说

河东河西

1

徐志忠一进屋，便把巴拿马式的宽檐儿草帽，使劲拽到我的沙发上，挺长的脸上没有一点血色儿。他背贴着门站在那儿，手里提着一个大西瓜，上眼皮没了神经似的往下耷拉着，翻鼻孔呼呼直出粗气。我没理他，我们是从小一起长大的朋友，从小学到初中一个学校一个班，从来没分开过，十六岁又一起去修马路，开山放炮搬石头，挖沟砌墙炒沥青，天天滚在一块儿，没有那么多的客气。徐志忠看我不理他，便用布满了血丝的眼睛，盯着我看了一会儿突然大声说，哥们儿！我让人给涮啦，你得帮帮我！

是吗，谁呀？谁能把你给涮喽，你这么精明的买卖人。怎么帮你，起诉他？要是起诉他，你找我不行，得去找律师。去洗脚屋，发廊，夜总会，酒吧泡妞儿你找我，勾搭小妞儿我喜欢，别的事情我不感兴趣。我犯傻，故意逗他。

徐志忠把他提着的西瓜放到冰箱边上，没再说什么，没事人似的走到茶几那儿，拿了我一支烟，点着了，斜靠在沙发上，自顾自地吞吐烟雾。透过烟雾，我看到他脸上的焦虑，我想这小子准是真的栽了，没辙了，要不，他才不会跑这么远来找我。

抽完烟徐志忠对我说，哎！你别跟我转圈子，我的事就是你的事，你的事就是我的事，这话不是我编出来的吧？这可是咱们一起躺在宿舍里说了多少次，起了多少次誓的，你忘了？咱们虽然没跪在佛爷像前烧香磕头，但比那刘、关、张哥儿仨的关系不差吧？我可是一直这么做的，你在大狱里关着的那十多年，我没断了去看你吧。徐志忠用手托住光秃秃的脑门，两只布满血丝的眼睛盯着我，眼珠子往外放着绿光，跟饿狗盯着一块骨头似的。他又说：如今我有难了，你怎么能装不知道耷拉胳膊呢？

我笑了笑问他：你什么时候学会抽烟了？便不再说话，伸手拿了支烟，用特大号火柴，刺啦一声划着火。我用火柴点烟是时候，微微眯缝着一只眼睛，透过跳跃着的火苗偷看徐志忠。抽烟的人大多爱使打火机点烟，图的是方便。用火柴点烟的也有，很少很少。我喜欢用火柴点烟，而且喜欢特大号的火柴。这种特大号火柴又粗又长，带药的一头粗壮结实，看起来很像一个用木材制作的感叹号，也像一个立体的英文小写字母i，光拿在手里就感觉刺激。用这样的火柴点烟，有爷们儿气魄，也显得深沉。尤其是从火柴盒里拿火柴的时候，不能着急，得不紧不慢地用俩手指捏出一支，然后合上火柴盒，用一只手的手指调整一下火柴的位置，另一只手同时调整火柴盒位置，然后不紧不慢地把火柴斜着戳在火柴盒有药的一侧，轻划一下，再轻划一下，直到第三下才能用力，实实在在地让火柴点燃。在勾搭小妞时，往往这么一个动作，就让她佩服得心甘情愿地跟你上床。

干我们这行，得沉得住气，不能刚听见点什么事，便火急火燎地拿刀动枪。特别是现在，经济犯罪人多了，治理犯罪的规矩也多，而且不论社会上出现什么事情，一般都是首先打击刑事犯罪，还有就是扫黄，所以干我们这行，凡事都要小心，不能轻易做出什么举动。

我一般的做法是，得把来人逼到死角，给他描绘出一个凶险的前景，让他感觉着这事你不能管，或者不敢管，得让他明白，这种事太危险，谁干都有可能出事。所以，我们这行的人，一般都得在来人看着已经没什么希望的时候，才会慢慢地与他谈个条件，谈妥价格，再答应下来。干我们这行的人，一般来说，不怕什么危险，没危险没困难，人家事主凭什么给你钱？

可现在不同以前了，现在我也算是个有了钱的人，不同于刚从监狱出来时的处境，所以干什么更得顾及安全了。再说，我在监狱里待了十一年，出来才结的婚，孩子还不大，是个可爱的儿子，刚刚五岁，我爱他，我必须要保证妻儿生活的安定。说句没皮没脸的话，为爱这儿子，我媳妇从一听话的乖女人，变成了骑在我头上作威作福的女主人。隔三差五地让我给她买首饰，买高跟鞋，达不到目的就闹脾气，不让我上床，直到我跪下求她，答应她所有的要求。

我干这行是出于迫不得已。在我二十三岁那年，单位的头头强奸了我们俩女同学，大家都很气愤，一起骂大街，嚷嚷着要报复，可谁都没办法。只有我采取了报复行动，因为那家伙强奸的女同学里，有一个是我暗恋的女人。

由于没有掌握好分寸，我被以故意伤人罪，判了十五年有期徒刑。后来由于我在监狱里边表现好，又经常帮狱警做点事情，帮他们组织罪犯学习政治，念念报纸，画黑板报搞宣传什么的，被减刑四年，在我三十四岁那年，我被提前释放了。

　　等我刑满释放重获自由的时候，社会已经和我进去之前不一样了。发展经济成了重要的目标，有的人忙着开公司捞钱，更多的是增加了不少的下岗工人。徐志忠就是那个时候离开了马路公司，自己开了个酒楼，风风火火地做了大经理。

　　实话实说，无论是我在监狱里，还是我出来后，徐志忠都帮了我不少的忙。在监狱里服刑的时候，他常常去看我，每次除带些吃的以外，还要带好烟给我抽，管我的警察也都沾了光。从大狱出来后，我没有工作了，原来的单位十几年前就把我除名了。徐志忠在我出来的第二天，就告诉我，让我去他的酒楼干，让我当酒楼的大堂经理。他带着我去商场，给我弄了两身很漂亮的西装，领带七八条，工资也定得不少。

　　他说，这活儿，让别人干也是干，咱干吗把钱给外人啊。你来干，还省得我老接济你呢。他说，你在我这酒楼里当经理，什么都不用干，在酒楼里待着就成。只要没有捣乱的人和事，你就整天待着，工资我照发，喝酒抽烟你随便，泡个服务员睡睡我也不管，只要别弄出事来，别在我这里招女人。你随时记着，咱们是生意人就成了，有这个买卖开着，咱哥俩就有饭吃。

　　在徐志忠的酒楼里，我干得还算滋润，整天迎来送往地招呼客人，听着"郑经理！郑经理！"的喊声，心里受用，挺有面子。我还抽时间睡了三个酒楼里的最漂亮的服务员，并把其中一个变成了我老婆。在徐志忠的酒楼里干了一年多后，我不想干了，就辞了那份工作。因为我发现在这种经济社会里，只挣这点工资很没出息，得什么时候才能富裕起来呢？我看到徐志忠的酒楼每天流水就达三万多元，除去成本，他小子获利很大的。而他给我的工资，虽说每月也有三千多块钱，但与他的利润比起来，仅仅是九牛一毛。

我离开徐志忠的酒楼以后，先卖烤羊肉串儿，可我闻不了那膻气味儿，烟熏火燎的我天天都恶心。后来卖服装，干这个很来钱，但从福建、温州和广州等地往北京倒腾服装，十分辛苦。一个偶然的机会，一个也是从大狱出来后做了生意的朋友找我，让我帮他去要债，说把钱要回来给我三成。他说那钱已经欠他三年了，那家伙就是赖着不还。与其让他这么欠下去让钱打了水漂，不如狠着点要回来，分给朋友。我算了算，十八万块钱的三成就是五万多，便觉得可以试试。这一试，帮人要债就成了我的职业。

从那儿以后，我再没干倒腾服装的生意。我找了俩面目生冷的小兄弟帮忙，让他们一个留起了长头发，一个剃了光头，给他们配了深色墨镜，每人给买了身黑色的中式衣服和靸鞋，专门做起了帮人要债的活儿。我们是松散型结合，有活儿了就一起去干，挣到钱我们五五分成，我自己得一半，他们俩人得另一半。没活儿的时候，我们不见面。我给自己定了规矩，接活儿我是要按照比例提成的，债务多的，我少提点比例，一般是二八开，钱少的我就按照三成比例提报酬，再少的就要对半分利了。干这个活儿，也不容易呢。

有一回我接了个大活儿，三百一十多万，按照规矩，我们应该提两成，可事主知道这钱不好要，主动跟我说，咱们也甭按什么比例提了，钱要回来，你留一百个，剩下的你给我。你瞧行不？听了他的话，我想了想，虽然我数学不是很好，但这点账还是能算出来的。我这个人，怪，只要一沾钱，我大概不会算错账。他说一百个，可不少啊，一百个就是一百万，比两成多多了。我立刻就答应下来。

虽然那活干得很费劲，也挺危险，但我们坚持了三个月，几乎把什么手段都使了，还是没把钱要出来。开始，那小子身边总有几个人跟着，他从来也不走单喽。后来，突然间，他消失了，满世界都没这孙子的踪影，也听不见他的一点消息。我很着急，收了人家事主的定金，就得把钱给人家要回来，我们是讲究信誉的，这是职业道德。我们仨人到处找那家伙，到他公司外面去蹲守，到他常去的场所寻找，仍然找不到有关他的任何踪影和消息。

一直过了五个多月，那事主请我吃饭。饭桌上摆着一瓶他特意带来的高粱烧，可没有一盘儿菜，连盘炸花生豆儿都没有。他一边倒酒一边对我说：那孙子从国外回来了，我得到了可靠的消息，他岳母住医院了，那老太太病重得厉害，他和他媳妇现在都在医院里陪着呢，这是个机会。那孙子跟你一样，怕媳妇。他要是不怕媳妇，可能就不回来了。这也是天意。今儿个，我请你来，是想和你商量个事儿。我知道这钱不好要。你要是觉得这事办不成，我也不强迫你，咱们按照事前的约定，你把当时的定金退我一半。我再找别人。人我已经找好了，就看你的意思了。你要继续干呢，也可以，但我有个条件：这次一定得把钱要回来，我等钱用。你要没把握要回来，我就换人！这次我是下定决心的，钱要不回来，我要他的命！成，你把酒喝喽，表表决心。不行，我在这喝酒等着，你回家取钱，把该退我那一半定金退我。你如果不干，我打个电话，那边的人就动手了。酒你愿意喝就喝，不愿意喝我也不管。

事已至此，他把我逼到了死角，没有退身步了，我没别的办法了，把定金退给他，就是承认我栽了。这事传出去，以后的活儿没法做了。再说，这是笔大生意，我不能轻易放手。我对他说，你保证信息准确？他说准确，我妹夫是那医院的医生，他亲眼看见的，而且今天他白班连夜班。我刚才说什么来着？天意，这就是天意！这就是天意呀。

我狠了狠心，把右手伸出中指和食指给他看。他说干吗？我说我不杀人，但要不回钱来，这俩手指是你的！你看要是行，我晚上就去医院。他什么都没说，打开包掏出五万块钱扔给我，拍拍我肩膀说，我一会儿把病房号告诉你，然后就走了。

我没敢耽误，连地方都没挪，赶紧找来俩小兄弟，把情况对他们说了，每人给了一万块钱。他们不要，说大哥咱们事没办成，怎么能再拿您的钱？再说了，要是真办不成，不是还得把定金退人家一半吗，您不是就赔了吗？再说，您是押上了俩手指的呀！这钱我们不要。我说你们拿着，今儿晚上，咱们去最后一次，无论如何也得把这事了了。这次算你们帮大哥的忙，咱们不按以前的比例分成。钱要回来，你们委屈点，每人拿十万，我拿个大数，大哥要洗手了。一是这活太悬，一是我儿子快该上学了，我打算拿这钱开个买卖，过个安稳日子。等大哥的生意做成喽，你们要是遇到没钱的时候，需要我帮忙就来找我。这次算大哥求你们！

他们两人把钱装起来说行，都听大哥的。您说怎么办咱们就怎么办，钱您分给我们多少就多少。这两年，跟着您也没少挣。说着话，他们就把随身的包打开让我看，说，大哥您瞧，衣服和家伙都带来了。

我拿过桌上那瓶高粱烧，喊服务员又拿来一只杯子，满满倒了三杯酒。然后我对他们说，今天咱们得放点血，给咱们自己放血，仨人一起来，给小子点压力。让他觉得咱们马上拼命了，再不还钱，就一块儿死！我琢磨，这回没有太大问题，他岳母住医院，咱们就在医院里做他，他不还钱，不仅他有危险，他岳母也有生命危险。咱们一发狠，那血鲜红鲜红地往外流，那老太太还不吓死？孙子他不还钱，他媳妇也不干呢。他丫头养的怕媳妇。

　　晚上，我们仨人没按照往常的打扮穿衣服，而是平常的装束去了医院，我们还特意买了好些水果鲜花什么的提在手里，让外人看起来，我们是来看病人的。因为那是公共场所，动静大了怕有人报警。事主的妹夫看见我们来了，心领神会，道里人一样冲我眨了眨眼睛。就找了个原因把护士叫走了。

　　到了病房里一看，那小子果然在里边伺候老太太呢。我把门关好，当着他媳妇的面，我们仨人同时从书包里拿出菜刀。我恶狠狠地说，不许出声！谁喊我就剁了他！我那俩小兄弟也说剁！剁！！那孙子的媳妇蛮文静漂亮一中年女人，哪见过这阵势，立刻吓得软在地上，白皙的脸都绿了。他也浑身直哆嗦，说话都结巴了。

　　我挺喜欢他媳妇这种气质的女人，便对她说，你甭怕，只要不出声，我们不伤你。也别吓着咱老妈妈，你踏踏实实地伺候老人，没你什么事！然后我故意大声对那小子说，古往今来，这欠债还钱是天经地义的事，你今天不把钱还了，我们先放自己的血，再要你的命！那小子开始还嘴硬，他哆哆嗦嗦地说，你们这是敲诈！

　　我把他那借条的复印件拿出来给他看，又递给他媳妇看，还对她说，原件我也带着呢。等他和他媳妇都看清了，我把借条重新装进贴身的衣服里。然后，给我的俩小兄弟递了个眼色，我们仨人同时把刀架在自己的胳膊上。我说咱们也甭再说废话，时间长了回头警察该来了。我们追着你要债要了快一年了，你丫头养的钻天入地地跟我们藏猫猫，今儿个，你必须还钱！赖是赖不过去的，躲你也躲不了了！我告诉你，我数三个数儿，你要是还不还钱的话，我们就先放自己的血。这血只要一流出来，我就再数三个数儿，数完了第二个三的时候，就剁了你！三把大菜刀一块儿剁，让你媳妇和丈母娘眼瞧着把你丫头养的剁成肉馅儿！

那孙子嘴真硬，还是说我没钱！可他媳妇"嗷"地尖叫一声，跪在地上大哭起来，说还吧，你把钱还给他们呀，咱们不能欠人家的钱啊……

我开始数数，数到三的时候，我们仨人的胳膊一起流出了鲜血。我说你瞧见了吧，我们可流血了，我可接着数了？这时候，那孙子的身体一下子软了，从小凳子上软在地上，他跪在地上说，别呀，别数了！我求求您！我的亲爷爷，别数了！我还，我还钱，连本带利我都还还不行吗？

我们最后总算是成功了。除了分给那俩小兄弟每人十万以外，我也脱贫了。而且从那以后，我就再也没干这活儿。

这些事情，徐志忠都知道，所以他特别信任我。

徐志忠平时不抽烟，他上学的时候就不抽，工作以后也没抽，说是没这爱好，花钱不说，对身体还有害。他抽完烟，瞧了瞧我，看我并没给他沏茶的意思，便跑到厨房找来一把刀。回来后，他盯着我看了看，把手里的刀掂了掂。我想，按照他的脾气，这会儿应该突然抡起胳膊，把刀使劲照着西瓜拍下去。徐志忠这小子脾气怪异，爱弄个潇洒的事情，出出风头。用刀或者用手这样拍西瓜，已经有好多次了，高兴他拍，不高兴也拍，尤其是当着女人面的时候。他说这叫潇洒。每次他拍西瓜，那西瓜都会随着"啪——噗"的一声响亮，立刻四分五裂，汤汤水水畅快淋漓地到处流。然后他就大笑。笑着，他会拿起那些七棱八瓣的西瓜，递给周围的人吃。

现在他又掂着手里的刀，我挺怕他拍那西瓜的，这是在我家里，又不是在酒吧不是在瓜摊上，弄得脏乎乎的收拾起来挺麻烦。但我不能露出怕他拍西瓜的神情，得沉住气，要不他准会倚风撒斜，抡起刀就拍那西瓜，我太了解徐志忠了。

我靠在沙发里不动，我不忍心看着那西瓜污染了我的桌子，便闭了眼睛说，西瓜属于阴性，吃多了对身体不好，你就不怕伤了你的胃，把西瓜挪开，我给你沏杯热茶喝吧？我没听见徐志忠拍碎西瓜的声音，也没听见他说什么，便重新睁开眼睛，想看看徐志忠没拍西瓜，他干吗呢。

徐志忠没拍西瓜，他站在桌子边上，狠狠地瞪着我。看到我睁眼看他，便腾地一下子绕过桌子，冲我走来。他手里攥着我家那把剁骨头用的厚背菜刀，五大三粗的身体晃晃着，边走边把刀上上下下地掂来掂去，那刀便一闪一闪地在灯光照射下放光。

他绕过桌子走到我面前，把菜刀横过来，往我脖子那方位上比了比，还来来回回地拉扯了几下。我顿觉一股寒气直逼我的嗓梗咽喉，赶忙抬起手去推他拿刀的手，对他说，徐志忠你别开玩笑，有话咱们慢慢商量。

徐志忠又把胳膊抡了抡，那刀就在我的头顶上上下移动。他哈哈大笑起来，说你也有个怕呀？然后转回身，走到桌旁，抡着菜刀，"砰"的一声，宰人似的切开了西瓜。他也不让我，独自"咔哧、咔哧"啃起来。徐志忠吃得很潇洒，却没风度，粉红色儿的西瓜汁儿顺着嘴边往下流，果肉也粘在了嘴角和脸上，活像只饿了八天的野狼在撕吞人肉。往日那大经理的派头全没了。

瞧着他狼吞虎咽的样子，我说，徐志忠啊，我还以为你舅舅死了呢，火急火燎的怪吓人的。敢情你是胃里缺食，心里上火呀。遇到什么事了，跟我说说，你的事，我怎么会不管呢？

我那酒楼你知道吧？进项不小。你也在那里干过，可是你知道吗，那里马上就不属于我了。多少年的心血白费了，眨眨眼的工夫，没了！我现在成天被债主子们追着要债。这事你得帮我，要不我没活路了。徐志忠嘴角挂着红色的西瓜汁儿，眼睛仍然直呆呆地盯着我，可已经不向外放绿光了，而是有了乞求的神情。我没理他，心想，这小子这回准是栽到家了，他当餐厅经理时可不这么说话，那会儿他一说话就咬舌，挺大的老爷们儿，嗲嗲的，吃面不说吃面，好看不说好看，而是说吃棉！好刊！让听的人，感官难受，腻味得身上起鸡皮疙瘩。

哥们儿，你不知道，你瞧，就为这个，我的餐厅，还有五百九十多万块钱全打了水漂。唉，你说我可怎么办？他走到窗户边上，推开窗子，一抬手，把没啃干净的西瓜皮，从阳台窗户拽出去，在裤子上蹭了蹭手，从上衣口袋里掏出一个长方形的小红牌扔给我看。

我一看那写着"××职业大学"的校徽，心里一动。乖乖！徐志忠这宝贝儿，跟我一样没上过几年学，识字有数，怎么会抓挠进职业大学当了教师了呢？我百思不得其解。看他开酒楼时挺风光，敢情不仅有了钱，还变成了有文化的人，可我怎么想，再怎么想，也想不到他会成为大学老师。现如今，有多少人为弄张大学文凭，累得吐血抽风啊。可徐志忠省事，直接当了大学老师。我知道文凭这东西目前没什么价值，只要花钱就能买，连教室都不用进，尤其是手里有点权力的人，弄张文凭就跟去超市买包卫生纸那么省事，就可以拿到一个大学的毕业证书。有的人三月份填履历表写的还是初中文化，可过了俩月，五月份再填履历表时，写的就是本科学历了。权力、金钱和学历成为一对不可逆转的结合体，学历随时能够根据权力和金钱变化，但权力和金钱却不是拥有了学历就能拥有的。因此，大学老师也不是那么容易当的吧？从徐志忠身上，我看出来了，有文凭你该是孙子还是孙子。

我把小红牌儿扔给徐志忠问他，怎么做？你出多少？是要钱还是要人？是见血就得呢，还是卸零件？我虽然早就不干这活儿了，但哥们儿的事我得管。今儿个，你说怎么做，我就怎么做，绝没二话。算是我报答你吧。说完，我仰靠在沙发上吐烟圈。

徐志忠突然扑上来，双手揪住我的脖领子吼起来，孙子！我要是还有钱就不来找你了。打人也用不着你，如今哪儿花钱不能把这事办了啊？到大街上找俩民工，花不了几个钱就把丫脑袋给花喽！把丫汽车给砸喽！干吗非得找你啊！我就是没钱了，没辙了，才来找你的。我让人骗了，没钱了，我想要回我那酒楼，我得活着！我想要回我的钱！就这事，你究竟管不管？他双眼冒火，仿佛要把我烧化喽。我知道，只要从我嘴里吐出"不管"这两个字，他的拳头敢立刻捶到我脸上。我们两人是一块儿光屁股长大的发小儿，一起打架、泡妞的活儿没少干，是铁哥们儿，甚至比亲兄弟还亲。

我走过去，拍了拍徐志忠的肩膀说：为哥们儿两肋插刀是咱的脾气，这你知道。我也说了，今天你说怎么做，我就怎么做，这事我管定了。可徐志忠你也别以为进公安局跟吃酱牛肉那么滋润。现在不同以前，那会儿我是个单身，弄出事来跑外地去躲几年，眼下到处都讲治安严打什么的，到处都有电子眼，那东西比人眼睛好使多了，让那东西看见，弄不好就得进局子，事大了就得"贴墙上"。我也是有老婆、孩子的人了。

我把徐志忠推到沙发上坐下，给他点了支烟。虽然我和他是多年的好朋友，虽然有人为财死，鸟为食亡这种说法，可我也不能随便为点什么事就去绑架、伤人呀。我对他说，咱们先把事情弄清楚，再决定怎么做一点不迟。

徐志忠松开揪着我脖领子的手，仰靠在沙发靠背上。

我站起来，给他泡了一杯茶，然后对他说，要债不是一件容易的事，咱们得讲点策略。你的情况又和别人不一样，人家一般情况是欠款欠债，来找我是要我帮他们去讨债，一般情况下，还要提供个欠条什么的证据，我去要债也才理直气壮是吧。

而你刚说是被人骗了，这就不一样了，骗与被骗是双方的事。我问问你，干吗叫人家骗了啊？你能给我提供什么证据，让我理直气壮地去行动呢？都不能是吧。被人骗了，这说明你的智商有问题。

咱不能轻易地就去敲诈，绑架，那是犯罪。你懂吧？你的钱被骗，咱们想办法把钱再弄回来就成了，犯不上伤了谁。是吧？咱们得想法子把他们弄个爪干毛净，让他们也知道咱们的厉害。

徐志忠把头抬了一下说：我都快急死了，说完又低头嘟囔了一句什么。沉默了半天他接着说，反正也就这么回事了，我全告诉你吧。骗我的是个女人，她说她是记者。也不是她一个人，还有个爷们儿。自从我跟那个小妞认识后，处得还不错，那娘儿们，挺文静，脸蛋儿也漂亮。可你不知道，她在私下里，心比煤黑！

　　你也知道，吃喝嫖赌抽这五样，我有四样不沾，唯一的爱好就是女人。我和那女人，就是人们常说的那种关系，我们俩"傍着"，你明白了吧。其实，要是光花钱倒没什么，她花我多少钱我都不在乎，我那酒楼养俩仨女人还是有富余的，再说活蹦乱跳的一个大活人让你使唤着，不花钱行吗？但话又说回来，她不该在我之外，又弄了个爷们儿，她和那男人俩人合起伙来糊弄我，拿我打镲，还经常放我的"鸽子"，把我的钱都倒腾走了。你说我算什么？这口气我能咽得下去吗？

　　等我明白过来，钱已经没了。我去找她说，你这么做是不是不道德啊？我没说别的，就是想跟她商量商量，把钱弄回来点。她要是还给我点钱，哪怕是一半儿呢，我可能就算了。可你猜她怎么说？她也微微笑了笑，对我说了句话，差点没把我气死。她说，徐志忠，你既不是我丈夫，也不是我爸爸，更不是我儿子，我对你没责任吧？我既不是你妻子，也不是你妈妈，更不是你女儿，你管得着我道德不道德吗！你管得着吗？非得跟你脱光了上床睡觉就道德啦？

　　你说，我这算怎么回事。人跑就跑了，女人嘛，你老跟她一块儿待着也腻味，可我的钱没了！她把我的钱弄走了。

　　她说那家伙是什么教授，俩人非拉着我办学，说什么办个职业大学，光报名费、学费就能收不少，不仅比开餐厅轻松，还能弄个教师当。咱是想出名，辞职下海不就是为了挣钱出名吗？我也是鬼迷心窍，跟着他们就干了起来，还把我的酒楼抵押贷了款。有文化的人高就高在这儿，等我明白过来，我存的那点钱全让他们给弄走了。我只落了这么一个小破牌儿。他妈的！损就损在他们还跟别人介绍我是大学营养学系主任。说实话，当时我没觉得哪儿不好，真跟吃了蜜蜂屎似的，甜不叽儿地，天天把这个小破牌戴在胸前，还真以为我是大学教授了呢。要是我们真教出了几个学生，哪怕是教出几个厨子，让人家找到了事干，也算积德行善了。可是，我们那能叫办学吗？这会儿说说这事，我都臊得慌，我恨不能跪在大马路上，当着大庭广众抽我自己仨嘴巴！我的钱没了，干的还是缺德的事。好些孩子报名呢，连他们交的报名费、学费什么的，也是笔不小的款子呢，都一块儿没了。

徐志忠的话说得我脑皮发麻发木。敢情那小红牌上还有职称和头衔儿呢。"系主任！"这官往小喽说，也得是副教授一级吧。我弓腰拧身坐起来，走到徐志忠面前，我得好好看看眼前这个"系主任"，一个连高中都没上过的乖宝贝儿。

我说徐志忠啊，我要是还没有精神喽，那一定是这个世界出了毛病。旧社会你们这行当，还有车船店脚牙什么的，被人称为下九流，是不是啊？到了新社会，怎么着，不是下九流了不说，您还成了大学的"系主任"？！进入了上层领域，真是翻身做了主人。就算你能把猪蹄儿当成熊掌炖，把粉丝汤装扮成鱼翅羹，撑死了您也就能弄个特级，后面还得挂上"厨师"两字吧。四川的花椒就是再麻，它能像漂亮女人的丰乳肥臀似的让人心想神往吗？全中国玩川菜的人多了，手艺高低咱先不论，就说您那位号称给谁谁谁做过饭的师傅，他有了许多徒弟后，他敢说他是"教授"吗？他那些徒弟不是还管他叫师傅吗，没管他叫过教授吧？您既然已经弄了这么一个光荣的名称，潇洒体面之后亏点钱又能算什么？依我看啊，这事到此为止，跟谁都别再说了，丢人。

徐志忠说，我都快急死了，你还拿我开玩笑。我总不能钱也没了，还得憋闷死吧。徐志忠说完，脑袋就耷拉下去，精神也让满脸的沮丧样儿给弄没了。

2

我求姐夫把他们单位的电脑工程师老梁找来，让他在我家客厅和卧室的屋顶上装了俩摄像头，就是电子眼啊。一个摄像头对着沙发，一个摄像头对着床，电线也安装得很隐秘，最后连接到小房间里的电脑上。

老梁来安装那天，我媳妇看着直纳闷。她问我你在家里装这东西干什么用。我逗她说，装个电子眼，把咱俩睡觉的过程录下来，没事当乐儿看。要是好看呢，咱们就把它刻成光盘去卖，咱们不能坐吃山空啊！我媳妇骂我，你个老流氓！我媳妇比我小十三岁，刚嫁给我那会儿，特听我的话，我说什么她都笑，说干什么她都干，在床上也像个枕头一样，随便你怎么翻弄都行。可后来她给我生了个儿子，态度就变了。对我颐指气使不说，还常常拿脚踢我，好几次把我从床上踹下去，让我光着身子给她跪着。平常日子里，只要她不高兴，她就骂我。她常说的一句话是，你要是敢胡来，我就把你儿子卖给人贩子，把小东西弄到山区去，让他给人家去放羊、砍柴，大一点就让他下井挖煤当矿工，让他天天去受罪。她每次这么说我都跟她急，说你敢！你要是敢把我儿子给卖到山区去，我就把你给卖给老鸨。听我这么说，她不急，还是那么笑着说，我不卖你儿子，你也可以把我卖给老鸨啊，我想去，挣钱容易，还享受呢，一天换好几个男人，怎么也能遇到比你强壮的爷们儿吧。后来她为了气我，再也不说把我儿子卖到山区去了，而是说要把小东西卖到泰国去当人妖。她说我再怎么心狠，我也是他亲妈妈呀，我不能让他生在人间，却去受阴间的罪是吧。我们娘儿俩，你把我卖给老鸨，我去伺候男人，我把咱儿子卖到泰国，让他也跟我一样去伺男人，你就踏实了。每次听她这么说，我浑身都起鸡皮疙瘩，到了夜里还做噩梦。慢慢地，我就再也不敢招惹她，我不敢听那些话啊，也就养成了她对我的霸道。

我怕她这回又说出什么难听的话，就赶紧给她赔笑脸，我说逗你玩呢。我们哪能像那些爱财不顾脸面的人一样，把自己身体的隐私，当资本曝光挣钱呢？咱们是干净的人，有钱没钱咱们得活得有人味儿是吧。你放心，我这是工作。我媳妇不信，他说你个老流氓一肚子坏水！我还不知道你！我挺爱听我媳妇骂我老流氓，她那唐山口音的普通话，骂我老流氓的时候，软软的特好听。我媳妇把老梁的工具卷巴卷巴装进工具包，横眉立目赶人家走！弄得我姐夫和老梁也骂我没正经。说你要是这样，我们可不管了。不是说帮徐志忠要债吗，怎么又弄成卖你跟你媳妇的黄色光盘了？

我说，我的错！我就是没个正经。我这不是开玩笑嘛。

我对我媳妇说，徐志忠有恩于我，这个忙是一定得帮的。咱装这个电子眼，就是让他带个女人来咱们家睡觉，咱得把他的行为录下来。我媳妇又"嗷——"地叫唤一声就急了，扑上来对我又是抓又是踢，狠狠地骂我是臭流氓，是不知悔改的混蛋，说我好日子不得好过。我跟她解释了半天也不行，最后还是徐志忠来家里求她，好说歹说，才把我媳妇给哄好喽。并答应把钱要回来后送她一块浪琴牌的金表，才算平息了她心里的怒火。

摄像头安装好后，我对老梁说，等办事那天你还得来，你要不来，这么多新鲜设备，又是电脑又是摄像机的我不会弄。你不来，这些东西跟废物一样，还没菜刀好使呢。

老梁说这可是犯罪的事，我不来。我提前教给你，把你教会了，你自己弄不行吗？我说你提前教我，你也是教唆犯呀，来吧来吧，没你这事肯定弄不好。我保证不给你找麻烦。

一切准备就绪后，就等徐志忠把那女人约出来了。我告诉徐志忠，这事能不能成功，就取决于你能不能把她弄来，只要她来了，我们的计划就成功了一多半。

大约过了十几天，徐志忠来电话说，他们星期三到我家，要我好好地把握时机，这是他们最后一次睡觉了。他和那女人说好了，最后一次，算是告别聚会吧。这次睡完觉，俩人各奔东西，各不相欠。那女人也答应了。

我马上通知老梁，让他星期二晚上来我家住。然后我让媳妇带着孩子回娘家几天，我告诉她，我不打电话给你，你就先别回来，咱得帮徐志忠把事弄踏实。我媳妇虽然经常闹脾气，经常骑我脖子上作威作福，但她也是个讲义气的女人。这回，她什么都没说，立刻挑了几件她自己和孩子的换洗衣物，装进她的小包里，准备带孩子回娘家。临出门时她对我说，你们狠着点弄那女人啊，要不往她那东西里边撒上点胡椒粉，给她来个深刻的记忆，让她从此想坏都没法子坏！说完，她跑到厨房拿来一包胡椒粉塞到我手里，才拿了汽车钥匙带着孩子出了门。

我跟老梁几乎一夜没睡，他一边调整设备，一边说，你媳妇是个恶魔！她可真够狠的，你说她是怎么想出来的呢？我说她想出来什么了？老梁说，她不是让你往那女人的东西里边撒点胡椒粉吗，这种狠主意一般的女人是想不出来的，听听都浑身打哆嗦。你娶这么个媳妇，得学会睁着眼睛睡觉。

我说她就是坏，就是故意要这样，其实心眼挺好的。

老梁把一切设备都调整好，又教给我怎么操作，反反复复地讲，让我好好学。我说我一定认真地学，争取早日掌握这些设备，以后我就现代化了是吧。老梁说，这高科技的手段，比拿刀动枪的好。文明也安全。

第二天上午九点多，我接到徐志忠发来的短信，说他们三十分钟后就到，让我赶紧准备好。

我让老梁钻进床对面的大衣柜里。老梁不干，这种事情侵犯别人的隐私，弄大喽打官司不说，非进局子不可。我只负责把设备给你弄好，教会你使用，其他的事我不参与。我说，放心，放心。只要你帮我这一次忙，绝对没你事，我的为人你还不知道吗，出了事我一个人承担。可你必须帮我把片子录好。事成之后徐志忠还有重谢。其实这种东西也不一定能用上，是那意思就得。咱就当救徐志忠一命。

老梁瞧了瞧那大衣柜说，进这东西里去待上半天，我还不憋死呀？老梁抽着烟，坐在那儿不动地方。我说老梁，你要是不在乎摄像机，我就进去，我不是不会嘛。我一边说，一边抄起那架小玩意儿就往大衣柜里钻，还用手胡乱抠弄那上面的按钮。老梁急得赶忙捻灭了香烟，蹿起来，行啦，行啦！我的祖宗，你是我祖宗！我豁出去啦还不成吗？老梁无可奈何，先到我儿子的小房子里，又看了看电脑，嘴里说着没问题，你就坐这盯着看就行了，什么都别动啊。然后嘟嘟囔囔地攥着摄像机钻进大衣柜。他那一身肥肉，把大衣柜压得吱吱乱叫，好半天才静下来。

我把大衣柜的门关好，把门拉手揪下来，给老梁留了一个摄像用的圆洞。然后我把大床往外拉开一点，检查了粘在床边上的录音笔，使劲按了按胶条，感觉万无一失了，把床推回到原位，我钻进儿子的小房间，锁好门，坐在电脑前等着徐志忠带那个女记者来我家幽会。

说实话，这滋味真不好受。那种乱七八糟的动作搅得你身上发烧，音箱里传出的轻微声音，听得人心碎。我想把声音开大些，又怕一动哪里，机器出了毛病，没敢动。屏幕上的画面，比黄色录像刺激多了，这是真人表演啊。瞧着徐志忠在床上那恶狠狠的劲头，他那哪是在跟女人做爱呀，完全是在复仇！

我一边看电脑上的画面，一边暗暗下定决心，为了我今后能使用更现代化的方法开拓生存之路，一定得把这些东西学会，太神奇，太实用了。

事情没能坚持到最后，徐志忠与那女人正翻来覆去地缠绵，老梁突然从大衣柜撞了出来。他从大衣柜里出来时，好像喝多了酒，满脸的汗，摇摇晃晃地浑身散发着汗酸味儿。他本来就下垂的嘴角，哆嗦个不停，狗一样哈哈哈地直喘粗气。嘴里不停地喊着说，郑白！郑白——你小子快出来！憋死我了，实在坚持不了了。简直活受罪！一边说一边还往床上看，摄像机的镜头也仍然对着床。

我从电脑的画面上看到老梁钻出来，就知道坏事了。我赶忙跑出来，心说早了点，这么好的画面，应该录制完整啊。老梁这家伙，到底是岁数大了，一点委屈都不能忍受，他们这个年龄的人，就是不能干大事。我从老梁兜里翻出一盒香烟，燃上一支塞进他的嘴里，然后我也为自己点上一支烟，坐在沙发里一边吞云吐雾一边得意扬扬地瞧着床上的俩人穿衣服。大约过了两三分钟，老梁把大半截儿香烟杵进烟灰缸，便手忙脚乱地把录像带卸出来。他卷巴卷巴他的东西，抹着头上的汗就要走。我一把拽住他，老梁你着什么急呀，把你刚录的片子放放，咱们瞧瞧你的技术和他们的表演。

放放？谁要是敢把这片子拿出去乱放，我跟他拼命！钱要回来赶紧把它给我毁喽。你们不要脸，我还得要工作呢！老梁变得一本正经，很严肃地把这件事定出了框框。然后就背着机器先走了。

这时候，女记者和徐志忠已经收拾干净，穿戴利索，俩人分别坐在床的两侧。徐志忠低着头偷偷地笑，那女记者却木呆呆两眼发直，好像变成了植物人。

徐志忠这小子艳福不浅，女人不仅文静还挺漂亮。我瞧着她的难受样，心里怪别扭。

我走到她面前说，你别害怕。我们不会毁了你，只要你把这个给登在报纸上，录像带你拿走，录音我们给刷喽。咱们两清。

我把一张纸条递给女记者，上面写着：××××大学教授××，因嫖娼和赌博，欠下巨款，现卖身还债，愿为出资者做一切事。还有那个家伙工作单位、职务、家庭住址和联系电话。我得意地接着对她说，这上面没有反动的东西。怎么说着好听，你再给编编。要是不登呢，把徐志忠的钱退回来也行。我们没有别的意思，就这两条，你随意选一个。可你若不登，也不退回徐志忠的钱，我们就要靠卖这个来挣钱了。我把手里的录像带子冲她晃了晃。

女记者低着头，瞧着那张纸条上歪七扭八的字一声不吭。八成是在心里想对策。她的脸就跟劣质彩电的屏幕似的，一会儿一个色儿，浅浅的几道皱纹直呼扇。我挺乐。原来这些有文化的家伙怕这个。瞅了个空儿，我冲在一边暗自得意的徐志忠挤了挤眼睛，心说这回咱们要得手了。可徐志忠误解了我的意思，以为我让他也参战呢，立刻嬉皮笑脸地冲小妞说：我好心对你，你却与那小子一块儿糊弄我，你要是敢不听话，不把这个登在报纸上，明天我就把这些带子复制喽，拿你们报社门口去卖。

女记者一听徐志忠的话，立刻横眉立目一脸的不乐意。她对徐志忠说，早知道你这德性，我怎么没把你那玩意儿给咬下来！她把牙咬得咔咔乱响。

我一听有点不对劲儿，如此漂亮又有文化的小女人，怎么口吐污言粗语，比我的嘴还脏。也许她让徐志忠给气糊涂了。我刚想劝劝她，徐志忠却来劲了，当时你可舍不得。你不是说只要我每天给你弄一盘"京酱肉丝"吃，你就是世界上最好的服务员。你不是说咱们互相服务吗？你现在反悔啦？我告诉你，我就不信这盘带子卖不出个大价钱来。徐志忠扬扬得意不说，还拿手点着我的电脑、彩电和录像机。

我直害怕，要是真把这个女人给逼急了，她抄个什么东西把我的电脑、彩电给砸喽，我可就亏大发了。烈性的女人有的是，你横不能为台电脑就把她杀了吧。再说她要是真豁出去不要脸，你还真不敢把这东西拿出去随便卖。就一条贩卖淫秽物品，准判几年。我急忙站起身蹿到女记者前边，对徐志忠大吼：卖什么卖呀！山穷水尽咱们也得对得起这位小姐的人格呀。

徐志忠让我吓得不敢再说什么。我把手搭在女记者肩头，装出一副软绵绵的样子跟她商量，再说这里也没小姐什么事，是吧？你只要帮帮忙，弄那么一小条消息就成，咱们自当救徐志忠一条狗命。咱们以后不是还得交朋友吗？

交狗屁！女记者一把打开我的手，你让他滚蛋，没一点爷们儿气魄，说好了今天睡最后一次，做个分别纪念，没想到是算计我！你让他滚，咱们俩人好说。

怎么说？我笑嘻嘻地看着她。心想少跟我来这套，再怎么着，徐志忠的钱你也得还，想糊弄我私了，没那么容易。徐志忠的钱要回来，有我百分之二十。不超过这个数字，您就免开尊口，在搭上点什么我都不干，什么样的女人我没见过？

女记者翻了我一眼，抬纤纤玉手指定了徐志忠说，你滚不滚？徐志忠坐在那里纹丝不动。女记者蹦起来把自己的小挎包和照相机抡上肩膀往外就走。我一把抓住她的胳膊，把她重新按在沙发上坐下。又赶忙回过头，让徐志忠先走。要不今天的活儿，非前功尽弃不可。送徐志忠到了门口，我告诉他，有什么话晚上来家里再好好商量。

这女人挺辣，到底有学问。我琢磨着玩个什么花样才能使她就范。可进屋一看，人家已经没事人似的斜靠在我的床上抽烟呢，两条性感修长的大白腿闪着光。我以为她趁我出去这工夫把录像带拿走了呢，因而变得无法无天起来。我赶忙拉开抽屉查看。

甭看！我没动。她果然没动。我回身看她，她也正在看我。她说，都什么年代了，还用这么低级的手段。那玩意儿，敲诈官迷心窍的人管用，对我没用。你要是有兴趣，就留着当乐儿看吧。要是愿意去卖呢，我绝不拦着，再跟你拍两盘我也答应。但有句话咱们得说前头，卖录像带的钱里得有我的版税。现在我不要，你跟徐志忠尽管拿去花，谁让你们穷呢！都穷到靠敲诈女人来弄钱的地步了，我可怜你们呀，卖了钱你们先花着吧。可是到了我没钱花的时候得给我，要不给我，我就起诉你们侵犯我的肖像权，侵犯我的隐私，还制黄贩黄，让你赔我损失费呢，把你们送进大牢里去。

我大吃一惊。女记者整个儿一没皮没脸。我有点着急，就对她说，告诉你，别以为我好对付，凡事别做绝喽。我既然答应徐志忠了，我就得负责到底，不把他的钱要回来，我从此不干这行！

哼！别把话说早喽。她瞥了我一眼，扔给我一根挺细挺长的鬼子烟，自己又接着又点上一支，靠在沙发上抽烟，连看我都不看。我急了，蹿上前把她按在沙发上，我揪着她头发，接连抽了她几个嘴巴。可她不躲不闪不挣扎，双目中放着懒懒的光，怪可怜的。我停住手，居高临下看着她，心说碰上这么一个不要脸的女人可真别扭。

渐渐地她的目光就变了，那里面充满了媚态，手也极轻极慢地有了动作，很自然地放到了我的腿间。她说，把那纸条给我，我去办就是了，瞧把你急的。

此时此刻，我终于知道了什么叫男人的悲哀，你可能面对敌人的千军万马，面对"老虎凳"和"辣椒水"，面对所有的艰难困苦都能不屈不挠，可是你无力抵抗来自女性的诱惑。我的身体在女记者的操纵下，迅速地亢奋起来，我的灵魂也在她的注视下变得疯狂。因为她的另一只手，慢慢解开了她自己的上衣纽扣。

虽然我和那女记者做了，但徐志忠的事没算完，我得继续帮助徐志忠把钱要回来。第三天中午，我往报社打电话找那女记者，接电话的人告诉我，记者部、编辑部、行政部和后勤部，根本就没有这么一个人，还说您要是有急事，往食堂打打看有没有这个人。下午再打，仍然是这个回答。气得我差点没抽自己嘴巴，人家手段高啊，我和徐志忠都不是她的对手。这女人把自己的知识、智慧和本钱运用得恰到好处，而与她打交道的人稍有疏忽，就只能是悲哀了。我觉得怪对不住徐志忠的，怎么办呢？好在那个女记者并没有抛弃我，晚上她便给我打电话，说要来家里找我好好地聊聊，大家今后一起做点事情。

接了她的电话，我以为事情会有所好转，心里舒服了许多。晚上，我和她一起出去吃了饭，然后回到我家里。我真佩服这女记者，她仍然是神情自若，文质彬彬的样子，好像什么都没发生一样。

躺在床上，她像只小猫似的偎在我身边，我用胳膊揽着她赤裸的腰身说，今天上午我打电话给你们报社了，人家说没你这个人。

你都知道啦？你比徐志忠机灵，才两天就知道了我不是记者，他到现在也不知道我不是记者。咯咯咯咯……她的笑声金属碰撞似的响亮好听，边说边笑地往我身上爬。

这个女人确实厉害，长得漂亮，有智慧再加没皮没脸，什么样的男人在她面前都得腿软。徐志忠真够可怜的。可我不能见色忘义重色轻友啊，也不能这么快就败在她面前。于是，我搂着她也大笑起来，以其人之道，还治其人之身嘛。她使劲挣扎开，说我弄疼她了。我赤身裸体下了床，给她倒了一杯水，然后坐在床边说，徐志忠的事，咱们得好好商量商量。

甭商量。不就徐志忠那点儿钱吗？她说，说得十分坦然。我知道他这些年挺不容易的，他的钱都是一勺一勺炒出来的，烟熏火燎的，全是他的血汗。可他活该。又没人抢他的。

她又笑了笑，然后掏出烟问我抽不抽，我摇了摇头。她自己点上一支烟才说，这不能算什么诈骗，徐志忠说好了跟人家一起办职业大学，他瞧上了那个大学教师的名分。当时他拍着胸脯子说的他管投资，人家管教学，挣了钱双方平分。要是赔了钱，大家共同承担责任。再说了，就他那点钱，除了学校的管理费，连给教职员发工资还不够呢。赔钱了，也不是他徐志忠一个人赔，大家都赔了。公司还有破产的时候呢。

可你们不是把他的投资当工资给分了吗？你不是也拿了不少吗？

当然拿了。我付出了劳动，拿报酬是应该的，这我还觉得亏呢。徐志忠他拿出来的钱叫"投资"，我拿走的可是我的工资，这年头有白干活的吗？嗨，咱们不说这事成吗？咱们喝点酒聊别的成吗？你也真够累的。说着话，她伸手解开了自己的上衣最上边的两粒纽扣，你这屋里真热，赶快换个大功率的空调吧，没钱我可以借你。

面对她似露非露的前胸和好看的乳沟儿，我还能说什么呢，也只好给她拿来一瓶红酒。她拿了两个酒杯，跑到厨房去冲洗后又跑回来，笑着抓住酒瓶"咕嘟咕嘟"地就把两个杯子倒满了酒，把其中一杯递给我说，干啦！

她一连喝了两大杯红酒后，扔了酒杯就扑到我的怀里。当我不断地向她俯冲时，她已经迷醉于两性躁动的癫狂之中。完事以后，她很快就进入梦乡。而我却无论如何也睡不着，一个劲儿想徐志忠这档子事。按这个女人的说法，徐志忠没把事情的全部告诉我，他为了让我帮他而欺骗了我。周瑜打黄盖，世界上愿打愿挨的事情多着呢，再说了，投资办企业，破产是很正常的事，谁也不能保证一投资就赚钱。可我转念一想，不对了，光拿工资那几个小子一年也用不了一百九十多万呀。再说，徐志忠就是傻，也不能每个月给一个挂名的人发八九万块钱的工资吧。因此，我断定身边这小妞不是好东西。她既然能冒充记者，招摇撞骗得恰到好处，编个故事骗骗人还不是手到擒来？我抽足了烟，想把她捅醒了好好问问，可她睡得像死猪，任凭我推她捅她，她翻来覆去死活不睁眼。强烈的体力运动和长时间的思维，终于使我疲乏到了极点，迷迷糊糊中，我用胳臂把她绕住，并在她的胸前"系了个扣儿"，心说咱们明天早晨醒了见。

第二天早晨，我还在睡梦里跟徐志忠这事纠缠不清，忽然觉得脸上热辣辣的，把我疼醒了。我睁眼一看，她已经穿戴整齐，一头乌黑的长发，仍然披散着。她笑眯眯地站在床边看着我，那慵懒的模样挺迷人。

我说，你打我了？她没回答我的问话，只是笑着问我，你的梳子放在哪儿了？听她这问，我就知道这是我媳妇临走把自己用的东西收起来了。我媳妇有洁癖，最不愿意别人用她的东西。我对女记者说，我家没有梳子，只有一个独齿的梳子！

女记者笑了，呵呵地笑了笑说，你别把话说得这么糙，你得学着文化点，别把自己弄得像个流氓，要是总这么没修养，我以后不理你了。我可是准备跟你合伙一起做点事业的。现代社会，你得学会用文明的外表，严肃的外表，公正的外表，善良的外表，掩盖住自己的流氓实质。这样才好办事啊，人家也会相信你。只要你能做到说最好听的话，办什么事都会得到信任，你才能成为合格的现代人，才能干成你想干的坏事，要不你活到老也就是一个老流氓，谁都不会相信你。她边说边微笑地看着我。

你不是流氓？你是文化流氓！我两只手从后面抱着自己的头，斜靠在床头上看着她。

快，合作点好吗，梳子在哪儿？她仍然笑着往前凑了凑，抽冷子又轻轻打了我一个嘴巴。乖，听话，快去找，我把徐志忠那些钱是怎么没的告诉你。

我跳下床，光着身体跑到写字桌前，从抽屉里给她翻出一把梳子。梳子很脏，上面粘了黑黑的油污。她看了看梳子直皱眉头，说你真脏！便拿了梳子到卫生间去冲洗，还喊着说你懒，你媳妇也这么懒吗？过了一会儿，她拿着洗干净的梳子回来，坐到我的身边。我仍然躺在床上抽着烟看着她，听她说话。她梳头的姿势也很美。

听来听去我明白了，她懒得上班，又想活得欢实些，就想出了挂着照相机到处找乐的法子。她说钱多钱少都不在乎，反正哪儿也缺不了吃喝。这么干，总比在发廊、歌厅里卖淫高尚许多。色眯眯的男人满世界都是，尤其是有钱的家伙，见了有几分姿色的女人膝盖就发软。徐志忠则不懂这些，他没文化呀。虽然开餐厅挣了钱，那是他的命好，可他不该从此就不知天高地厚了。你要是好好地开餐厅，不跟着人家办什么学校，会赔得一塌糊涂吗？办学就办学，干吗拍着胸脯子说你要投资呀，你有钱？你那点钱也叫钱？他更不该弄好几个挂名不干活的人，还挣高薪。除此之外，徐志忠再死乞白赖地给这个那个小妞点，一高兴还请大家吃饭喝酒，这样下来他还能剩个屁。你说是不是？

女记者说的话，我怎么听都有道理。临走时她问我，欢迎不欢迎她来。我什么都没说，只用两眼看看她，然后翻身起来，坐在床边穿衣服。我心里非常清楚，欢迎不欢迎，我也左右不了她，她玩得比我高一档，人家是靠文化和智慧吃饭呀。脖子上挂个照相机就能吃遍天下的事，我从来也不敢想。还有那几个挂名的哥们儿，冠冕堂皇地就把徐志忠给涮了。可我呢，玩得都是传统手段，打打杀杀的都是悬的。跟人家小妞不在一个档次上啊。

那天晚上，徐志忠到家里来找我，一见面就问我事情办得怎么样了。我拿了一罐饮料让他喝，然后对徐志忠说，她把你的事都告诉我了。这一年来你也出足了风头，钱嘛……我看你就重新打鼓另开张吧，不是有个歌叫《从头再来》吗？

徐志忠当时就急了，他把饮料往桌子上一蹾，你让那小妞给涮了。那盘带子呢？你把带子给我！

哥们儿，我说哥们儿，你先别急，等我把话说完行不？我拉着徐志忠的手劝他，我可是没进过北京饭店、长城饭店、贵宾楼什么的，也没跟谁谁谁的夫人握过手、照过相，更没跟好些个有名的人一块儿吃过饭，你要是觉得亏了，可以仍然戴上那个小红牌，去泡泡妞，吹吹牛皮什么的。往后再挣到钱，你多请几个顾问，没准哪天你就成了"校长"了呢。

徐志忠急了，大喊大叫，非跟我要那盘录像带，他说我要是不把那东西复制了拿街上去卖，我就是王八蛋。

我一声不吭，等他发完火，我才慢条斯理地说，录像带我全给刷了。再说，你不要脸，我不要脸，那个小妞也不要脸，我还得对老梁负责呢。人家老梁老实巴交的，一大家子人指着他那工资吃饭，咱们不能给人家招事啊。再说，现在几乎天天扫黄打非，那玩意儿一卖准出事。算了吧。

我还想说点什么，好好劝劝徐志忠，可这时候电话响了。我拿起电话一听，是那个小妞。她兴奋地说，明天早上，有个叫"粉红屋"的桑拿浴室开张，管吃管喝管洗澡，还给请来的贵宾们送按摩，里面的小姐很漂亮，你去不去？去吧，去体验体验陌生女人给你洗澡的感觉。我想说去，可这个时候徐志忠两眼盯着我，我生怕他听见什么跟我玩命，只好一个劲儿对着话筒乱呜呜。那女小姐很聪明，她理解了我的意思，放低了声音说是不是徐志忠在你边上？明天早上九点半，我在美术馆前面等你。嗨！你别忘了把徐志忠那个小红牌给借来戴上，有那么个玩意儿特管事，你得学会包装自己，别总是把自己打扮成流氓样儿。哎，他要是不借给你用，你得给自己编个名分，要不人家不让你进去。

挂上电话，我回到徐志忠身边。这时候徐志忠的眼珠子瞪得像牛眼，好像这口气真的咽不下去似的。我装作若无其事的样子，拍着他的肩膀说，咱们还年轻，大丈夫不能总是一帆风顺呀。明天晚上我请客，咱们好好聊聊，看能不能想个别的什么办法。譬如请个律师起诉他狗娘养的，或者你先从我这里拿三万、五万去用，再多点也行，先前你帮过我，现在我帮你也是义不容辞。要是不愿意去起诉，也不愿意从我这里拿钱，那就跟我一起干，再有活儿时，就咱俩干，我不找别人了，行不？咱们还是铁哥们儿，咱们重新打鼓另开张。

听了我的话，徐志忠狠狠地瞪了我一会儿，足足瞪了我五六分钟，然后他说，跟你干？当流氓？他摇着头，又摇了摇头，转身就走。我一把拉住他说，哥们儿，你别急着走，我这还有件事求你。

说！徐志忠恶狠狠地说。我说，把你那个小红牌借我玩几天。

徐志忠听了我的话，嘿嘿地笑了笑，把手伸进裤子兜里，走到我面前说，我明白了，也知道了，你就是一个流氓！你是狗改不了吃屎的流氓，你准是跟那个小妞同流合污了。

你想跟她一块儿去骗人是吧？

我看着，他没敢言声。

想得美你！停了一会儿。徐志忠接着说，我告诉你，钱我不要了！我自当买了个教训，买了个经验。到今天我是彻底明白了，咱俩从来就不是一种人。我还告诉你，三十年河东三十年河西，我还年轻，我浑身有的是劲儿，我还有技术，我，我要新打鼓另开张！跟你没丁点儿关系喽！用不了几年，三年，也许五年。我仍然是我，是自食其力的买卖人！可你呢？

徐志忠把那个小红牌掏出来，拿到我眼前晃了晃，又很快地把手缩回去，恶狠狠地看了眼我，转身走到窗户边，推开窗户，抡起胳膊把那小东西扔了出去。

谷雨湾村的秋天

1

客车停在路边，尘土弥漫中，车门怪叫一声打开了。穿着短袖 T 恤衫的售票员，跳下车时，回头看了一眼跟在身后下车的秋分。

被客车摇晃得欲睡的乘客们，被秋分惊醒了，沉闷的空气在车厢里嗡嗡响着颤动着活跃起来。男人耸动着鼻子用力吸吸气，要再看一眼这浑身散发着香味的女人，再看一眼她窈窕的腰身和露在衣服外面的白胳膊。

靠车窗坐着的几个男人，随着秋分走下车的动作，慢慢旋转脑袋，用眼睛追着看秋分。他们把目光，弄得滑腻腻地湿润。一个男人，干涩爆皮的嘴唇，在玻璃后面向女人张开，露出被纸烟熏黄的牙齿，酱紫色的舌头蠕动吞咽欲望。他浅灰色运动上衣领子，仿佛被日月磨损的红缨枪枪头，歪扭着，却是倔强地直立在他左侧下巴边；另一个男人，满脸铺开诡秘的微笑，额头用力抵在窗玻璃上，眼珠子伸到车窗外面，放射出饥渴的光芒，直直地盯在女人鼓胀的胸脯上；车窗仿佛变成巨大的眼镜，沉重地架在又一个男人鼻梁上，他略显臃肿的眼睛瞪得已经变形，鼻子也被玻璃挤压得歪斜。一个靠窗坐的女人，歪头乜了眼已经走下车的秋分，疲惫的眼睛中露出高傲的目光。她看着车下的女人，抬起左手，拢了拢蓬松散乱在鬓角边的头发，带着蔑视的狠劲儿嗫嚅了声，婊子！然后她转回头，闭上了困乏的眼睛。坐在她身边的男人，听到她的话，收回望向窗外的目光，转头看了她一眼，用鼻子轻轻哼了声，便站起身，快速走下车。他站在车门边，扭头去看正在向车后走的秋分。他刚刚看到秋分的背影，秋分已经转到车尾，消失在车厢后面。男人耸耸肩膀，把脖子伸了伸，张开嘴嗽嗽嗓子。他用很大的声音把一口浓痰吐出去，又用力咳了几声，向路边挪了两步，背对着车厢，很随意地松开裤带，掏出自己的家伙，哗啦哗啦地痛快了一回。

售票员绕到车后，顺着铁梯子爬上车顶，解开覆盖行李物品的大网罩，揪出一只品质精良的小提箱。他向下挪了两个梯阶，把提箱抢离车顶，递给下面仰头等待的秋分。

他迅速把车顶上的大网子重新拴好，下了车，把长长的头发甩了甩，轻轻吹声口哨儿，垂在身边的左手，打了个不脆的响指。他对秋分说，你什么时候再去车站，给我打电话，我和我兄弟来这车站等你。你家里若有什么用车用人的事，也可以找我啊，拉什么都行，你的事就是我的事。他说，开车的司机是我胞弟。他摆了摆头，向着车的前方。又从斜挎在腰间的兜子里掏出一张皱巴巴的钞票，塞给秋分说，免你的票。免你的票。

秋分将钱还给他，笑了笑说，一路上你总照顾我，辛苦呢。你要记得这件事呀。她拉着小提箱转身走了。T恤也跑着跳上了车。

车厢里塞满浓厚温暾的怪味儿，空气浑浊得黏稠，似乎正缓慢地凝聚成一团，里面还微微荡漾着丝丝缕缕的清香味儿。售票员左右摆摆头，在混合的空气间，挑拣出暖柔的香味儿用力吸了吸鼻孔，回头扒开车窗，把上身探到车外，笑着冲秋分摆手。秋分抬头看着他，眼角瞥出一丝冰冷的微笑。

客车怪叫一声，摇摆着一跳一跳地开动，尘土重新弥漫起来。

客车从省城开来，每天一个车次，总是下午这时候，拐下国道，穿乡过镇，到达这个叫大暑川的小镇，吐出几个人，或者吞进几个人带走。车站随着它的到来，喧闹一会儿，很快恢复安静。更多的时候，没有人要在这里下车，也没有人等在车站，车便不停下，直接摇摆过去，看都不看大暑川一眼。小站西南十一里，有个叫谷雨湾的村子，秋分出生在这里。

秋分看到的一切都熟悉，离开五年多，这里仍是满眼的黄色，山是黄色，路是黄色，土房也是黄色的。路狭窄弯曲着，被挤在一块块梯田中间，顺着起伏的谷雨湾向前延伸，雨天泥泞，晴天是厚厚的浮土。已经泛黄梢儿的庄稼，炫耀着黄绿相间的花纹，毛茸茸的毯子一样铺在小路两边。穿在脚上的高跟鞋，使秋分感觉不舒坦，两只脚落在路上，感觉绵软虚空，似乎踩不到底。心里骂一句，破土地，连个高跟鞋都接不住！什么时候村里的路面，也能像城市里似的铺上水泥、沥青，铺上地砖呀，也把地面硬化硬化嘛。秋分心里骂着，就会想起北京，想起学校。那里到处是水泥地，沥青地，没水泥、沥青的地方铺成绿色的草坪，所有的人行道都铺着地砖，还有带颜色儿的花砖地呢，比自家老屋里的地面，甚至比炕上都干净，走到哪里脚下都是硬硬的，街上行走着的男人眼光都是坚硬的。走在街上的男人，个个眼睛贼光油亮，成熟的胡萝卜似的蓬勃着，听到女人高跟鞋敲打地面的嗒嗒声，个个要扭了头，直直地盯着走过来的女人看。男人的目光，长矛似的锐利，钩针样地充满智慧和勤奋，随时编织着上上下下的经纬线。想着，秋分想起了妈妈安排回来的事情，什么城市和农村的差别，所有的生活，一切一切的事情，对她来说，很快就将成为过去了。她后悔没多带一双旅游鞋或球鞋回来。

远处的田里有人正在劳作，看到秋分走来，便直起身子向她张望。秋分看到了那边的动静，抬头瞥了眼，看不清是谁。那人很快又猫了腰，身体埋进毛茸茸的庄稼里，一起一伏缓慢地移动。过了一会儿，那人又站直，把手搭在眼前看秋分。秋分微微侧了头，把脚步放缓，左手拉着旅行箱子，随着箱子的扭动，走出扭捏的脚步。一阵小风吹来，撩起秋分的长发，飘飘地散乱，给她平添了几分妩媚。

走到大槐树下的时候，秋分站下了。

从这里再向前一里多地，是惊蛰沟，站在这里，可以看到沟对面的谷雨湾村了。村里稍微平整的好地，都在沟这边，所以村里就在这棵大槐树周围，开出了个场院，为的是晾晒粮食方便。秋分的故事就是从这里开始的。秋分出生在谷雨湾村，她的童年有许多快乐的经历，可和她青春一起来到的，却是撕裂她生命的疼痛。一切事情突然发生了，她来不及思索，根本没有一点心理准备。

今天，她想在这里，再次遇到赵古头。

五年前的一个夏日，秋分高中毕业回家，被村长赵古头拦在这棵大槐树下。

　　在歪扭身躯的槐树树荫下，赵古头从坐着的田垄上站起来，不慌不忙向前走了几步，眯缝着眼睛看秋分，抓在手里的草帽，不停地在胸前扑嗒扑嗒地呼扇。秋分走到树荫里，站下，抬手撩了撩散落下来的头发。赵古头笑着问，秋分，毕业了？秋分瞧着面前的男人，点点头，叫了声村长。赵古头说，回家来了？秋分又点点头。赵古头看着秋分，嘴角向两边撇了撇，笑着说，呵呵，我等你呢，在这里坐了几天，什么事都没干，村里工作都耽误喽哦，我天天都来等你。呵，呵呵，算好你这几天要回家来。秋分说，大伯，你等什么嘛，天多热。要有事，你拿大喇叭广播，喊我，我一听到，立刻会跑去队部见你啊，到家里找我也行嘛。把事告诉我爹也行，他会告诉我。她身子扭了扭，提在手里的小布包和背在背上的大书包，随着她的身体晃了晃。

　　赵古头仰起头看着天说，是呢，呵呵。天热呀，这几天热得我心烦乱。瞧瞧，把你个娇嫩的小脸都热红了。快过来，坐下来歇歇，你也热了一路嘛。我有事对你说。这事，这个事，不能到你家去说，不能告诉你爹，更不能拿大喇叭喊……

　　赵古头没把话说完，人已经随着他的话音扑上来。他猛地扭住秋分的胳膊，狠劲地攥牢了她，只几拽，就把正仰起头看天的秋分，拉进了旁边的庄稼地。秋分被赵古头的行为吓了一跳，很愤怒地大声喊着说，村长你干吗，你拽疼我了！赵古头不说话，他喘着气，双手用劲掰着秋分的身体，脚下一绊，将秋分的往地上一掼。他的人也随了秋分身体矮下去，两腿的膝盖，硬硬地顶在秋分的胸脯和肚子上。他用一只手，按住秋分的肩膀，另一只手撩起秋分的衣服，用蛮劲抽拽出秋分的腰带，随手扔在一边。然后，他挪动下身体，让自己跪得舒服点，先往手掌上呸呸地吐了几口吐沫，再用力抓了秋分的头发说，拽疼你了？你还知道疼？你也知道疼？

秋分挥舞着胳膊，挣扎着想站起来，她反抗，扭动，哭喊，书包被甩在一边。赵古头并不放手，他吼着，你老实点，给我乖乖的，不然的话……赵古头站起身，左脚狠狠踩着秋分胸上的柔软，边说边解自己的衣服，恶狠狠地骂着，喊吧！使劲喊吧！你喊，这个时候也没人来。我告诉你，有人来了，不管是哪个驴日的来了，他也不敢管。县上派公安来，我也不怕！我赵古头，赵村长就是这里的天老爷。赵古头用力拍拍自己的胸脯，再仰头望天，脆脆地吼了声，俩眼狠狠地瞪着秋分。

秋分仰躺在地，边哭边挣扎着翻身往起爬。赵古头又往手心里啐了几口吐沫，俩手合在一起搓了搓，骂着，小婊子！哭，你哭，老子我怕你哭？赵古头猫下腰，膝盖重新顶在秋分身上，双手按住秋分前胸用力压，把秋分按躺在地上。赵古头两手拽着她的上衣，狠劲向两边一扯。秋分的上衣被撕开了。秋分双腿不停地用力踢动，身子扭来扭去使赵古头不能从容。赵古头急了，一只手掐住秋分脖子，另一只手狠狠地抽在秋分脸上，反了手又抽在秋分另一边的脸上。他骂，贱婊子！你给我老实点！今天这样，你怨不得我！你抬头看看这棵树，这枝大树杈子！

赵古头高高举起手，指了指斜着伸向天空的粗壮树枝。当年我说了你家一句话，只说了句你家多占红薯。就为这么一句话，你爷爷，不，不是你爷爷，是你亲爹，他就跟我翻了脸。他命令民兵，把我捆起来，吊在这棵树上，就是这个树杈子，然后用锄把子打我。驴日的刘十福，下手狠哟，差点把我打死。他把我打完了，还不算完，让全村人排了队挨着个地拿锄把打我。哼！当年我跟他求饶，我也跟他求饶来着，让他放过我，我说我再也不敢了。可他，驴日的他，理都不理，只管埋了头，疯狗一样地打我，锄头把子不断地抡到我身上，每一下都他妈的彻骨地疼。我忍下了。哼，今天，你得替他还账。你甭挣扎！挣扎，哭，没用，我忍着，等你们好多年了。

听了赵古头的话，秋分身体软了，她不是赵古头的对手，她知道，按照赵古头的说法，自己躲不开今天这一遭。赵古头大力压着她，撕扯她，狠劲地动作着，还得意地笑着说，你还不知道吧？你"爹"刘万禾没对你说起过吧？你是个知青生下的私孩子，刘万禾也不是你亲爹！他是你哥哥！今天老子告诉你，你早先叫作爷爷的那个刘十福，他才是你真正的爹！下一个就是春分，你家女人一个也别打算逃脱。这叫父债子还。只要你在这村里一天，只要我还活着，只要我还是村长，你们就得给我受着。

秋分听爹说过，村长赵古头，早年间与他爷爷有恨。自从赵古头当上了村长，就百般刁难他们家，先后睡了她妈妈秦喜凤和二婶刘麦穗，对她也是早就没安好心，见了面说的那些话，十分难听。为了躲开赵古头这祸害，她上中学后，一直住在学校，回家时也处处小心，赵古头没机会下手。可她从来没听爹说过爷爷才是她的亲爹呀。

得了手的赵古头，嘴角撇着，露出黄褐色的牙，他笑呢，不停地喘粗气。他抹了把头上的汗，不慌不忙地烧了支烟，叼在嘴上。他边系裤带，边对秋分说，好好听着，哪天到我家里去，让我好好地鼓捣鼓捣，得像你麦穗婶子那老婆似的乖顺，要能像她似的生下个崽子更好，老子我高兴了，在村里给你找个舒坦活做做，或许就放过你，放过春分，放过你们老刘家。听见没？叼在他嘴上的烟卷抖动着，随着他说话的节奏，一上一下地指点着春分。

秋分在地上瘫软着，哭泣着，抽动着。赵古头见她不出声，蹲下身体，瞧着秋分双腿间白红相间的青春，大声地笑。笑着，他站起身，对准秋分裸着的白屁股狠劲地踢了一脚，小婊子，还哭，给我住声！再哭撕烂你的嘴。

赵古头用力扔下烟头，转身走了。他放开嗓子，猛地高声唱起小调来。

赵古头下了沟，爬上另一侧坡，快回到家时，遇到了从地里做活回家的刘万禾。他站下，摘下草帽子，呼扇了几下，又拿帽檐儿在额头上剐蹭剐蹭。帽檐儿沾了汗水，显出一条弯弯的深黑色。赵古头笑着叫刘万禾，万禾！刘万禾你过来！

刘万禾走到赵古头面前站下说，村长，你有事叫我？

赵古头不慌不忙地掏出烟，两个手指抠唆着从烟盒里抽出一支烟，刚要按在自己嘴上，没按，很大度地把烟卷从自己嘴唇边移开，递到刘万禾面前。他这个看起来很随意的动作，让刘万禾受宠若惊，也觉得怪异。刘万禾知道，赵古头自从当上村长，都是别人给他递烟，他从来没给别人递过烟抽，更不会给他刘万禾，给他们老刘家的人递烟抽。刘万禾软了膝，微微弯着腰说，有呢，我有。村长你抽。自己抽！

你有个屁！拿着。给你烟抽，是因为我今天痛快。抽！赵古头骂刘万禾，把烟强塞到他手里说，去大槐树看看秋分吧，小婊子高中毕业从学校回家来了，人出息了哟，可学贱了呢。妈的，刚刚跟我好了一回。这会儿舒坦了，舒坦得她躺在槐树下的庄稼地上不起来，乐得流眼泪呢。

赵古头边给自己点了支烟，边对刘万禾说，他把话说得很轻巧很随意，说得声声脆。说话的时候，他眯缝着俩眼睛，透过轻薄弥漫的烟雾，紧紧地盯着刘万禾的眼睛，额头微微仰得倾斜，眼珠子歪出一种得意的嘲讽样儿。说完，他转身走了，扔下木呆呆的刘万禾。

刘万禾听了赵古头的话，心里一惊，又一颤。知道秋分遭了赵古头这畜生的毒手。可他不敢说什么，他怕赵古头。当了村长的赵古头，像他爹刘十福当年当村革委会主任时一样蛮横，一样霸道。何况，当年他爹还与人家结下了怨。刘万禾把下巴颤颤地撅起，看着赵古头走得摇晃的背影，嘴角触电般抖动，却发不出一点声音，更说不出一句话，只呵呵地抖出几个似笑非笑的单音，手里猛地攥紧，把赵古头刚递给他的那根烟卷，攥得粉碎，眼角涌出眼泪。

那天晚上，刘万禾不得不把秋分的身世告诉她了。赵古头已经动手，再这样下去，不仅是秋分，还有春分，也会遭了这畜生的祸害。秋分追问谁是她的亲爹，刘万禾说，别听赵古头瞎说，他那是在祸害咱们家。你爷爷曾是村革委会主任，与现在的村长一样。那时，村里来了几个知识青年，都是城里人。你爷爷心善，照顾他们，对他们好。后来知青一个个都回城了，村里只剩下一个女知青。就是你的亲妈，她生下你后，为了回城，只能把你留下，你爷爷把你抱回来。我虽不是你的亲爹，却是从你出生三天时，把你收养在身边，辛辛苦苦把你养大的。说着话，刘万禾的眼泪流下来。

听了刘万禾的话，秋分不相信这是真的，但又希望是真事。她知道赵古头没瞎说。她恨自己的身世，恨生下她却抛弃她的母亲，恨赵古头的凶残，恨刘万禾的软弱，恨这生她养她，却给她带来灾难的地方。她不想再问爹什么话，背过身体。

秋分哭了一夜，想了一夜，通宵未眠。过去和现在的一切，无情地撕扯她的心。她决定去北京，去寻找自己的生身母亲，找到她，问问她，谁是自己的父亲，她要和妈妈生活在一起，离开这个荒蛮的地方。

在秋分床边守了一夜的刘万禾，看着眼睛红肿的秋分说，你想要去找你妈，就去吧。早该把你的身世告诉你，可不敢说，爹疼你，怕你走了就不回。这回爹不敢拦你，你再不走，驴日的赵古头，不定还要干出什么伤天理的事。提到赵古头，刘万禾心里非常发怵。说着话，他慢慢站起来，走到门边瞧了瞧外面。天仍然黑得霸道，静得阴险。外面除了秋虫的鸣叫，没有其他任何声音。刘万禾紧缩的心放松下来。他扭回身，猫着腰，慢慢拉开破桌子的抽屉，翻找出一个锈污斑斑的铁盒子，又从一个塑料皮的小本子的夹层中，抽出一个小纸包，颤抖着手，把它递给秋分。他对秋分说，你的生辰时日，你亲妈的名字和地址，她亲笔写下的。地址不知道现在变没变，还管用不？爹收着，十八年了，爹一直好好地收藏着，不敢弄丢。那女孩子当年抱你来时，哭着留下话，说让你长大去找她。

秋分接过小纸包，把它紧紧地攥在手里，贴在胸前放声大哭。她流着眼泪说，爹，我去找我妈，无论多难，我一定要找到她。找到我妈，我还回来，把你也接上，咱们躲赵古头远远的，去北京过安稳日子。

刘万禾蹲在秋分床边，缩着脖子抽烟，眼睛湿润得晶亮。他抹了抹眼睛说，能找到你妈才好，你们好了，爹就放心了。爹哪里都不去。爹老了，受惯了，赵古头他再霸道，还能把爹怎么样了呢？让春分跟上你，你一个去，爹不放心。再在村里待下去，也是凶险等着她。找到你妈妈后，替爹求求她，把春分也留下吧。

几年时间过去，秋分回家来了。

秋分微微仰头，看着那棵歪着树身的树。它仍然枝叶繁茂，树身下，仍然有一大片浓浓的树荫。空旷的原野上通透了一片黄色，大树下没有人，只有她的记忆。这次回来，她盼着在树荫下仍然站着那个畜生赵古头。可是没有，树荫下没有人。

仍然繁茂的树冠，隔开了阳光，树下是一片空旷的阴影。

从北京回来的时候，妈妈亲自开车送她到车站，对她说了已经反复说了不知多少遍的话，妈不能亲自去，虽然妈妈也想再回那个地方看看，可妈还去看谁，看什么呢？除了让妈妈疼了一辈子的记忆，那里已没有任何东西属于妈妈了。再去那里，看到什么东西，妈都会心疼，再说，出了这样的事，妈也不想让人笑话。你自己回去吧，你已经长大。你记着，不用再怕赵古头，谁都不用怕，你自己的事，自己去处理吧。你想怎么做，你就怎么做，不要让自己的内心里留下一丝阴影，用你自己的勇敢和智慧，把内心里的一切软弱驱逐干净，好好地享受生命。你要坚信，这么做是为村子里除掉祸害！你懂吧？妈妈等你上完大学，有了知识，才允许你回去处理这件事，就是等待你成熟起来，等你勇敢起来。赵古头那个畜生，他若再敢动你一根汗毛，妈妈就亲自回谷雨湾去找他，妈妈要他趴地下做狗，吃屎。妈要用斧头，亲手剁下他的几只爪子，让他生不如死，让他活着受罪。

想着妈妈的话，秋分笑了，笑着，牙狠狠地咬紧了。

2

秋分回到家时，太阳已经歪到西边。

刘万禾瞧见秋分向家里走来时，笑了，把整张脸笑得蜷缩，满脸笊篱样编织着的皱纹像散了架，一根根颤颤地活跃着。他是蹲在院里一块石墩子上，看到秋分的。他每天闲下来时，都把自己的身体叠成一团，蹲在石墩子上抽烟。冬天只要不刮大风，有太阳，他一样蹲在那里。身上懒了，疲惫了，不出屋子，蹲在屋门口。太阳光斜下来抱着他，暖暖地觉得舒坦。蹲在那里做什么，守候着四季的轮替，还是拿自己的生命挨日子，刘万禾不知道，反正蹲着蹲着天就会黑下来，然后回屋睡觉。老婆在时，他这样蹲着。老婆秦喜凤被赵古头强奸，没处说理，觉得自己跟了他万禾活得忒窝囊，扔下他走了。剩下他一个人带着俩孩子，家里外面忙完了，只要手里没活做，他仍然这样蹲着。不同的是，以前他蹲着，会看到喜凤干活走动时，扭来扭去的腰身，便觉得眼睛里满满的都是暖热。后来没了老婆，眼睛里一下子空虚了大半，日头洒下来的光，都冰凉地改了内容，他心里便装了对赵古头厚重得无边无沿的怨恨。他的日子过得简单，缓慢。

养了许多年的柴狗，捂着嘴卧在离万禾不远处，陪伴着它的主人。狗瘦得皮松，眼睛显得格外大。烟是一种包装简陋的卷烟，不名贵，细细的烟卷头上，却也接了个姜黄色的过滤嘴儿，这东西比用小纸条卷烟叶子省事。自从秋分和春分从北京给他往回邮钱，他觉得日头亮了许多，也暖了许多，自己的腰竟也硬挺了许多。万禾在小店里买过几回纸烟，想秋分和春分时，找出纸烟，抽一支，嘴里喷吐出薄暖的烟雾，扑在脸上，缠绕着他对俩闺女的念想，眯缝着的眼睛便在朦朦胧胧中把生活看得遥远，仿佛每抽干净一支烟，晦气便随了烟灰被他抖落在岁月中一小段，好日子便随了他的念想变得越来越近了。

刘万禾再点上一支烟的时候，卧在栅栏边的老狗，躬腰站起来，高仰了头望着远处，眼睛发亮，喉咙发出呜呜的声音。老狗用力摇了摇脑袋，两只皮耷耷的耳朵，抽在狗脸两侧，啪啪地响。然后，那狗抖抖身上的浮土，突然脆脆地汪了几声，摇晃着一身松皮跑向门口。

隔着破败歪斜的栅栏，刘万禾看到一个人走来，穿着光鲜的长发女人。

近几年，村里这样穿着的女子不稀罕，常有谁家的女子、女孩子出门很久了，突然就这么光鲜着回家来。那女人走近时，万禾看清楚这个穿了一身洋装，裸露着白胳膊的女人，是他的秋分。刘万禾笑了，忙把烟按在嘴上，使劲嘬了两口，黑黝黝的脸上铺满了笑，散碎的皱纹颤动着活跃，与从嘴里吐出的淡蓝色烟雾晃动着纠缠在一起。

村里的初秋，被烧灼得饼铛样干热，很少有人走动。

秋分叫了声爹说，她不认我呢。然后就把小嘴紧紧地闭了，嘴唇噘起来，不再对万禾说什么，像变成了哑巴。秋分头低着，坐在桌子边，进屋时，顺手把小皮箱放在进门处。刘万禾听见了秋分的话，可他想不明白，既然找到了妈妈，那女人为什么不认她，自己的亲生女儿呀！当初不是说让丫头长大去找她吗？他挑着眼皮看看秋分，看见秋分脸上虽冷硬，却没有愁样，浅浅的笑和她往日在家时的笑一样，似乎还多了些成熟。再歪了头看看小皮箱。小箱子很漂亮，上面蒙了层灰尘，直直地立在地上，招人眼。这让万禾感觉心疼，小东西多金贵，不像家里的木头箱子，总是沉甸甸地趴在炕上，搬都搬不动。眼前这个小箱子，会站着，还会跟在人屁股后面走。只瞧一瞧，心就满足。闺女出息哦，拽了这样金贵的箱子回家，多体面。有灰呢，擦擦。刘万禾说着话，站起身找布，弄点活动为的是差开眼前父女间的尴尬。擦着小箱子，又抬眼偷偷看秋分。这女子和春分在家时，俩山雀儿一样，叽叽喳喳说不完的话。怎么在外见了世面，回家来，反而没话了？

刘万禾自然想到了人们传说的闲话，女子出去做工，只是说说的遮掩话，其实呢，哪有工做？城里的大学生都没工呢，你一个农村土里土气的女孩子，要技术没技术，要学问没学问，哪里有工给你做？鬼话。即使找到工作，吃啊喝啊穿的，一年下来也没几个钱带回。可他万禾亲眼见了，凡出去找工又回村来的女人，个个变了样子，一个个都光鲜得妖艳，穿在身上的那些衣服，都是他从没见过的。

刘万禾想着，心一下子悬了空。他知道那些闲话说女孩子们到城里去做事，无非是靠给城里的男人洗头洗脚洗澡挣钱，村里人都知道，但谁也不愿意说明白。村里村外许多家都有女孩子或女子进城了，好几个做了给男人洗澡的事，说得太透，得罪人，大家脸上不好看。但他刘万禾不相信秋分和春分会去做那些事，她们进城去做工，与别人不一样。别人是瞎闯荡，进城后究竟找得到工作找不到，都是乱碰。能做个保姆、护工或者刷锅洗碗贴传单什么的活儿就算好运，大家谁都不说起这之外的事情。他不相信秋分和春分会去做那种事。

虽然刘万禾在村里被赵古头压得喘不匀气，可自打秋分到北京找妈妈，他就认准了他在北京有关系。秋分这丫头，橡皮筋一样拴着那头儿，掐不断扯不断呢。秋分找到她妈妈，看哪个还敢欺负我们刘家？在刘万禾心里，认准了那女人一定是个有钱的人家。北京人嘛，一定有钱。有钱就有了一根钢棍儿样的脊梁骨。刘万禾在秋分她们去北京后，就是这样拍着胸脯子跟村里人说的。这么说的时候，他嘴里的笑截不住，连脸上的皱纹都哆嗦着闪亮光。村里人谁没看见？他满脸细碎的皱纹被他这么一笑，颤颤地抖动，变得清晰而粗壮，钢筋一样编织着他的胆量。虽说那关系人已经许多年没来往，可关系不是一般关系，那女人是秋分的生身母亲。

为刘万禾这句话，赵古头当晚就找上他的门，敞胸露怀叉着腿坐在他家屋门前，抽了他刘万禾的烟，也抽了他刘万禾的嘴巴。临走，赵古头歪了膀子，对缩了胸弯着腰站在一边的刘万禾说，别跟我弄什么玄虚，你驴日的北京有关系？有个有钱的关系？脊梁骨硬了是吧？呸！那知青娘儿们要是个懂情知义的人，早回来找她女儿了。这多年没个联系，人还在不在都难说。秋分小婊子不就是想躲着我嘛，我看你们能躲过天去？哼！有球个屁本事？她们不就是在外面卖笑嘛，卖去吧，永远别回村里来！老子告诉你，她们挣下钱回村来，也得好好地孝敬我！哼……

赵古头嘴里不干不净地骂着，摇摆着身子走了。刘万禾家的老狗，藏在柴火垛后，探了探脑袋，看着摇摇晃晃走出家门的赵古头，叫也没叫一声。

刘万禾站在大门边，没敢动地方，他抬起手摸摸热辣辣的脸，又摸摸另一边脸，也是热辣辣地疼。好半天，好半天，他突然抡起胳膊，张开手掌，狠狠地抽在赵古头刚才抽过的脸上，把自己的脚狠劲地跺了又跺，心里颤颤地骂了声，畜类！畜类啊！然后，就抱了脑袋，在门边蹲下了。几个在门外探头探脑瞧稀罕的村民，看到刘万禾的窝囊样子，开心地笑着散去了。

刘万禾盼着秋分回来，风光地回家来。但他刚才，明明听见秋分说她妈妈不认她。他不信秋分说的话，又不敢随便问秋分，张了几次嘴，到底也没问。他只好把自己的疑惑在心里搅动，想把这事弄明白。可任他怎么寻思，也弄不清楚是怎么回事。他强装了点笑说，秋分，跟爹说说，咋回事嘛。你说句话，不说话干坐着，憋坏我，急呢。你和春分不是找到你妈妈，住下了吗，这好多年才回，你妈妈怎么会没把你认下？不认下，你们就别回呀。在城里好歹找个事做嘛，回来还不是受欺负。刘万禾眼睛直巴巴瞧着秋分。

秋分鼓胀的前胸，把本色白亚麻布的小衣服撑得满满的，紧瘦的裤子裹在屁股和大腿上，上下前后都圆润。向下看，裤子窄得挺括，腿显得细长，还有脚上穿的那双深棕色高跟鞋，刘万禾觉得光鲜得晃眼，刚刚的一丁点儿笑样，瞬间被这几样东西逼迫得无影无踪了。穿着这么抢眼睛的衣服，得要好多钱吧？钱是咋挣下的吗？想到钱是咋挣下的，刘万禾心里便哆嗦。

秋分乜了眼刘万禾，见他脸上的皱纹笑得僵硬，叫声爹，站起来。她脱着外衣，扭了身子站在炕边，张了张嘴，终于对刘万禾说，爹，给你带烟回了，都是好贵的烟。春儿要到年才能回，那家主人带上她出国旅游了。我们在城里好呢,你别担心。刘万禾听秋分说好呢,感觉心跳得有劲了许多。又问,春儿咋出国了,你咋不去?秋分不敢把春分与那家主人的事告诉爹,出国是出国了,但那哪里是去旅游。那种事,怎么开得了口。她只摇摇头,顺着刚才的瞎话说,我和春儿不在一家,又把嘴闭了。

脱得只剩个小背心,光裸着许多前胸、脊背和胳膊的秋分,突然说了句让刘万禾不敢相信的粗话,把刘万禾吓了一跳。秋分把外衣扔到炕上时又说,爹呀,我全对你说了吧。

我和春分到北京后,按照原来那个地址去找,可那地方早没了。我们拿了写着地址的纸条和我妈的名字去公安局问。一个女警察看看纸条说,有这个人。她问我们找她干什么。我说她是我妈妈,我是来找妈妈的,纸条是她写下留给我的。那警察看着我,好长时间不说话。后来她打了个电话,简单地说了我来找妈妈的事,然后她挂断电话,让我和春分坐在屋子里等着,她拿着那张纸条出去了。三个多钟头后她才回来。回来后她微笑着对我说,你好福气。走吧,你妈看了纸条,确认是她的字迹。她让我把你们俩送过去,车已经来了。

爹啊,我们没费什么事就找到了我妈妈。我妈妈,她早把我认下了,一见面她就把我认下了。可我问问你,我爹是谁哎?你还骗我。我去找我妈妈之前,你怎么什么事也不告诉我呢?你说说,你们做下的这都是什么事啊?

刘万禾听了秋分的话,像听到声旱天雷似的,吓得浑身一哆嗦,他向屋子外看了看。天朗朗地晴着,灰蓝的颜色儿深厚,扭动着铺在山顶上。这一瞥,他看见了早出的月亮,在高处闹着与太阳比光亮。再扭回头看秋分,感觉他刚听到的粗话,真是秋分说的。丫头野了呢，他心里想。秋分从小性情温顺，是一等一的好学生，从来没说过这样的粗话，更没跟爹这样说过话。村里人哪个不夸她，男男女女的背地里也要说，村里哪个丫头能与秋分比，就是跟咱们不一样，人家血贵呢。刘万禾瞧着他的秋分，在心里嘀咕，这种话是女孩子说的吗？老娘儿们的嘴，才把说这个当乐子，男人才把这个挂嘴边浪老婆或当武器打嘴架。刘万禾心里不是滋味。又问秋分，你妈妈认下了你呢，把你爹是谁，也告诉你了？他歪头瞧秋分，仍然是满脸疑惑，怎么也不能把这事掂量清楚。他一直盼望着，那女人不把真情全部告诉秋分，可听秋分这么问他，她是把所有的事都告诉了她的女儿。刘万禾觉得很尴尬。

秋分身上穿的小背心很小，短得盖不住肚脐，两根细带子吊着一块小布，挂在肩膀上，只把大半个胸脯拢住，后背处系了蝴蝶样的花扣，裸着的白胳膊显得很长，两根探照灯的光柱一样，在刘万禾的眼前晃来晃去。秋分的胳膊，细瓷样的白润，再不像在家时那种荆条色儿。小背心的样式，不像是什么新东西，像个白兜肚。刘万禾感觉那小背心忒小，不如红兜肚好看，颜色儿太白，肉也白，白得晃他眼睛。再看秋分的脸、细长的脖子、肩膀和胳膊露出的嫩肉，明显地细腻了许多，软润了许多，没有锈涩的模样了。几年以前，秋分和春分没去北京城的时候，皮肤紧，却糙，胳膊伸出来，一看就结实。村里家家户户的女孩子都结实，圆柔的肩膀，个个蒸熟了的莜麦馍一样，看起来惹眼，是个男人，都想啃两口。可现在他万禾眼前的秋分，皮细白得让他不敢相信。

才几年的时间，人就白了？刘万禾在心里嘀咕。城里的饭食养人，日头也柔和，水能把人漂白呢。想着，那个大伙传说的闲话，钢爪子似的又把万禾的心揪住，使劲地揪着晃了晃。他很清楚地知道，日头和水，在哪里都一样，人的皮白，也不是吃白面白米吃出来的，白人需要钱，没钱，日头在哪里都能把人晒黑。早先他瞧见过，来村里唱戏跳舞的宣传队和剧团，那些会唱会跳会笑的女子们，个个往脸上擦粉和涂雪花膏。他娶秦喜凤时，不是还特地跑到县城，去买了一盒友谊牌的雪花膏嘛。刘万禾记得清楚，那个薄薄的小铁盒，印着黑地儿金花，好看得惹眼，打开盖子，白腻腻的膏油，香得诱人，把自己的老婆香得笑呢，笑得合不拢嘴。后来，村里人出去做工，就是去给城里人洗澡洗脚的姑娘、媳妇们，走的时候锈涩模样，回来时也皮白呢。刘万禾的心震颤着闹。

秋分脱了外衣，裸着白胳膊，把小提箱一抢，放到凳子上。有股淡淡的香气随着秋分的动作，在屋里的空气中弥漫开。刘万禾嗅到了。他耸耸鼻子，那股香气挺好闻，酸枣花样的香？百合样的香？荆条样的香？他弄不清楚。

被秋分放在凳子上的小箱子，他从来也没看见过。秋分和春分上北京的时候，俩人合着带了一个灰色的造革提包，包皮软塌塌，不装进东西不硬实，拿不起个个儿来。这小箱子鲜红色，包皮闪着光，底下有俩红色的小胶皮轱辘，轱辘上镶嵌着亮亮的小钢片，拿眼睛瞧着，模样很招人喜欢，围着箱子还镶了几圈儿金黄色的大牙拉链。

秋分微微弯着腰，鼓捣箱子，背后露出白皙的一块，腰胯那儿的肉丰润饱满。刘万禾看见秋分窄瘦裤子的裤腰，也没够到腰的位置，该是拴裤带了的地方，松松垮垮地挂在胯骨那里，可却明显地，紧紧包裹着饱满的屁股。这就使秋分腰部露出的面积显得大，白花花一片。秋分转过身，面对刘万禾时，圆圆的肚脐四周也白，仿佛能瞧见肚皮上细细的绒毛。刘万禾把眼睛挪向别处，不敢再看。更不敢想秋分在她妈妈家，或者说在北京，过的是什么样的日子，咋会穿成这个样子呢。他刚要把眼睛移开，就瞧见秋分伸出白胳膊，围着小箱子一转，刺啦刺啦响着，把那东西转开了。

秋分从箱子里拿出三条红闪闪的烟，转回身，放到桌子靠近刘万禾一边。她说，爹，过去的事就过去吧，我不计较你。这烟是给你带回的，你抽抽这个，我妈让我带给你，她家里好多这样的烟。还有两瓶酒，外国黄酒。秋分没说酒的牌子，也没按照她在北京时，大家对这酒的戏称，"叉圈儿（XO）"，怕爹听不明白，她说的是"外国黄酒"。这黄酒，她那柜子里多呢，瓶子模样都古怪得精。秋分又从箱子里拿出酒。她把一对儿拴在一起的纸盒子，拿在手上掂了掂，才放到烟的边上。又是一股香气钻进刘万禾鼻孔。拴在纸盒子上的金黄色丝带，像烟红色的包装一样的抢眼睛。刘万禾扯开嘴笑着说，这些东西金贵呢！把手伸出去摸烟和酒，眼角挤出了一堆散碎的皱纹，心随着自己的动作紧了又紧。又问，带这多东西是咋回事，她家有钱是吗？是开了买卖，还是家里有人做官？或者是你自己挣下的？干什么活，能挣下这好多钱？讲给爹听。春分呢？到底咋回事，跟爹说说清楚。

刘万禾瞧着眼前的秋分，把眼睛闭了闭，又睁开。这孩子的皮肤一白，让他想起当年站在爹身边的知青姑娘，模样，个头儿，太像了。要不是眼前的秋分穿的这样光鲜，换上一身绿军装或蓝学生装，梳个短头发，根本分不清谁是秋分，谁是当年的女知青。

秋分使鼻子哼了哼，没理会刘万禾的问话。她把脑袋低了，悄声嘀咕了句，你还有脸问，我妈说我没爹，我爹早死了。她还让我问问你谁是我爹呢！秋分不再说什么话，眼泪流出来。刘万禾没听清楚这句话，猜丫头是在外面受了委屈，这是让她妈伤了心了。秋分抽泣着，嘀咕着。

秋分回家时曾下了决心，不把妈妈的事和春分在北京的事告诉爹，谁也不告诉，回家来，悄悄地把要做的事情做了，把那个糟蹋她的畜生了结喽，让她家的女孩子，让村里所有的女孩子，不再被威胁，让他们刘家的人，直起腰身，硬朗起来，不再这样窝窝囊囊地过日子。毕竟，她也是刘家的血脉呀。然后她回北京，按照妈妈的安排，立刻去美国读研究生。

可是刘万禾这么一句问话，就把她的心问软了，眼泪涌出来。从她小时候，爹就偏疼她，家里有什么好吃的，好穿的，都要先给她。为这，春分常与她争，姐妹俩不知道翻过多少次脸。刘万禾疼她，她知道。娘在的时候，也是这样。自从娘被赵古头强奸跳井死了以后，爹对她更是亲得不得了。好多次，好多次，爹夜里到她炕边，给她掖掖被子，或者看着她站一会儿。他的动作很轻，永远轻手轻脚，总怕碰醒了她。

秋分咬着嘴唇，扭了头不向刘万禾这边看，光裸着的肩膀有点耸动。刘万禾心里惦记着春分，想问问那丫头怎么样，看了秋分的样子，不敢再问，怕弄生分喽。刘万禾叹口气，站起身往门口走，走到门边，蹲下。

多少年了，刘万禾习惯蹲在这里，或蹲在院里的石墩子上抽烟。他这回没拿纸烟，而是拿了被扔在窗台上的铁烟盒。他从铁盒子里捏出已经干透的碎烟叶，再用小纸条卷。他手哆嗦着，慢慢地卷烟卷，眼睛落在门槛上。门槛中间已经被磨损得弯曲了，黑灰色中间显露出粗细不同的木丝丝。

　　顺着刘万禾的眼光，秋分往屋子外面看，瞧见屋门外几只鸡溜达着寻食，一旦发现只小虫移动，它们一起向前奔跑，叽叽咕咕地争先恐后。万禾把卷好的纸烟卷细细的一头含在嘴里，拿一个透明打火机去烧烟炮粗壮的那边，用力嘬了几口。烟雾拥挤着散开，瞬间包裹了他的脑袋，挤进他稀疏的头发里，缓慢地向四周飘散。慢慢散开的烟雾，越来越薄，颜色也越来越淡，与万禾头发的颜色一样。秋分看见的是团烟雾，一个没有头的万禾蹲在门边。

　　秋分看惯了刘万禾蹲着的样子，她从小就看爹这么蹲着，看了许多年，直看到今天。他年年月月日日总是这么蹲着，爷爷活着时，也是这样蹲着，他们高兴和烦闷时，都这么蹲着，蹲在门边，石墩子上，台阶上，土包包上，任何一个突起来的地方，或者平坦的地方，都是他们蹲着的地方。秋分还记得，有时候家里来了男人，也是这样与爹一样蹲着，不抽烟时，他们也是这样蹲着说话。

　　现在秋分又看见刘万禾蹲着，男人的身子折叠起来，分明厚实了许多，不像先前那样可以随意地伸展伸展，而是实实在在地折叠着，岁月和时间仿佛都被他压在身子的折弯里。

　　秋分觉得这个男人老了。她和春分离开家的这五年多时间，这个叫万禾的男人孤独呢。她知道，一个人的日子不好过。她从妈妈的身世中知道了，孤独的生活，无论对谁来说，无论有钱的日子，还是没钱的日子，都是艰难而又漫长的岁月啊。

　　秋分坐在一只长方形小凳子上，只把屁股挂在凳子边。小凳子面上，已经看不出木头的本色，油乎乎地显得很脏。屋子里是一望无际的黢黑，到处都是灰黑的颜色儿，灶台边上墙上挂着的那把大刀的穗子，仔细分辨，仍能看出点曾经的红色。却已经没有本来的鲜亮，皱皱得紧缩成一绺儿，微微显露着肮脏的深红色。爷爷死了，刀就一直挂在这里，没有谁再去动动它。门外的鸡们还算肥硕，歪七扭八的破栅栏墙，被夏天添染了绿色儿和野花的杂色，有蝴蝶、蜻蜓和小蠓虫乱飞，草丛里传出蛐蛐的鸣叫声，秋天的勃勃生机，遮掩了小院的颓败。卧在栅栏下面的狗已经老了，皮松着，毛乱乱地不知道沾染了什么黏腻的东西，一疙瘩一块地皱皱得难看。远处的天空灰里透出点淡蓝，飘扬着的大布似的悬挂在黄色蒙蒙的山包包上，斑斑点点的荆条丛，用绿色点缀着大山，几团白云在半空里缓慢飘动着追逐。

秋分看着刘万禾，心里有点疼，这就是他生活了一辈子的天和地，就是她叫作爹的这个男人的全部生活，简单着，盲目着，持久着，似乎要到永远。她看到从爹嘴里冒出的烟雾，一会儿浓一会淡地散开，围绕着爹的脑袋上升，慢慢地，看不出爹头上的白发了，一团雾样的烟尘，低垂在门框的亮光里晃动。她不敢想，她再离开家，回到妈妈身边时，这男人会是怎么样的结局。

3

刘万禾蹲着，头低着，想着，秋分来家那个夜晚的情景，又在他脑子里一幕一幕地慢慢渗出来。

刘万禾老婆秦喜凤在时总对他说，人家的孩子，咱要好生待着，一点委屈都不能给她受。孩子不容易呢，打一落生就见不着亲妈的面。唉——要不是这孩子，怕是咱俩也到不了今天。当时你凶狠得恶狼样，像要吃了我。刘万禾说是呢，是呢，那年我要是不弄死你，也得把你给休回家。你甭记恨我，当时我心里烦嘛，孩子没了，你还要哭天喊地地叫唤奶子疼。你连个孩子都生不活，还大哭小叫，烦死我。万禾蹲在炕边，睁大眼睛，瞧着喜凤把怀里的孩子，轻轻放回炕上说，这孩子命硬，是城里人的血脉，咱要当亲生的养呀。人家虽是遭难，可信咱，才放咱家。将来，她妈妈未必不稀罕这孩子，说不准什么时候就会回来带她走。我瞧这小丫头不容易，那个养下她的知青丫头也不容易，小小的年纪，离开爹妈几千里地远，抛家舍业天南地北到了咱村，吃不饱穿不暖的，唉——要不是咱爹护着她们，怕是这小丫头命都难保呢。刘万禾叹口气说，爹心善呢，把这丫头放在咱家他放心。万禾老婆说，哪天，人家来要领回的时候，不能让人家说咱们冷待了她。不能，不能。俩人说着闲话，万禾抽空把爪子伸到喜凤被子里，捏弄着老婆身上的什么物件。随着万禾的捏弄，喜凤突然"嗷"地出了声，喊出了一个压抑却兴奋着的呻吟。

刘万禾三个孩子，头生是个男孩儿，可落地便没了，抱养了秋分四年后，又有了春分。秋分虽不是万禾亲生，可他和喜凤偏爱这个女孩子，尽着家里的所有财力，独独供秋分念完了高中。穿衣吃饭，也是秋分这丫头占头占先。

当初抱了秋分的时候，万禾老婆秦喜凤刚刚生过头胎，难产，羊水破了，却迟迟不见孩子下来。公社派来接生的年轻赤脚医生伸手一摸，横位。贾红梅的胖脸宽额上立刻有了汗珠子，润润的闪亮。刚刚二十岁出头的她，做了赤脚医生也仅仅一年多点时间，哪经历过这样的场面，她被吓得浑身直哆嗦，不知道该怎么办了。她赶忙喊在外间等着的万禾，说要送县医院。万禾喊着说，咋送？咋送咧？！离县城五十多里山地呀。出了甚事，你说嘛。把个万禾急得跺脚，屋里屋外乱转磨。叫人去喊爹回来，出出主意。但去喊的人回来说，找不见刘十福主任，到处都没有。万禾才想起爹去公社叫赤脚医生贾红梅来家里后，根本没回来，多半天，也没见到他的人影了。万禾扒头瞧外面，太阳已经歪得挨了山尖儿，天空显出了一天一回的深沉。贾红梅万禾哥、万禾哥的喊声又从里屋传出来。

万禾慌了神，一会儿在屋门那儿转磨，一会儿蹲在堂屋门边。正急得没办法的时候，下放在村里的女干部周稚雅来刘万禾家借水桶。她看到这样的情景，立刻洗手，挽了袖子，进到了里屋。周稚雅对贾红梅说，你别着急，告诉我怎么了？贾红梅说，横位。我不知道怎么办了啊。从没遇到过这情况的。说着话她就哭出了声。

周稚雅皱了皱眉，说，不好，横位很危险，生不下来要死人的。离这最近的医院有多远？贾红梅说，五十多里地呢。公社卫生院近点，有十八里地吧。周稚雅摇了摇头，卫生院恐怕不行，送医院也是来不及了，太远，弄不好，大人孩子都要出危险。我下来前是医生。酒精呢？你赶快拿酒精给我的手擦擦，让我看看有没有办法。说着话，她把散在鬓边的头发往后撩了撩，用卡子重新别住了，又将衣服袖子卷起来，把手伸给贾红梅说，快用酒精棉给我擦擦手和胳膊，擦多些，擦两次。然后，对贾红梅说，把你万禾哥喊进来。

刘万禾站在门边等着，心里急得像被猫爪子抓挠着，听见叫他，赶紧进了屋。周稚雅说，贾红梅你按住她的手，压住她的上身，刘万禾你掰开她的腿按住，我这里不说完事，你们千万别松开。说完就把手在万禾老婆的身上揉推，掏摸。昏黄的灯光把几个巨大的人影，印在炕上，墙上，跳闹的鬼魂般围绕着他们扭曲着，晃动着。万禾老婆被杀的猪似的叫唤，身子上下拱动。周稚雅把手伸到万禾老婆的两腿间，伸进去，血流了一床。周稚雅很小心，很仔细地摸着揉着。按着喜凤大腿的万禾，眼前一片血肉模糊，恐惧得他双手颤动，嘴唇哆嗦，便不敢再看，把眼睛紧紧地闭了。贾红梅满脸汗水，紧盯着周稚雅的动作，嘴里念叨着，不疼了。不疼了。喜凤嫂子你坚持住。马上就好了。时间缓缓地往前走，终于，秦喜凤闷闷地嗯了一声后，再也不出声了，整个人突地一下子，随着她下面的空洞软了下去。周稚雅把孩子拽了出来。大人没事，孩子却已经没了生命。

孩子生下就没了，秦喜凤的奶，第二天一早却下来了。她胸前的奶子，鼓胀得更加好看，俩奶头粉嘟嘟凸挺圆润，奶水充足欲出，似乎专等着孩子来吸吮。没了孩子，秦喜凤很伤心，俩眼睛哭得浮肿。低头看看自己的乳房，感觉胀得气包子一样饱满，颤颤地撅撅着，却被奶水胀憋得很疼，生生地疼，疼得她叫唤。

孩子没了，刘万禾心内憋闷，蹲在屋门边抽烟。听着秦喜凤哼哼唧唧的叫唤声，他凶狠地骂道，叫丧！你号！号！再叫唤奶子疼我掐死你！孩子你都生不活，你还有脸叫唤？给我忍着！憋着！听着万禾的骂声，喜凤虽疼痛难熬，却不敢再出声。她知道万禾这个人的脾气，表面看很温善，可脾气上来时，跟公爹刘十福一样是个不管不顾的混蛋，尤其是对自己的老婆更凶恶。他那两只手，钢钳般有力。被他压在身下折腾时，早就领教过无数次了，他只用手随便一卡她的胳膊，她甭想动一动。喜凤怕他，怕他的狗脾气上来时，一犯浑真的把她掐死，便忍了奶子的疼痛，咬了被角流眼泪。

急着想办法回奶的时候，当村革委会主任的万禾爹，在第三天夜里，悄悄把秋分抱回家来。天黑透了的时候，刘十福回家来了。他身后跟着两个女知青，其中一个知青的怀里，抱着个小布包。抱着布包的知青是本村的，另一个却不知是插在哪个村子的。仨人都是满脑袋的汗。进了屋，刘十福从知青怀里接过小布包，转身交给刘万禾说，给你老婆抱进去，好生养着，就当咱们生了俩孩子，跟谁也别说这事。一会儿我再去找赤脚医生，让她说咱家生了两个小孩，把风放出去，不能耽误这知青回北京去上大学。站在万禾爹左边的知青，就是插在本村的那个女孩子，瞧瞧刘十福，瞧瞧已经被万禾抱在手里的孩子，哇的一声哭起来。她哭着，把一个折叠得方方正正的纸条，塞给刘万禾说，大哥，你把这纸条子收藏好，记着我女儿的生日，也记着我的名字。等她长大后，一定告诉她，我是她妈妈，一定要告诉她，让她去北京找我。万禾打开纸条看了看，上面写着孩子的生日，女知青的名字，还写着北京的一个地址。万禾按照那孩子的生日，在心里算了算，这孩子比他没活成的孩子晚一天出生，这一天刚好是农历的秋分节气。

刘万禾抬头瞪了眼那女知青，心里有些恨，自己的孩子没了，却要养了别人的孩子。他犹豫时，刘十福催他，万禾，你发什么呆，赶快抱进去！孩子饿了呢。万禾说，爹，咱孩子没了。生下就没了。刘十福听了刘万禾的话，半天没出声。他点了一锅子烟，走到门边蹲下，闷头抽烟。

被刘万禾抱在怀里的秋分，在这个时候哭起来，万禾老婆也在屋里喊奶胀疼。刘十福蹲着，把手抬起来，摆了摆，说，这孩子命硬，快抱进去，给你老婆，当你们亲生的养着。然后，他拉了那知青的手出去了。刘万禾的屋里，只留下了女知青的哭泣声，久久地不消失。那时，刘万禾和秦喜凤并不知道小丫头的爹是刘十福，只说是爹心眼好，见别的知青都返回城市了，而这个女孩子却因自己的家庭问题，不能回去。爹可怜她，要帮助她回城市，才把小丫头抱回家的。

刘万禾抱养了一个知青私生子这件事，全家人都知道，村里人也知道。为怕别人乱说嘴，传闲话，万禾爹还专门去看了贾红梅和下放干部周稚雅，叮嘱她们，别把他家孩子死了的事说出去，尤其不能说那女知青养了私孩子。当时刘十福是村里革委会主任，大家虽都知道有个北京知青养下个私孩子，却没人敢传说这事，更没人敢闲话猜测她和谁养下的私孩子，刘十福不准说。刘十福人善心善，手却狠，不当革委会主任时，他的手狠得邪行，当了革委会主任，手里有了权力，就更狠。那时，他的胳膊上，总是套个写了黄字的红布箍儿。村里村外的人都怕他。瞧一眼他戴在胳膊上那皱皱褶褶的红布箍，就觉得他威风满身。

那年秋后，村里分红薯，万禾老婆一边摆弄红薯，一边翻眼皮瞄了周围的人一圈，见大伙都在摆弄自己刚分的红薯，没人注意她，赶忙伸手从大堆的红薯堆里，把一大块红薯扒到自己家的小堆里。然后她又翻眼皮溜了周围的人一圈，暗自庆幸没被人看见，一丝占了便宜的得意劲儿在她心里飘动。她刚刚悄悄地舒了口气，赵古头溜达过来，蹲在她身边，歪了头小声说，喜凤——手白呢，得空时，哥摸摸哇。秦喜凤歪头看了看赵古头，没说话，只张嘴把一口吐沫狠狠地啐在地上。然后又扭回头，往口袋里装红薯。

赵古头见万禾老婆不理他，没恼也没急，仍然蹲在她面前，两脚交替着往前挪了挪，头也向前顶了顶，挨着万禾老婆头发很近时低声说，我看见了，看得很清楚。哪天得了空，告诉我，给我摸摸手，我不把这事说出去。你要不答应，我把这事，还有你家的事，都说给村里人听。别依靠你公爹的权力，多吃多占。我告诉你，我也是在组织的人。俗话说三十年河东，三十年河西，说不准哪年风头一转，我就威风起来。你要是答应我，真有我风光那天，我还给你好处。

万禾老婆听赵古头这么说，心里慌，发毛，也怕。但她细想想，要是别个男人，或许也就答应了，你偷占红薯，被人抓到了把柄嘛。可这个赵古头，油嘴滑舌，奸诈好色，什么好听说什么，满脑子都是鬼主意，整日盯了姑娘、媳妇看，恨不能占了全村的女人，从来不想本分地过日子。知青们来插在村里后，赵古头整日围了几个女知青身前身后地转悠，嬉皮笑脸地跟人家动手动脚，对那个生下孩子的女知青，更是想方设法地要占她便宜。若不是公爹刘十福护着那些知青，说不定他早闹出什么事来了呢。想到公爹刘十福，秦喜凤想，怕他什么，你在组织能怎样？你还能大过革委会主任吗？以后你风光，可眼下你什么都不是。有我公爹在，你能风光到哪里？想着，她把心一横，微微歪了脑袋，俩眼瞪着赵古头悄声说，你说哇。看你赵古头有几个胆子，不怕我家万禾用铁锹头劈了你？

赵古头乜了眼万禾老婆，冷笑了一声，晃了晃脑袋对秦喜凤说，你不后悔？过了一会儿，他见万禾老婆不理他，便从从容容站起身。赵古头像个大人物似的，把左手插在上衣下面的大兜里，把右手往前方的半空里挥了挥，缓慢却抑扬顿挫地说，社员同志们，大家听好，大家听清楚，刘万禾家里的，万禾家里的多占大伙的红薯！我亲眼看见。

秦喜凤急了，怒火腾地把她烧着了，她弹簧一样猛地竖起身体，使手指了赵古头骂，你诬陷好人！我咋多占？我家咋多占！

赵古头瞪圆了眼睛盯着万禾老婆，提高了声音喊着说，咋多占？秦喜凤你多占红薯，我亲眼看到的。你家咋多占？谁不知道？你家连知青都要占，知青的孩子也要占呢！你刘万禾家的孩子生下就没了，现在的孩子是谁的？别人不知道，我赵古头还不知道吗？贾红梅亲口对我说的，这还有假吗？赵古头摇头晃脑，嘴角撇出嘲讽的样子。

赵古头的话音刚落，在场院另一边，正忙活分红薯工作的刘十福，飞似的蹿到了他身前。没等赵古头把嘴角嘲讽的笑纹回收平整，刘十福抡起粗壮的胳膊，把又糙又硬的大手掌，狠狠地拽在赵古头脸上，嘴里还骂着，你个驴日的！你要翻天！赵古头的脸，被刘十福抽得火辣辣地热，往肉里渗透着疼，他觉得天地旋转，却仍然嘴硬，你凭啥打我！凭啥打人！你刘十福才是驴日的！你一家人都是驴日的！自己的孩子死了，却占了别人的孩子！谁不知道你和那女知青私下不明不白，表面你还充好人。

刘十福瞧都没再瞧赵古头一眼，扭过身子，揪了揪披在肩上的衣服，然后顺便用揪衣服的手，也像个大人物似的，潇洒、果断地向半空一挥，冲会计和民兵队长喊了声，捆！

几个年轻人放下手里的红薯，扑上来扭住赵古头，凶狠地把他按在场院上，等人拿来绳子，麻利地捆了。捆绑好的赵古头，两手向上，脚尖点地，被吊在场院边的大树上。分完了红薯，刘十福对着场院上的人们说，都给我待下，谁也不许走回家。场院上分红薯的人们便不敢走，也想看看被吊在那里的赵古头是怎样的下场。刘十福慢吞吞地走到场院边的小棚子里，拿出一把锄头，慢吞吞地回到吊着赵古头的大树边。他把锄头倒过来，木柄朝下，在场院边的一块石碌子上用力震，将铁头褪下来，双手抓着锄把子掂了掂，感觉顺手，却不急。他蹲了，锄把子搁在脚边，掏出烟荷包，用烟袋锅在里边挖，不紧不慢地装好烟，点了火，慢慢地抽着。大家闭了嘴，静静地站在或蹲在场院里，等着，守在自己家红薯堆边等着，看着刘十福抽烟，看着被吊在树上的赵古头。

刘十福抽足了烟，把烟锅子啪啪啪地使劲在地上磕了磕，人却没出声。他掖好了烟袋锅，回手从地上摸起了锄头把，慢慢地站起身子，然后突然地，凶狠地扑向赵古头。他双手抡起锄把，在赵古头的屁股、前胸、后背和大腿上，没天没地一顿抡。

赵古头鬼哭狼嚎一样地喊，我不敢了，不敢了！饶了我吧，您是好人，我是街害，我是街害还不行吗！求求您，刘主任，别打了！我胡说八道，是我编的瞎话，贾红梅什么都没对我说，她什么都没说过！都是我编的瞎话！我服软，我再也不敢胡说八道了，饶了我吧，别打了！

但刘十福不听，不饶，手也不停。他手里的锄头柄，做干打垒时拍土泥一样，一下一下有节奏不停地抡在目标上。赵古头刚刚慷慨激昂的得意劲儿，被一棍一棍打得没了踪影，想摸摸喜凤白手的念头，也被一棍一棍地打回他的腔子里，对女知青的垂涎之心，也被打得彻底没了情趣。场院上，木棍与肉体碰撞的噗噗声音响亮着，锄头把子有力地拍打在赵古头身上，棍棍拍得实实在在，从上到下，刘十福把赵古头的身体抡了个遍。抡完了，刘十福的额头已经有了汗珠，他瞧了一眼吊在树上蔫头耷脑的赵古头，扫了一眼场院里的人，说了句，都来！拣肉多的地方来，给我躲着点他的骨头和脑袋。他把锄把子扔在地上，重新扭回了头，狠狠地往赵古头脸上吐了口唾沫，骂了句驴日的，你想翻天！便背着手走到一边蹲了，抽烟。

被吊在树上的赵古头，感觉全身难忍地疼，刘十福抽打在他身上的每一锄把，都把这种疼从皮肤往骨头里渗透，棍棍带着要把他的灵魂从肉身里驱赶出去的力道。当刘十福把一口唾沫吐在赵古头脸上时，赵古头已经不再哀求刘十福，他咬紧牙关，不出一点声音，他要把自己的灵魂咬住，不让它溜走。赵古头把耷拉着的脑袋歪向一边，半睁着的眼皮后面，眼珠子喷着邪火，盯着蹲在一边的刘十福，他在内心里，把对刘十福的仇恨，深深地种下了。

场院上的人，无论男女老少，排着队，挨个儿接过那根锄头把子，有轻有重有多有少地把赵古头抢了一回，有的人也学刘十福的样子，扔下棍子后，再往赵古头身上吐口唾沫。赵古头被打得全身所有的地方都疼痛，脸上，身上到处沾满了黏湿的耻辱。

从那次开始，全村的人们，记住了赵古头被吊打这件事，忘记了刘万禾家抱养孩子的事，忘记了曾在村里插队的那个北京女知青，忘得一干二净。

刘万禾蹲在门边抽烟，脑袋探到门的光亮处，整个身体却仍然在屋子的暗影里。光亮处的地面上，被太阳光烤上了一个硕大的脑袋暗影。那影子微微晃动着，还能看见一团团烟雾的影子，变换着形状升起，散开。刘万禾透过烟雾，看到院里的鸡，散乱着，随意地踱步，用爪子挠地面，有的鸡挺胸抬头，四处观看，有的鸡在土地里，草里，低头觅食。鸡们的头，一啄一啄地动，身子也随着这动作向前移动。

忽悠地，刘万禾仿佛看到院子里的鸡，突然又少了一只。

　　那年，家里养的十几只鸡，在冬天来临后，鸡一只一只地少下去，大白天的，鸡消失得无影无踪。当时，年轻的刘万禾怪异过，也蹲在院子的角落守候过，却一无所获。每个丢鸡的日子，当夜晚的黑色深厚了时，村子里的空气中，总会飘荡着一丝丝煮鸡的香味儿。不到一个月时间，家里的鸡仅仅剩下三只。有一阵子没丢鸡了，空气中也不再飘荡着煮鸡的味道。可没过几天，万禾亲眼看到了鸡是怎么消失的。他看到，三只鸡的其中一只鸡，脖子一伸一伸地正向外走。鸡的脖子向前伸得长长的，不再一啄一啄地动，而是两只爪子蹬在地上，直直地向前绷紧着，整只鸡的身体，像是沉重的坠子，被什么东西牵引着，不得不向前走。

　　刘万禾猛地把烟袋磕在门槛上，骂着驴日的！又偷鸡！整个人蹿起来，扑了出去。年轻的刘万禾，没几步就蹿到了院墙外面。但那鸡还是比他快了一步，被从栅栏的缝隙处拽出去。万禾站在院门外，只看到几个身穿绿军装和蓝学生装的背影，呼啸着，嬉笑着，奔逃而去。他家的鸡，被一个知青攥了脖子和翅膀，拎在手里。鸡挣扎着，扑棱着挣扎，却没有一丁点儿声音。刘万禾站在栅栏门外，望着逐渐跑远的人影，张张嘴要骂，却没骂。他知道爹不肯。爹不允许家里任何人为丢鸡而追寻根由，更不能骂。因为爹知道，所有偷鸡的人，都是来村里插队的知识青年。刘万禾怕爹，家里所有人都怕爹，村里的人也都怕刘十福。万禾不敢骂人，只能眼睁睁看着那几个知青把鸡掠走。

　　当年的情景，刘万禾总也忘不掉。

4

刘万禾回头瞧了一眼秋分，他觉得，真是又看见当年站在爹身边的知青了。可他不敢再问秋分什么话。他知道，秋分经历了这么多的事，件件都不是小事，丫头的心里肯定也非常难受。他甚至后悔，在秋分被赵古头强奸时听到自己的身世后，他承认那是真的。当时若不承认，而是一口咬定是赵古头乱说话，把秋分是私生子的事瞒下来，秋分就不会到北京去找妈妈。秋分不去北京找妈妈，虽说还会被赵古头欺负，日子会很苦，可在这个村子里，谁不是这么熬着呢？哪怕她会像别人一样，跟别的女孩子一起结伴到南方去，到城里去，做给人洗头洗脚的工作，哪怕是去给城里的男人们洗澡呢，丫头一样高兴嘛。最后她还会回家来，回到爹的身边来。可现在，她找到了自己的亲妈妈，以后她再也不会回到这个家了。刘万禾低了头，又站起来，往桌子那儿挪了几步，看看摆在上面的烟和酒，摸摸烟盒上那根儿直挺挺的石头柱子，又重新回到门边蹲下，仍然把头歪了，眼睛看向门外面。

秋分瞧着刘万禾，感觉他生性太软弱了，自己的眼睛突然就酸涩了。眼前这个被她叫了二十多年爹的男人，原指望着她到北京，把妈妈认下，在城里再有个挣钱多的事做，给春分也找个事做，最好能再安个家，离开这个破地方，不再被赵古头欺负，让他的日子也跟着好过起来。他的愿望实际而简单。

秋分回北京找妈妈前，曾问过刘万禾，谁是她亲爹。刘万禾不说，只说你找到妈妈，她会告诉你，有些事，爹也不知道。这么说的时候，他的眼光转向别处，不敢正眼看着秋分，躲闪的目光里，掩饰着他内心的慌乱和脸上尴尬的表情。其实在刘万禾的心里，希望秋分的妈妈，只认了女儿，不把自己做下的事说给她听。无论如何，一个姑娘还没结婚就生下了孩子，也不是什么光彩的事嘛。但他又一次想错了。停了好半天他又对秋分说，秋分啊，你认了亲妈，要记得爹啊，我们从你落生抱来你，养了你这么多年，吃啊喝啊，辛辛苦苦，担惊受怕，也不容易啊。

秋分看得清清楚楚，刘万禾这么说时，一直把头低着，眼睛不敢看她，像是把什么事藏在心里。

秋分觉得应该把自己的事给他说说，要不说，这个男人会愁闷死。她撕开一条红闪闪的烟，剥开一盒，抽出一支烟，蹲到刘万禾面前。又从刘万禾手里拿过打火机，给他点着了烟，才双眼盯着刘万禾说，爹啊，我妈说，你不是我爹。赵古头也说你不是我爹。我问我妈谁是我爹，她把所有的事，都告诉我了。

现在，可现在，我还叫你爹。不叫你爹，叫你什么？叫你大哥？我要真这么叫了，你咋想。村里的人们听到后会咋想。别人会笑话咱们家。事情既然已经到了这样的地步，我不恨你，也不恨我那个死去的爹。反正，这次我再离开这个家后，永远不会回来了。给你和你爹，也是给我爹，留点面子吧。

蹲在地上抽烟的刘万禾，抬眼看看秋分。秋分脸上没表情，淡淡地紧绷着。过了会儿，他才问，你都知道了？你妈把所有的事情，都告诉你了？

秋分没回答刘万禾的话，只说我还这么叫你吧，这么叫着顺口，也习惯了。其实，我爹也是你爹，这件事你早就知道吧？只是生下我们的女人，不是同一个女人。按照习俗，你也得管生下我的妈妈，叫声妈对吧？妈也是妈呀，她是你爹的女人嘛。秋分说了，笑了，流着眼泪说，这事乱呢！我听我妈给我讲这些事情的时候，都觉得乱，乱得我心疼！你说说，这到底是怎么回事啊？

刘万禾蹲在一边，把头低着，低到自己蹲着叉开的两腿间。手指间夹着的烟卷，已经烧到姜黄色的烟屁股，散发出一种烧塑料时的焦煳味，他也没觉到。

秋分侧过身体，歪着头看着刘万禾。两人谁也不出声。这么静静地过了好一会儿，秋分探身，从自己的小挎包里，拿出一盒白颜色包装的烟卷，抽出一支按在自己嘴唇上，然后对刘万禾说，火，你把火给我。

刘万禾伸着胳膊，把打火机递给秋分。秋分接过打火机时看了万禾一眼，万禾也正乜着眼睛看她，俩人的目光撞在一起的瞬间，又同时飞快地收回了目光，各自将头转向别处。

秋分点着烟，吸了两口后，对刘万禾说，你甭难过。我知道在这些事情里，没有你的过错，还有你抚养我的功劳。都是我妈和你爹，当然了，也是我爹干下的事情。咱们一样是受害者。

刘万禾听了秋分的话，赶忙微微点了头说，是呢。是呢！按实际的辈分说，我虽当不得你爹，可我们却实实在在把你养大了。这和包公吃他嫂子的奶长大是一样的事情嘛。

呸！咋一样？秋分有点着急，她提高了声音说，我问问你，咋一样？我和你是一个爹两个妈，包公不是吧？包公管他哥哥叫过爹吗？！秋分愤愤地说，摊上了这样的事，你还有脸提古人？你是不是还以为我是没长大的小孩子呢？我妈若在这里，你敢这么对她说？

刘万禾低着头说，咱俩人的妈不是一个，可你吃嫂子的奶长大，却是真真的事，这和包公是一样的嘛。这事情是我爹，也是你爹，做下的，我也是很久以后才知道的，怨不得我，真怨不得我。就是不该瞒你，还瞒了这么多年。

秋分看着刘万禾把脑袋窝在两腿间，把自己弄得委屈样，又怪心疼他。便要缓和了自己的情绪，起身再拿了支烟，轻轻塞到万禾手里说，你抽烟。算了哇！这事，咱们不再提它了。爹呀。我还这么叫你吧，这么叫显得亲，也自然。是哇？

刘万禾把头点了点，没说什么。他心里想，咋自然？还咋亲？还咋个亲！心里暗暗地把刘十福骂了句！刘万禾把爹做下的这些个烂事，恨得咬牙切齿。

秋分见刘万禾可怜无辜的样子，觉得他活得太不容易了。这男人把她养大，在与他一起生活的近二十年中，他为她吃的苦，为她受的折磨，为她忍气吞声地被赵古头欺负，她件件看在眼里，记在心里。现在自己虽然知道他不是自己的爹了，可怎么算，他也是自己的亲哥哥，与自己血脉相连。再想想妈妈的遭遇和孤独，内心里装满委屈，眼泪止不住地流出来。一个刘十福做下的事，竟然毁了他们所有人的生活。

秋分把眼睛揉了揉，长长出了口气，对刘万禾说，爹啊，我把一切都告诉你吧，本来我要将妈妈的事讲给你听，让你也高兴。可进家门时一见到你，心里的恨便涌出来。你们骗我那么多年，让我受了多少苦呀，所以才想起要骗你一次。你若是早些年把这事情告诉我，我早早地去认了妈妈，咱们何必受欺负。

我妈家好几间房的三层楼，楼里到处都是门，楼外还有人站岗。她家客厅很大，空空旷旷十分宽绰，沿窗边还摆放着大盆的植物，我和春分挤坐在离她很远的一只沙发角落里。她靠在一只大沙发中间，并不正眼看我们，只跷着腿抽烟，是个慈眉善目的人。我一见到她就有亲近感觉。她说了留下我和春分的话后，抬手把一直站在门边的年轻人叫进屋，吩咐他给我和春分安排个房间，还叮嘱说，安排个宽敞的房间。然后她对春儿说，你和秋分先住在一起，过些天熟悉了这里的情况后，你们再分开住，每人一个房间。去吧，先跟他去休息，我还要与秋分说说话，让她给我讲讲你们村里的事，家里的事，她自己的事。

年轻人和春分离开后，客厅里只剩下我和我妈俩人。妈妈看着我，不说话，静静地看了我好长时间。我坐在沙发里，不错眼珠地看着我妈。我心里对她，没有一点陌生感觉。可我不知道怎么办，也不知道该对她说什么话。过了很长时间，她微笑着看我，向我伸出手，让我到她身边坐。坐在妈妈身边，我感觉到温暖，妈妈拉住我的手时说，孩子，来认了妈妈，还要回去吗？我再也控制不住自己的情绪，眼泪猛地涌出来。

妈妈把我抱在怀里，用手抚着我说，孩子别哭，妈妈知道这么多年，你受苦了。不哭啊，来跟妈妈说说话，让妈好好地看看你，谁欺负了你，是刘万禾吗？可听妈妈这么一说，我更委屈，趴在她肩头放声大哭。

我对妈妈说，爹没欺负我，他对我很好。可是，可是，我们，我们家一起被人欺负着……

她愣住了，却仍然平静地看着我，脸上没有一点表情。过了好一会儿，她轻轻地问我，跟妈妈说说，怎么欺负你们，看我能不能帮助你，帮助刘万禾家。

我把赵古头欺负我的事说了。我妈听了后，呆呆地看着我，她说怎么会这样？怎么会这样啊？我妈妈似乎很平静，与刚才一样直直地看我。可过了一会儿，我看到妈妈的眼睛里，慢慢地流出了眼泪。她坐在沙发上，身体僵直，一动不动地坐在那里，只有嘴角在细微地颤抖。

她说，女儿啊，妈盼你来找，又怕你来找。可你终于来找妈妈了，公安局的电话一打进来，我又看了那纸条，妈妈亲笔字迹，就知道一定是你来找妈妈了，一定是你。听到这个消息，妈的心跳和以往任何时候都不一样的，便让他们赶快将你送过来。你一进家门，我就认出了你，孩子，妈怎么会认不出你，你是妈妈在这个世界上唯一的亲人了，你跟妈妈心连着心啊。快二十年了，苦命的孩子呀。妈妈怎么也不会想到，会有这样的事情发生。妈妈有罪啊！

许久许久，她慢慢地放开我的手，轻轻地念叨说，你休息去吧，我心里很乱，头也疼。妈要静一静，好好地想想，这件事，这件事，妈要给你个满意的处理，不能让这件事，给你的心里留下阴影。

回到房间，我和春分睡不着觉，我们俩人趴在床上悄悄地说话。天快亮时，我妈轻轻地敲响了我和春分住的房门。我看到那个年轻人为她推开房门，等她走进我们房间后，年轻人又把门轻轻地关好。

仅仅不到一夜的时间，我妈妈似乎憔悴了，短发蓬乱，眼泡浮肿，穿在身上的丝绸睡衣松散褶皱，系带耷拉在腰一侧，完全不像昨天下午我们见到她时的样子。我赶忙从床上爬起来，看着她慢慢地走到我床前。突然，她慢慢地跪下了。她跪在我面前，嘴角颤动着，嗫嚅着说，孩子，妈妈每天都在想你，想得心要碎了。妈对不起你，不该把你丢在那个农村啊。然后，她一把把我抱在怀里，双臂紧紧地搂着我放声大哭。

我哭了，春儿也在另一张床上哭。

我妈哭得很伤心，嘴唇哆嗦，身体也在颤抖。她说，孩子，你和妈妈的命运太相似了。妈早该去接你。咱不哭。一切都会好起来。

妈妈说，她的父亲是老干部，母亲是医生，病理学教授。母亲先被打成右派，下放到遥远的甘肃劳动改造。是父亲自己把她带大。"文革"开始后，父亲受到冲击。最后他们双双死在了异地。

他们死后，妈妈再也没有亲人了。那时我已经下到农村插队。"文革"结束后，眼看着同学们都回城了，因父母的问题妈妈不能回城市。那段日子里，妈妈仿佛被扔进了孤独的旋涡，无依无靠。村里，公社，没有人为妈妈说话，好几个男人都想占妈妈的便宜。因为有刘十福的保护，他们不敢随便动手。那些人害怕刘十福。刘十福当时是村革委会的头儿，他对所有的知青都很好，就像照顾他自己的儿女们。知青们陆续离开村里返城后，他看我孤独无助，处处帮助我，护着我，只要有时间，他就会到知青点来看看。他把知青点当成了他的领地，而我，则成了他守护着的珍宝。

一天收工后，他像往常一样来看妈妈，问妈妈想不想回北京。他这么一问，妈妈当时就哭了。我说想啊。我怎么能不想回北京，所有的知青都离开了这里，我，只有我，只有我不能离开，没有办法离开。可我怎么回？我问刘十福，干爹啊，你说我怎么回？

刘十福说，他帮我回北京，只要我答应和他好，哪怕只好一次，他一定帮我离开村里回北京。

为回北京，为上大学，为离开那个穷得吃不饱饭的地方，我相信了他的话。妈妥协了，把身体给了刘十福。可妈妈没想到，刘十福做起那事来，像畜生一样凶狠霸道，他变换着方式折磨妈妈。妈妈的命苦啊。没多久，妈妈怀上了你。我要到县医院去堕胎，刘十福不同意，他说他要这个孩子，不论男孩子女孩子他都要，说是给他们刘家换换血统。他让我把你生下来，不生，就不放我回北京。我没有办法，他不同意，我就离不开农村，没办法回北京上大学。刘十福是个男人，他说到做到，确实为妈妈回城的事到处奔走，托人情，找关系，终于为妈妈要来一个回北京上大学的名额。得到这个消息的时候，妈妈已经怀上你八个多月。就这样，一直等到把你生下来。我是最后一个离开那里的女知青。

秋分啊，妈告诉你，男人是畜生！男人个个都是畜生！可你，却是因为那个毁了妈妈青春的刘十福干下的罪孽而被欺负。天啊，这真是我们母女的命运吗？这么多年了，妈妈已经对过去那些事淡漠了，不敢去想它。孩子，灾祸不该落在你身上，都因为妈妈，妈有罪，妈对不起你。现在好了，你找到妈妈了，所有的事都会不一样。就像当年我回到北京，父亲的案子一平反，所有的事情都不一样了。

赵古头。哼！那个赵古头，妈妈知道他，当年他就是个混混儿，对妈妈也是有企图的，想占妈妈便宜的男人里，就有他，他是个又馋又懒油嘴滑舌的畜类。

我妈紧紧地咬着牙对我说，妈妈要给你改变命运。

我妈妈给我联系了大学，让我去念书，让我安心好好地念书。她说，把这件事先放一放，你好好地上大学，多学点知识，改变生活习惯，让自己成熟起来。其他的事，妈妈来安排。她还问春分想不想去念书，她也可以帮她找个中学。可春分说不想念书了，只想找个工作，挣钱帮助家里。

我妈对春分说，你爹养了秋分这么多年，很不容易，还受欺负。但所有的事情，秋分都不是原因，你爷爷刘十福才是原因。都是他造的罪孽。你若真的不愿意念书了，就留在我身边，等过一段时间，习惯了城市生活后，再给你找个合适的工作吧。

我妈妈说，让我们别与家里联系，也别把我们在她这里的事告诉你，她会安排好一切事。给你寄钱和写信，都是我和春分偷着干的，怕你担心呀。

去年我大学毕业了。我妈妈很高兴，她说，终于等到这一天了。出国之前，你先回谷雨湾村看看，一是给刘万禾带些东西，他把你养大，吃了许多苦，受了许多欺负，他很不容易，咱得谢谢他。再一个，就是让他帮你办件事，把赵古头欺负你的事料理清楚，不能让他白白地欺负咱们。

爹啊，秋分对刘万禾说，我妈说了，你要坚强起来，不用再怕谁，只要你把这件事办好了，她让你过上好日子。

秋分说着，从小皮箱里拿出个牛皮纸的大信封，信封很厚实地鼓鼓着。她把信封放到刘万禾面前说，我妈让我带给你的。刘万禾伸手要拿那信封，想看看是什么，秋分说，你甭看，是钱。五万块。又说，我住些天，还要走的，我妈说，让我赶紧回北京去陪她呢。等我回北京时，你要是把这件事情办好了，我妈妈说，还有这样两个钱包包给你。你记着，钱不是问题，该用的地方你尽管用。办成这件事后，你要是愿意去北京找春分呢，我妈妈说她可以帮你弄个房子，春分做活的那家主人，也能帮你弄个房子，让你变成北京人。春分说出国旅游回来，就来家看你。

听着秋分的话，刘万禾脸上的皱纹哆嗦起来，嘴角撇出拦不住的笑样。秋分说五万块钱，五万块啊！他活了多半辈子了，也没见过这么多钱。

秋分看了眼刘万禾，又说，爹啊，我走后，我妈她不是派人来过咱家吗？赵古头从那以后，没再欺负你吧？

刘万禾转回头看着秋分，深深地吸了口气，蹲着的身体，往高里伸了伸，又矮下去重新蹲着挪了挪地方，慢慢伸手拿了支烟。用打火机点烟时，他微微抬了抬头，很快又把头低了。

他想起秋分走后不久，大概有三个多月的日子吧，村里开来了一辆黑得贼亮的汽车。赵古头走在车前，把那小汽车带到他家门外的。车里下来两个年轻后生，提着黑色的大皮包，很神气地走进家门。赵古头跟在那两人身后，也想跟他们一起进来，一个年轻人却跟他瞪了眼，用很严厉的声音对他说，你在院门外边等着。这时候，好多村民都出来看热闹。他们围在家门前，围着看那汽车。刘万禾看到了，他看到人们探头探脑往家里看，看到赵古头听了年轻人的话后，一脸尴尬的样子，不住地冲着年轻人哈腰点头。他还掏出烟卷要敬给年轻人抽，却被人家一下子拨开了手，烟卷都掉在地上了，赵古头半张着嘴，像在笑，却不敢把烟卷捡起来。

两个年轻人进了屋，见到他后，客气地问他好。问他，生活有什么困难没有。然后他们看了看灰黑空荡荡的屋子，也不坐，站在屋子中间。一个人把皮包扯开，拿出一个白色的大信封交给他。刘万禾记得当时他们对他说，有人托我们领导带给你的两千元钱，让你贴补日子用。他问是谁带给他的钱，俩年轻人说，带钱给你的人是谁，我们也不知道，我们来看看你，是上级派下的任务。别的事情不清楚，也不方便问。工作上有纪律。你也不要多问了，有人带钱给你用是好事嘛。两个年轻人的脸一直板着，没有一点表情，说话却很和气。他们临走时，其中一个人用手指着信封上的红字告诉他，有什么困难，按照这个地址去找他们，会有人帮助解决的。那时，赵古头一直站在院子外面，规规矩矩地站在那里，他看到了屋里发生的一切。从那以后，赵古头再也没敢对他耍威风，还讨好他呢。

这么想着，刘万禾对秋分说，来过，来过一次呢。两个年轻人来的，送来了些钱。他们来了以后，没人欺负咱家了，没欺负。从那两个人来咱家，赵古头像变了个人，处处巴结我呢。他们是你妈派来的人？他不等秋分回答，又问，春分呢？你认下妈妈了，春分就不是你妹妹了，你知道吧。从你妈妈那里论，你是她姑姑呢。你得照看她呀，她一个农村丫头，又没得学问，你一定得帮她。你妈要我办什么事？

秋分说，你别问了，我走之前会告诉你办什么事。春分的事你放心吧，我妈给春分找了个保姆的事做，那家人对春儿可好呢，给的工钱多，家里的活儿也不累，洗衣做饭等脏活儿累活儿，都不用她干，只让她做拿拿报纸，浇浇花什么的简单事。春儿做起来，不费什么劲的，美得她整日笑呢。秋分这么说的时候，嘴角滑过一个诡秘的笑纹。万禾一直低着头，根本没有看到秋分诡秘的笑，更没想到秋分会对他隐瞒什么。

刘万禾听着秋分的话，弄不清楚春儿的工作有多好。秋分不是说她做得好吗，不是整天笑吗？笑就好嘛，好就行嘛。万禾把烟用力吸了口，笑了笑，又想着秋分说给他过好日子的话。他觉得，秋分认下妈，眼界开了呢，这穿戴打扮，比村里女孩子们回来时穿的那些花里胡哨的衣服，要气派，短是短得差不多，可秋分的衣裳挺括鲜亮。还有秋分带回的烟和酒，多金贵。这些东西，他从没看见过。万禾抬了头，瞧了眼面前的秋分，她胸脯的鼓胀圆润，又把他给刺激了下。自打秋分和春分进城去，他心里就没踏实过，总想，那女人要是把秋分认下，再把事情都告诉她，那么他万禾，就再不是秋分的爹了，事情会是怎样的结局，他始终没掂量清楚。

在这五年多的时间中，秋分和春分给他寄过几次钱，春分也来过信，她在信里说，让他放心，她们在北京很好，吃得好，穿得也好，过得蛮快活的；秋分上大学了，没有时间，等秋分大学毕业后，就一起回家来看他。至于秋分认妈妈的事，一个字都没提。现在秋分回来了，衣着光鲜地回来了，给他带回了好多礼物不说，还带回了秋分亲妈要给他过上好日子的话，当然了，还有他正在抚摸着的大信封。抚摸着手下这个大信封，刘万禾的心，嘣嘣地蹦跳，蹦跳得踏实有劲，感觉自己的腰身确确实实地坚硬起来。

5

秋分回到家的第二天，去看她思禾叔，顺便把脚让拴住看了一次，彻底把拴住的心给搅乱了。拴住看了秋分的脚，身体时时都像被火烧着，心里装满了秋分姐的模样。秋分的上衣没领子、没袖子，安装领子袖子的地方，蓬松着羊毛一样的线毛毛，前襟小得遮不拢胸脯，裤子紧瘦，箍得两条腿顺溜，惹眼。她本就高挑的身子，还穿了双高跟鞋，一跳一跳地走路，细细的鞋跟儿，一不留神，踩到路上的软地方，鞋跟儿会插进土地里拔不出来。

每到这时候，秋分嘻嘻哈哈地笑，嘴里要骂，破土地，忒软！瞧瞧我们北京城，到处都是冰凉棒硬的路面，被水泥和沥青覆盖着，哪里还有土地啊，我这鞋，走到哪里，都是嗒嗒地响。

说着她就笑。拴住也跟着秋分笑。

秋分把很细很长的烟卷塞到嘴上，用白白的牙齿咬着，一手扶地，要不随手搭在破栅栏或什么物件上，或随便抓住身边的拴住，随便地拽了他的手，另一只手把高跟鞋从泥地里揪出来。笑的时候，她一口整齐的白牙闪亮。她的身子歪扭出许多曲线，穿了丝袜的脚光裸着一样，颤颤地探在半空里摇荡。

拴住虽说也是读了两年初中，但没学到什么知识，更没出过这个山沟，所以，与出去打工，在大城市见过世面的同龄人比起来，他要愚愣许多。虽然他揪过女生的小辫子，那也只是淘气，他实在不知道女人的小辫子有多温柔，拽在手里会有什么好处。他毕竟没亲眼瞧见过高山一样的大楼什么样儿，更不知道城市里的地面有多硬。除了秋分姐穿着打扮，他也没亲眼见过城里女人什么样子。丝袜子他听说过，镇子里商铺也有卖，但看见穿在女人脚上，配了高跟鞋穿着还是头一回。他对秋分说，姐呀，好看呢。秋分站起来，扭捏着身子重新穿好鞋笑着说，拴住，你长大了，知道女人的脚好看了。拴住听了秋分的话有点着急，他说，姐，没说脚呢，是姐穿的那袜子，多薄！

秋分笑得更欢了，眼睛都笑飞了。心说，叫我姐，我是你姑姑呢。秋分穿好鞋，伸手揪了拴住的耳朵说，你土呢！想不想出去见世面，姐告诉你，北京老大，人多呢，好多女子不穿袜，光着脚丫，裙子短，衣服比姐穿的袜子还薄，透透得跟没穿一样。

好看呢。过些日子，我回北京，我妈说，让我把你带上呢，你去不去？跟姐去吧。对了，拴住。我告诉你，你得叫我姑姑了啊，回家跟你爸说，早先我管他叫二叔，其实他是我二哥。你跟他说说，就说秋分姑姑出路费，你跟姑姑上北京去开眼界。你跟着姑，姑让你出息喽！

拴住被秋分揪得歪了头，一只手捂着耳朵，在龇牙咧嘴的同时，又看到了秋分的白胸脯，他心里的火，旺旺地烧起来，烧得他浑身燥热。他壮着胆子说，姐呀，要看你的脚！给我看看，就跟你走。

秋分真的把脚给拴住看了，还把丝袜子脱下来。她对拴住说，拴住，叫姑姑。叫姑姑就给你看！拴住低了头说，姐，干吗叫姑？还叫姐，叫姐亲呢。秋分冷了脸对拴住说，就这一回！告诉你拴住，你以后不许偷偷看姑的脚，看多了你睡不着觉！拴住笑了说，姐，瞧你说啥嘛，瞧了姐的脚我就睡不着觉了？早些年，咱们一起吃饭时，不是都光着脚在炕上吗，不都是脚挨着脚吗，哪天我也没睡不着觉啊。说着话，拴住蹲下身子，眼睛直直地盯着秋分的脚。

这时秋分已经站直了身子，脚面被牛仔裤盖住了，但高跟鞋前部却没被裤腿盖住。穿在秋分脚上的深棕色高跟鞋，在淡蓝色粗布裤子的衬托下，站在黄土地上尤其鲜艳。看惯了肥鞋的拴住，觉得女人很怪，怎么穿了这样鞋的脚，就会吸眼睛呢？高跟鞋并不光亮，蒙着薄薄一层微尘。拴住小心地把一个手指点在秋分的高跟鞋上碰了碰，鞋面上就出现一个紫红色的小亮点，拴住的心里一闪，仿佛让秋分的脚在不经意间，给拨开了一个缝儿。

他的眼光顺着秋分的裤子向上挪，一片苍黄的沃野，衬托着秋分被牛仔裤包裹着的屁股，腿间鼓鼓的耻骨向外突出，再向上抬抬眼，是裤腰上边的一条白肉。秋分的眼睛也正向下看他。拴住脸红了，低了头，不敢再向上看。

秋分再次伸手揪了拴住的耳朵，把他拉起来说，姑姑好不好？

拴住不明白秋分说的好不好是什么意思，也不敢问，就点了点头说，好呢。

姑要带你上北京，要你听姑姑话，你肯吗？秋分瞧着拴住，拴住就说，姐你说，我听嘛。秋分说我不是你姐，这事你知道不？只要你听我的话，姑让你做什么，你就做什么，姑的脚就是你的脚，但只许你这一次，瞧也好，摸也好，都随你。

拴住心里痒痒着膨胀，胆子也像他咯嘣咯嘣长着骨头似的，越来越壮实。

黄昏后，拴住跟着秋分，悄悄出了家门，沿着小路来到村边。曾经的姐弟，实际的姑侄，坐在一个黄土包边。拴住不敢正眼看秋分，他歪着头，瞧着周围屏风一样的大山，瞧着山坡上一簇簇滚成团，却连不成片的荆条棵子，心里怪不是滋味。拴住对自己说，要走，一定要跟秋分上北京。

拴住低下头时，看到了秋分的脚，他的心仿佛又被什么东西刺了一下，猛地收缩。高跟鞋，纤薄的丝袜，在他眼睛里显得那么纤巧，磁石般吸引着他。看着秋分的脚，拴住心里闹了。他对秋分说，姐呀，拴住听你话，你要我做什么，我就做什么。我要跟你去北京。秋分乜了眼拴住，他那猥琐的样子很可笑，想想，自己刚到北京见到妈妈时，大概也是这样吧。她盯着拴住说，别叫姐，叫姑姑。今天以后，不许再看姑的脚，听话。拴住说，喜欢嘛。喜欢姑的脚？就为喜欢姑姑的脚要去北京？没出息！到了北京，不许再喜欢姑姑的脚了，也不许对别人说这事，听见没？姑给你找挣钱多的事做。

拴住说，姐，你净瞎说，不是姐的脚，是我不想在家待了。他知道，眼前这斑秃一样的大山，到了春末绿透喽时，也不过是团团簇簇的荆条上长满了绿叶子。

夜很深时，拴住才回到家。他问爹妈，秋分干吗让他叫她姑姑？还说秋分姐的脚，好看呢。他要跟秋分上北京。

6

为拴住的事，刘思禾气愤地找到大哥理论。在去刘万禾家的路上，他走得颠簸，心里想着秋分那双白脚，想着儿子刘拴住木呆呆的眼神，太阳穴边上的青筋一阵紧似一阵地跳，脚下的小路便显得不平整。从出了家门，刘思禾的手里就捏着一个卷成一半的纸卷，一路走，手就一路哆嗦，手越哆嗦，越是哆嗦着卷不成烟的形状。他左手三个固定纸卷的手指，仍然不能像往常一样把纸卷弄规矩，右手却已经不停地转动纸卷了。结果，他颠颠簸簸着到了大哥家的时候，也没能把纸卷卷成烟炮。在大哥家门前，他赌气把手里拧成麻花状的小纸条，扔到地上，用脚使劲地踩、碾，还跺着脚骂，骂纸，骂烟，骂拴住，骂秋分，骂自己窝囊。

刘万禾家的狗，听到了外面的响动，大声地叫唤。刘思禾便又歪了头冲着院里骂狗。骂狗的同时，使劲一脚，踢开了大哥家的门。刘万禾听见响动，吓了一跳，跑到屋门那儿，瞧见是思禾，便站下看着兄弟。狗也瞧见了刘思禾，知道是亲人，停住嘴，在院子当中，仰着脖子看着刘思禾，再扭头瞧瞧刘万禾。

刘思禾进了院子，不再颠簸。小院里铺了一条用碎石砸瓷实的小路，从院门延伸到屋门，硬实得很。思禾迈着理直气壮的步伐，顺着小路，走到大哥面前说，万禾！这么叫着大哥的时候，他的脸已经变成了驴脸。自己都感觉脸很长很长，俩耳朵也仿佛驴耳朵一样竖立起来。刘思禾站在院子里，他叫了大哥一声万禾，然后回过头，向狗挥挥手，过来。他又叫狗。刘思禾扭头瞧了眼屋门那儿，大哥正瞧着他笑。思禾突然对准已经跑到身边的狗，狠狠地踢了一脚。狗被踢了个滚儿，疼得嘶啦啦地叫。思禾紧赶几步，追到狗身边，还想再狠狠地踢一脚。狗翻滚着，爬起来跑了。刘思禾大骂，仍然骂狗。刘万禾这时从屋门那里走过来，说，思禾，你踢它干吗，它是个畜类呢，你发疯呀。

刘思禾回身瞧了眼大哥，没说话，只把手伸进兜里，拿出小烟包，又抠抠唆唆从烟包里扯出一张小纸条。刘万禾说屋里坐。思禾没进屋，就在院里他刚刚站着的地方蹲下。他捏了撮碎烟叶子，往小纸条上放，但俩手仍然抖，不能像往常一样把烟卷得利索，烟末子也撒到地上。他微微抬起头，把上眼皮翻着，看到万禾把刚点上的烟，撂在窗台的瓷盘子上，那个瓷盘的边已经破得了许多茬口，毛毛的破边被烟灰弄得黑不溜秋。万禾放了烟，从破盘子边上拿起烟盒，抽出一支烟递给思禾，又把烟盒盖好扔在窗台上。

刘思禾看到烟盒红得拽眼睛，知道不是一般的烟。这样的烟，他在镇上的商店里看到过，可也是隔着柜台玻璃瞧瞧，连上手摸摸的机会都没有过。前天，来大哥家也见过，可大哥却没给他抽一支。大哥总是侧身背着他拿烟盒，抽出一支按在嘴上，然后转回身，深深地吸一口烟，使劲把烟雾吹向他。刘思禾闻到过空气里弥漫的烟味，淡淡的香。那烟好，刘思禾知道。思禾蹲着，任自己的脸长着，赶紧伸手把烟接过，用俩手指捏着按到嘴上，嘴唇使劲抿紧了烟，站起身，微微曲着腿，他挺费劲地保持着半哈了腰的姿势，往前探着头，将叼着烟的嘴，凑到大哥的手边，把烟点上了。

万禾瞧着思禾嘴和鼻子都冒出了烟，就说，兄弟，你不能把这事太认真，都这么大了，她惹了拴住，是喜欢呢。再说了，不就是看看脚嘛，他们又没当真的做什么。再说了，亲姐弟之间，能做什么？即使做了什么事，怕什么？他又不是老刘家的血脉。还想说什么，怕刺激了思禾，没说。思禾说，哥，你知道了？知道了，这事可不能松心，这种事是要命的事呢。她要是把拴住脑袋弄坏了呢？夜里做梦都在说姐的白脚好看。咱老刘家，咱兄弟俩，就这么一个独苗苗，可不能说他没咱刘家的血脉，他不是姓着刘嘛，怎么能说不是咱们的血脉呢？

唉——刘万禾说啥叫坏？你说说思禾，啥叫坏？！我家春分不是跟了她去北京，就没见回嘛。人虽然没见回，却把钱挣回了嘛。你瞧瞧你刚抽的烟，品品它的味道，你说柔不柔？说着，他指了指院子说，就说我这小院子里的碎石子路，你来的少啊，瞧不起大哥。你想想，这铺了碎石子儿的过道，走在上面的感觉是什么样子？比土地院子好吧，人走在上边，硬实，脚都不歪扭了，脚舒坦呢。这买碎石头铺地的钱，就是俩闺女争回的。我对你说，从秋分去北京找她亲妈妈后，那个驴日的赵古头见了我，都不敢再耍威风。咱秋分能呢！这事情你知道啊。当然了，你比大哥强，你老婆心眼活泛嘛。刘万禾终于把刚才到了嘴边没敢说的话，说了出来。

刘思禾听见大哥说脚都舒坦，说自己老婆的心眼活泛，心里激灵一下，抬眼皮翻了大哥一眼。他没说话，他知道大哥现在有钱，自己跟他不能比。自从他俩闺女去北京，日子过得比他刘思禾安稳。村长赵古头也确实没再惹过他。他的俩闺女，从北京给他往回寄过几次钱。每次听见喇叭里喊刘万禾拿戳子速到村部，村里的人都要好奇几天，兴奋几天，闲说刘万禾的俩闺女上城做事，做得好呢，给他弄回钱来了，他发迹了。

其实，闺女头次寄钱回时，刘万禾听到喇叭里喊他，心里发怵，以为赵古头又要生什么事，难为他。揣了忐忑的心去了才知道，赵古头不在村部，使大喇叭喊完他就出去了。会计告诉万禾，是他闺女寄钱回了，他就高兴得踏实了。年根前喇叭里再次喊刘万禾时，他便披了衣服，赶忙往村部跑。跑着路，脸上铺开了笑。披在身上的衣服，也随着他跑路飘起衣角，很潇洒的样子。

刘思禾看着拿在手里的烟想，是呢。好几年了，赵古头没再像以前似的逼迫万禾了，而且还多少有点讨好他的意思了呢。

刘万禾说，兄弟，你瞧瞧你抽的烟，秋分带回来的，烟灰多白！比你那破纸片卷起来的碎烟叶子好抽吧，柔和嘛！你光看看这盒子的颜色儿，红得透亮，多红，多喜兴。再说了，咱们早先是穷，可不能就这么忍下去吧，人不能总过穷日子。他娘的，人一穷，就受人欺负！你说是不是？我告诉你，拴住那孩子憨，要是再这样窝着，时候长了怎么办？秋分让他看看脚，给他开开窍，好呢，说不定他就有了出息，给你换换烟抽。想想吧，那李闯王不是沾了个贼字，就成事了吗？

刘思禾听了大哥的话，觉得对自己的心思，驴脸已经自觉着往短了缩了缩。他站起来，走到窗台边，伸手拿了那红闪闪的烟盒，想再拿出一支烟接上。可他的手指沿着烟盒上面抠弄了半天，也没在那硬纸壳上抠开个缝。万禾说，笨，那是翻盖的。

刘思禾抬头瞅着大哥笑了下，嘴角撇得生硬，很难看。然后，他很笨拙地把烟盒翻开，俩手指从里边揪出一根儿烟，叼了，用手里快燃完的烟对上。他重新蹲下说，不一样呢。你那两个都是女孩子，拴住是男孩儿，要花钱呢！谁不懂？这么说着，来时满肚子的怨气已经消失了。

拴住小时候，秋分不是整天抱着他吗，现在看看脚怎么了？刘万禾说，秋分说了，她妈让她回来，就是要把拴住带上去北京呢，还要给他找个工，让他做。多好的事，多好嘛，让他远远离开赵古头那畜生，彻底断了他的念想，不是好事嘛，你咋还气呢？

刘思禾说，拴住跟她去是好事？

7

拴住是家里的老小，上边本来还有俩哥哥，金柱和银柱，都是没活过周岁就没了。连续死了俩儿子，刘思禾伤透了心，他老婆刘麦穗也是被霜打的秧子似的，把一张脸憔悴得烤烟叶子一般，日子过得没了模样。几年的工夫，家里显出了颓败。地虽然还是种，可不管种什么，地里的庄稼都是蔫头耷脑，到了秋上，收成也不足。村里人说，是刘思禾命不好，名字叫得更不好。你听听，这思禾，思禾的发音，跟"死禾"的发音差不多，他那家是生生地让这名字叫败了，他命下容不了小苗子，老刘家活该绝户。

闲话说得刘思禾半信半疑，人就更加萎靡了。

　　日子没了生气，似乎要敷衍着蹉跎下去。刘思禾并不甘心，他仍然无休无止地努力。在那歪七扭八的破屋里，他每晚要把老婆按在大土坯垒的炕上，恶狠狠地做，大夯砸地一样地卖力气，嘴里还要骂，仿佛那个睡在他身下边的不是他的老婆。开始刘麦穗咬着牙不出声，实在忍不住了，哇地号一声，号一声，再号一声……刘思禾的身子，就在这一号一号的叫声里疲软了。

　　岁月磨人，这样过了好几年，刘思禾的腰软了，走路微微前倾着身子，俩胳膊再不能甩得活泛，紧紧贴在肋骨两侧，腿也僵，脚步迈开总也走不出往昔的节奏。

　　有了拴住那年，麦梢儿见黄的头头，地里的活儿不多时，刘思禾睡了个懒觉，太阳老高了，他才从被子里翻出来，摸索着下了炕。就那么光裸着精瘦的身子，坐在炕沿儿，紫铜色儿的细腿晃动，带着一双粗黑的脚找鞋，手同时去拿铁烟盒。每天他的鞋都没有准地方，上炕的时候，随便一甩，两只鞋就一南一北地歇了。第二天下地时，总要坐在炕边，用脚摸索着才能找到鞋，铁烟盒却总是搁在伸手就能拿到的地方。他从铁盒里拿出张裁成小条的字纸，俩手揉搓着卷了个纸筒，又捏了一撮烟叶往纸筒里装。装烟的铁盒不算精巧，有些地方已经被磕碰得瘪了一个个小坑儿。这个铁盒原是饼干的包装，由薄薄铁皮打造成方方正正的样子，两寸多厚，盖子上面除了印着精美的饼干形状以外，最叫眼睛的是一个白胖胖的头像。胖小子手里举一块有白色夹层的饼干，把眼睛笑得眯成了缝儿。

　　铁盒饼干是一个北京知青送给万禾的。那个知青回北京五六年的时候，又回过村里，说这里是他的第二故乡，回来看看乡亲们，要写写乡亲父老们，把他们写到故事里。他来的时候，特意打听刘十福这个人。可刘十福在一年前带着村里人打窑洞，遇到塌方，砸死了。他找到了万禾家，把带来的礼物，留给了万禾家，说是一个女知青特意让他带来的。万禾又把他留下的几盒饼干，给了思禾一盒。

饼干好吃，可刘思禾更喜欢铁盒外面印着的图案。饼干很快吃完了，铁盒一直留着，被刘思禾装了烟叶子。刘思禾说用铁盒装烟防潮。其实，他为的是天天看见上面的胖小子。这个时候，刘思禾的金柱银柱已经没了三年多了，他感觉时间紧迫，每时每刻都盼着再有个铜柱或铁柱。

自打家里有了这个装烟的饼干盒，刘思禾的身体，仿佛重新有了用不完的力量。每到晚上，他要把小铁盒放在炕头，为的是随时能看到。尤其是思禾把老婆刘麦穗扭在身下勤奋的时候，他的眼睛是一定要盯在铁盒上，根本不看他下面的女人。女人在快得劲的时候，要睁眼闭眼地给自己加油。突然，她看见思禾眼睛没在她身上，便拉他的手往自己胸上挪。刘思禾的动作不停，枯瘦的身子上下摆动，织布机的梭子一样，不停地来回穿梭着编织希望。然后猛地嘴里脆出一声，皮皱！眼睛却始终不离开铁盒子。

看着铁盒上的胖小子，刘思禾上足了弦，夜以继日地在老婆身上撒欢儿。没多久，刘思禾在充满希望的运动中，又一次疲软了。这一次，刘思禾是彻底疲软了，小铁盒上那个笑眯眯的胖小子，也不能激发出他的坚硬。他仍然没在自己的女人身上制造出希望。

这天早上，刘思禾脚下找到了鞋的同时，手上的烟也卷好了。给烟点火时，没留神呛了烟，他喀喀喀地咳起来，露了肋骨的前半片身子，风箱一样呼扇，仿佛有根儿拉杆，非得把他的前半片身子，反复推拉得离开后半片身子，才会给他的身体鼓足了风。断断续续的咳嗽声里，他听到在屋外干活的刘麦穗"噢，噢"的干呕声。刘思禾忙趿拉着鞋，光着屁股到门前往外看。他看到刘麦穗蹲在鸡窝边，折叠了腰身，脖子一伸一伸地往前探，很像鸡吃了什么东西被噎住的样子，干呕的声音一阵接着一阵。刘思禾看着刘麦穗的脑袋向前一探一探的动作，很自然地想起了当年村里有知青时，他家的九只鸡，也是这么脑袋一探一探地走出了篱笆圈，一只一只地消失了。

刘麦穗走回屋里时，刘思禾问，咋了你？刘麦穗撩了撩鬓边垂下的发丝说，有了吧！刚给鸡剁菜叶子，闻了青气味儿，恶心得不行呀。刘麦穗说着，嘴角漾满了笑。刘思禾盯着女人看，发现她那双早已逐渐浑浊的眼睛里有亮，脸蛋子也有了粉色儿。刘思禾又把眼珠子往下挪，停在老婆的肚子上。他瞧见女人肚子虽仍旧扁平，但她两只手，却一左一右抚在肚子两侧，像早先抚着金柱银柱一样骄傲。刘思禾的脸上，立刻闪出轻浅的阴险得意的笑纹。刘思禾重新坐回炕边，拉过铁烟盒盖好盖子，瞧着上面的胖小子又笑了。

刘思禾看着刘麦穗的肚子，在重新看到了生活希望的同时，猛地想起了这事有点不对劲。自己近两年多都不行了，她那肚子怎么倒行了？没耕地下种就出了苗儿，那一定就是野种！他翻来覆去地想，到底也没琢磨出到底是咋回事，什么时候呢？

驴日的！想着刚刚老婆的模样，刘思禾心里骂。

天再黑透了时，刘思禾不点灯，只那么黑黑地坐着，抽几支烟叶子卷成的烟炮，看着烟头上红光一闪一闪，觉得日子也是这么一忽儿亮，一忽儿暗。他把烟抽足后，猛地甩了鞋，翻身爬上炕，伸手薅住刘麦穗的头发，另一只手狠狠地甩在老婆脸上。粗糙的手掌和厚实的脸蛋撞在一起，立刻发出啪的一声脆响。刘麦穗嗷儿嗷儿地扯开嗓子尖叫，哭号起来，俩手赶忙去护肚子。刘思禾却没完没了，他放开揪着老婆头发的手，反身趴在炕沿边上，伸着胳膊摸索他刚才甩掉的鞋。嘴里仍然骂着问刘麦穗，你娘的！说，谁的，跟谁？不说老子今晚打死你，浪货！

哭号着的刘麦穗，没等刘思禾摸到鞋，急忙抽泣着说，村长。

摸鞋的手，慢下来，最后停了下来。

赵古头？刘思禾问。他歪躺着身子，半扭了头看着黑暗中的刘麦穗。隔了好半天，他猛地又吼了一声，谁？！当他又一次真真切切地听到赵古头这名字时，他的身体和胆量，像他裤裆里的家伙一样疲软了。

刘思禾怕赵古头，和从前村里人怕他爹刘十福一样。他软在炕上想，既然爹那时候能够随意睡女人，那么赵古头也行吧。再一想，当年爹跟人家还弄出了恨，自己能惹得了人家吗？赵古头是村长呢！又一想，万一这麦穗肚子里是个男孩儿呢？

刘思禾爬起身，摸索着点了灯。

突然亮起的灯光，把刘麦穗吓得全身哆嗦，她以为思禾又要打她。刘思禾没看她一眼，伸手拿过铁烟盒。他先看了看盒盖儿上的胖小子，看了很长时间，才翻开盖子捏烟末子。慢悠悠地卷了烟，刘思禾没声没息地抽，眼睛却仍然盯在铁盒的盖子上，心里想着胖小子。既然自己惹不起赵古头，那这个事也不敢问得仔细，问急了她，闹出个什么事来，赵古头还不来找他的麻烦？自己受得了吗？反复地想想，唉的一声叹了口气。管她跟谁呢，自己老婆肚子里的孩子，就是自己的嘛。村长赵古头把孩子鼓捣出来，又没说把孩子弄走。村里好几个孩子不是都这样嘛。这种事情，自己不说出去，谁能知道？别人都不说的事，自己干吗要说，不是没事找事嘛。刘思禾为自己找到了一条心安理得的理由。

歇觉。刘思禾翻眼瞧了瞧刘麦穗，憋着气把声音放轻缓说，歇了吧。说着话灭了灯。

看着老婆怯怯地躺了，他也歪在刘麦穗身边。刘思禾不再问刘麦穗肚子里的孩子是谁的，甚至根本不再怀疑刘麦穗肚子里的孩子是别人的。他只想要个胖小子。他要在睡前享受"自己"的胜利果实。

抽足了烟的刘思禾，歪在炕上，把手伸到女人小衣服里面，放在刘麦穗不怎么细腻的肚皮上，感觉那里温软中已经有了点微微隆起的硬度，他拿手慢慢在那肚皮上移动。

肚皮糙，手也糙，抚摸的感觉便十分深刻。刘思禾心里乐，双眼和双手也乐，他仿佛正在自己的土地上，抚摸成熟的庄稼。他觉得，在任何一块土地里长出的庄稼，不管是谁耕种的，谁最后拥有了收获的权利，果实就属于谁。

屋子里黢黑，什么都看不见，只觉得自己想笑，随意地笑一个给老婆看，让她舒心踏实。可黑暗里却看不见刘麦穗，更看不见她什么表情，知道她也一定看不到自己，刘思禾觉得没趣儿。又想，这黑黢黢地躺着算怎回事？得弄出些响动，算作夫妻间的交流。这么想着，他就把大手搁在老婆的肚皮上，慢慢地抚摸，慢慢地移动，轻轻地拍打，很轻很轻地拍打。他刚开始拍打时，手掌每抬起一次，刘麦穗就吓得哆嗦一次。静静的大炕上，能听到刘思禾弄出的啪啪啪轻微的响声。刘思禾已经挂了锈的眼睛，笑成了眯缝眼。他得意着，笑着，嘴里还不轻不重地叫着女人的名字，麦穗——刘麦穗啊麦穗。

刘麦穗放平了身子躺着，侧歪着脑袋，不搭理不回应男人的呼唤，只把嘴里的热气一股一股地吹着。

刘思禾不停地叫着，毫无目的地叫着老婆的名字。他的手不停地四处移动，抚摩着刘麦穗的肚子，嘴里不停地无声地念叨，在我老婆肚子里，就是我的孩子嘛。天不绝思禾，天不绝咱老刘家啊。念叨着，人性竟然跟着他的话语奇迹般钢硬起来。这钢硬，一扫他萎靡了好几年的力不从心，抖擞着造成金柱银柱时的威风。可是，此时此刻，他却不敢再折腾麦穗，任它自己直挺着，坚硬着，只把麦穗的手抓过来放在上面，让她拿着它，为的是向她展示下自己的雄风。刘思禾感觉自己被麦穗的手抓牢握紧后，便把自己的手缓缓地挪离老婆的身体，再轻轻地拉过铁烟盒，微微翘起身子，把胳膊肘顶在炕上，慢慢地卷烟。刘思禾卷好烟，仰躺着向黑乎乎的半空瞧了瞧，舒舒坦坦地使劲咳两声，啪的一声响，把火弄出来，狠狠地抽了一口烟。

盼到足月，生下拴住。这孩子是伴随着一个足足的太阳天落生的，那天的天，出奇的爽亮，天上没有云彩，通透了一样的蓝。挂在村头树梢的喇叭，哇啦哇啦地唱着那种让人想跟着它的节奏，甩胳膊跺脚的歌儿。上午十点多钟，拴住随着哇啦哇啦的歌声，哇啦一声，离开了妈妈的身体。刘思禾乐得在屋外转磨磨，当他终于从接生大夫那儿听到是男孩儿时，嘴再也合不上了。他把俩胳膊高高地扬起来，又快速地落下，俩手拍在膝盖上。他伴随着大喇叭里歌声的节奏，反复地拍打着膝盖，手和膝盖的撞击声，发出四二拍的啪啪，啪啪，啪啪的脆响。接生的大夫听到响声，探出头说，你在这里出操呢？外边去，远点去拍！怕吓着孩子！

被大夫轰出屋子的刘思禾，逢人要说，是男孩儿呢！又是个男孩儿呢！说的时候，刘思禾眼睛里流溢着得意和骄傲。

8

对于已经四十多岁的刘思禾来说，这男孩儿就是钢筋铁骨，把他的脊梁骨撑直了，往日的萎缩样儿也不知去向。再走路，他总是抬着头，胸脯子挺得老高，脚下咚咚有声，手也背到了身子后面，头往前探探地撅出了下巴颏，见了村人或他哥哥，要说，天好呢，多足的日头呀。他似乎忘记了赵古头这个人的存在。

赵古头知道刘思禾的老婆生下个男孩儿，也早知道那是他的种。自从刘麦穗把这个消息说给他，生产上的轻活儿全都给了她，床上的那个活儿，他跟她做的也慢慢少了。麦穗这老婆鬼精灵。可他并不想在她，在这孩子身上弄什么事情，再接着把这事弄下去，会有更多的事纠缠不清，不值得。他想，这个男孩儿若认下来，那么其他几个男孩儿女孩儿要不要认呢？你认下这个孩子，那几个生了孩子的婆娘会来找他闹事，不认，一个都不认。让他们养着吧，等自己死前，再把这事说出去，让几个孩子知道，让他们给自己戴个孝就行了嘛。他早把这些事琢磨清楚了，他弄女人，只管制造，不管生养。这么想着，赵古头非常得意。

刘思禾给孩子办满月那天，他借喝喜酒的机会，好好地看了看那孩子。赵古头的到来，将刘思禾吓得俩腿哆嗦，刘麦穗抱着孩子也很怕，怕赵古头突然说出点什么。但没有，赵古头只用粗黑的大手，抚了抚孩子的脸蛋，说了句：小崽子结实呢。然后，他就大大方方坐到酒席正中间，喊天喊地地与来贺喜的人喝喜酒了。按他的想法，就是来看看，摸摸那崽子的脸蛋儿，便算是了结了他与这个孩子的父子渊源。从那天以后，人前人后，赵古头再也没提过这件事。

刘思禾和刘麦穗见赵古头没提这件事，什么都没说，便放了心。他们把拴住当了自己的亲生，当成了命根子。也没像给他那两个死去的哥哥起名似的，甚至不敢自己给这孩子起名字。他们更没听大哥刘万禾的话，把这个孩子叫作铜柱或铁柱，也没随了村俗叫个什么狗啊，猫啊，山啊，田啊，臭啊什么的，他觉得给孩子起这样的名字俗，老俗了，没文化呀，怎么能把孩子叫这些名字呢？刘思禾这个孩子一直就没个名字，开始大家总是三子三子地叫着，一直叫到孩子满了三个月。小崽子快百天的时候，刘思禾觉得紧迫了，不能再这样叫，得给孩子起个正经的名字了。

一个晴朗的早晨，刘思禾对老婆说，捉两只母鸡，我要去县城。思禾把两只鸡捆了腿，拴在破自行车的后车座上，跑了五十多里山路。去县里找文化局的孙书记，求他给孩子起了这个"拴住"的名字。

孙书记是早些年从北京来插队的知青，曾经就插在刘思禾他们村里。这些男男女女的北京学生，个个小小的年纪，肚子里不仅有学问，还有许多鬼祟。刚到村里的时候，村人们瞧着他们还喜兴，常常到他们居住的地方去看看，跟他们说话，怕他们离开家寂寞了。

学生们被安置在村边一个破庙里，那地方没人住过，早就显得破败。学生们来之前，村里各家出人，把破庙里的神佛像请出去，堆放在庙边上一个小屋里。把大殿打扫归置了一下，按照大殿本来的布局，把东西两侧的偏房封堵好，安了门窗，顺着东西房山，用炕坯垒了两个大炕，把公社分配下来的松木板子搭在上面，就是学生们的家了。

刘思禾那时候也常常跟着村里的队长、书记、会计们来转转。他爱听学生们说话，老觉得这些学生不一般，他们说话字正腔圆，脆脆地好听。尤其是他们说语录，或背起什么书来的时候，从来不打磕巴，一段一段地永远不重样。后来村民们就和学生们闹了生分，慢慢地就没人再来看他们和他们说话了。只有思禾一家还是不断地来，尤其是思禾爹刘十福，隔三差五地来知青点坐坐。知青们喜欢刘十福，他常常来坐坐，学生们感觉心里安稳。刘十福当时正是壮年，又是革委会主任，脾气耿直，对知青们除了领导的关心，还很讲究男人的义气。说不出什么原因，他像护着自己的崽儿一样，护着这几个学生。后来，那几个学生还真的把刘十福叫了干爹。秋分的亲妈，就是和刘十福好了以后，才被推荐回北京上的大学。

到了县城，刘思禾找到文化局，孙书记刚好在开会，他猫在门房里等着。等到了吃晚饭的时候，人家会散了。孙继东出来对刘思禾说，思禾，好些年没见了呢！刘思禾说是呀，好些年了呀，今天天好呢，大晴天。给书记你带了两只母鸡，你们在村里时就爱吃鸡呀。孙继东说，思禾你看你说的，当年偷吃了村里不少只鸡，还偷吃过青玉米哦，那不是饿嘛。要不是干爹跟你们全家护着我们，恐怕都得被村民们打得缺胳膊少腿了呢。刘思禾笑了说，孙书记你看你还说客气话，吃就吃了嘛，一只土鸡值什么。我爹那时跟我们说，你们这些知青，是天兵天将落难，得护着，说不准将来得重返天庭。你瞧瞧，让我爹说对了不是，你从村里走了才几年，就在县里当上了大官呢。再说这鸡，早先珍贵，眼下却不是什么珍稀东西了，你吃鸡，你吃鸡吧！什么时候你想吃鸡，捎个话儿，我给你送县上来。孙继东说，思禾你看你还破费。说着话，把鸡提到眼前，看了看肥瘦，回手把鸡随便扔到门房的桌子下面，领着刘思禾到街上一个小馆子去吃泡馍。饭桌上，孙继东问思禾，跑这么远来一定有什么事。刘思禾笑了，脸上干涩的皱纹闪了闪，他说，想求孙书记给孩子起个名字。他把金柱和银柱没了的事情说了一遍。又对孙继东说，你可不能笑话我。等孙继东点了头，他才小声地把这孩子的来历仔细地说了。说这回可不敢再自己给孩子起名字。你孙书记有学问，给孩子起个名字吧。

孙继东说，思禾哥，给孩子起个名，还要送什么鸡？你说了就行嘛，人来了，把名字带回去，保证你这孩子，随了名字好运气，别人也要不走。甭怕他狗日的赵古头，一个小小的村长嘛，没什么了不起的。你回去就在村子里说，大张旗鼓地说，说是我给孩子起的名字，说孩子像我一样。你看看，还有没有人敢打这孩子的主意！

是呢，是呢。你孙书记给孩子起了名，看谁还敢打他的主意！刘思禾赶忙说。

我想想，我想想啊！

吃饭喝酒的当口，孙继东突然砰的一声，撂下酒杯，说有了！他说，思禾啊，孩子就叫"拴住"吧。这名字可好呢，虽然与时代不合适，按理说，我不能给孩子起这样的名字，封建、俗气不说，跟咱们党的移风易俗，建设社会主义新农村的政策相违背。孩子的名字嘛，得有点革命的含义才好，叫起来响亮，也有时代感。但思禾你家情况不一样，金柱银柱要是还活着，该是上学的年纪了吧？

按照阴阳学说，那金银属于睹物，非大福大贵之人不能承受。瞧着思禾点了点头，孙继东又接着说，我看呢，别讲究很多了，你还是随着民俗叫吧，但绝不能再叫什么金啊，银啊，宝啊，贝啊的，那些东西都是流物，你刘思禾是什么？你就是个农民，土生土长的农民！知道吗？思禾点点头。你受得了苦和累，却不一定受得住万贯家财，你压不住，压不住啊！弄不好还会败了你家的兴。刘思禾又点点头。孙继东往半空里使劲挥了下手说，就叫"拴住"，"拴住"！谁也要不走他，连阎王爷也勾不走他。然后他把头探到思禾耳边，放低了声音说，狗日的赵古头，更要不走他。他不敢！刘思禾点着头说，好呢！好呢！他知道这名字的意思，就是把这个孩子拴住。

喝酒！孙书记你喝啊。刘思禾仰了头，往半空叫了声，拴住！与孙继东一起把一大碗酒干了。喝了酒，刘思禾怕把名字忘掉，让孙书记给写下来。孙继东掏出粗杆儿黄尖儿的大钢笔，从自己的小本子上撕了张纸，很认真地写下了"刘拴住"三个字。

果然，拴住就活下了。

9

刘思禾说自己老来得子，虽然他还不算老，但与他同年龄人的孩子，都有上中学的了，所以，他就把自己归入了这老来得子的说法里，说这是个福呢。拴住也因此活得娇懒了。拴住长到十六岁，除了到镇里念了两年初中，几乎没到更远的地方去过。他自小被思禾和麦穗圈着养活，造就了内向娇情的脾气。由于他生性愚憨，考试从来没及格过，上初中又添了摸女生小辫子的毛病。初中二年级那年，上课的时候，他揪着一女生小辫子不放手。那女生开始没理他，只歪了头，使劲把自己的小辫子夺回，挪到肩膀前。几次以后，拴住习惯了这活儿，有事没事就把手伸出，揪前面女生的头发。终于有一天，那女生不忍了，从座位上站起来大喊，老师！他揪我小辫！接连换了几个女生坐在拴住前面，他都要揪人家的头发。给他前面换了男生后，他还要在课间时，追着女生去揪人家的小辫子。再加上他的学习成绩不好，学校就把他退了学。拴住被退学回家后，就在村里东游西转，农活儿他是不干的。村里人见了要悄悄说，这孩子废了呢，爱揪女孩子小辫子，弄不好将来就是个街害。刘思禾在心里说，这孩子一点不像我，却像极了那个驴日的赵古头。可这话，他从来不对别人说，更不对刘麦穗说。

近几年村里的年轻人都去外面打工，走了好几拨，刘思禾与麦穗不让拴住去，舍不得，老听说外边市面上乱，怕万一有个闪失。拴住娘说，咱孩子憨，千顷地一棵苗，咱们指着拴住养老，也不能让大哥占尽咱老刘家的风光。咱穷就穷，天天眼见着，心里不闹，拴住是活宝。

话是这么说，刘拴住一天天长大，几年的工夫，就晃晃地老高了。一般年龄的伙伴，差不多都准备着说媳妇了，唯有这拴住连个对象还没说上。附近村里好事的老婆，也有瞧拴住不错的，可掂量掂量，人虽结实也憨厚，可他拴住的家，什么都没有，哪家的闺女嫁过来都是个罪孽。他连个初中都没念下来，不是还有揪女孩子小辫的毛病吗，将来哪会有出息？再者，自打时兴出去打工，附近村里的姑娘们，也走得差不多了，陆续地都奔了南方。连村里村外的媳妇，年轻一点，也都出去闯世面。留下的不是粗就是憨，又怕拴住不乐意。这么一蹉跎，把拴住说媳妇的事给撂荒了。

这可憋屈了刘拴住，他退学后，虽然在村里到处转，但连个与他相仿的年轻人都没有。只有到春节过大年时，男男女女的年轻人才回村待上十几天。这些年轻人在拴住眼里，都混好了，个个穿金戴银，打扮得跟城里人似的。个个张嘴闭嘴说的话里，都带着世界上的事。拴住感觉自己与他们比起来，特土气，人家说什么事情，他都插不上话，甚至听不明白，只能愣头愣脑站在一边，瞧瞧这个，瞧瞧那个。虽然那些女孩子的头发，比以前光亮顺滑了许多，有的还把头发散开，搭在挺鼓起来的前胸上，弯曲得逗人眼睛，但拴住是无论如何，也不敢再伸手去揪一揪攥一攥了。

最可恨那个赵古头，每次遇到拴住，都要奚落他，逼着他叫大。说什么叫我大，说我是你亲大大，大帮你娶媳妇。为这个事，刘思禾很不乐意，可他不敢说什么。好在赵古头并没有当真，只是拿拴住开开心罢了。

10

夜的山村，暗得只有星星在天上散乱地亮着，几百户人家的村子里，人们早早歇了，大山里死了般寂静，连村里的狗们，都捂着嘴睡了，只有拴住还在跟爹妈磨蹭。拴住跟爹妈说，我要上北京，一定要跟秋分姐去北京。你们这回要是不让我跟秋分姐一起上北京，我偷偷跑，我随便去个南方的什么地方。刘思禾和麦穗听了这话，知道不能再拦，尤其是听见拴住说要偷偷离家，心就一紧，刀割一样的疼。知道孩子大了，拦不住了。这次若不让拴住跟秋分上北京，他真的跑了时，怎么办？要是他随村里哪个小伙去了南方，他这愚憨的木呆样，还不是被那些个妖艳的女子给弄坏喽？想想，北京总比南方安稳，那里除了秋分，不是还有秋分妈和春分吗，总不至于把孩子弄坏吧？刘思禾歪在炕沿儿抽烟，他心里非常清楚，拴住这回是无论如何也拴不住了。

决定放拴住跟秋分上北京的第二天，刘思禾特意杀了只羊，拿绳子拴了俩后腿，让拴住先给大伯送过去。到了晚上，又带了拴住，一起去大哥家喝酒。他要当着大哥的面，把拴住交给秋分，叮嘱她，好好带着拴住。看住他，千万别让他出了岔子。

刘万禾把思禾送来的羊后腿摆上桌子，笑着说，是呢嘛，这就对了。拴住大了哇，该出去闯闯嘛。煮熟了的羊肉香味儿，塞满了屋子的所有空间。香喷喷的潮气，润热了人的脸，也润热了人的心。兄弟俩好久没坐一起喝酒了，刘万禾很高兴，他拿出秋分带回的两瓶酒，与兄弟思禾隔桌相对而坐。

他说，思禾，你喝喝这个，外国的洋酒，叫个啥，叫个啥来的？秋分说，叉圈。刘思禾说，没听过。酒还有叫叉圈的？他把俩眼睛眯成一条缝，拿眼光瞄在那个酒瓶子上抚摩。拴住拿着酒瓶转了几个个儿，也没把瓶盖子开开。刘万禾接过酒瓶说，笨。说着话，他把酒瓶子蹾在桌子上，先用手使劲按压瓶口的软木塞子，按到与瓶口齐平了，又拿起一根筷子，把筷子大头朝下攥住，对准瓶子上的软木塞，又使劲一按，砰的一声脆响，酒的香味儿冒出来，弥漫了一屋子。几个人笑着，开心地吃羊肉，把酒喝得畅快淋漓。

刘思禾举起装酒的碗对万禾说，大哥，喝。你。这是个什么酒，倔呢。刘万禾抓着酒杯，很张扬地仰起头把酒喝光。他吧唧着嘴对思禾说，兄弟，你放开量喝呀，今天咱们把这两瓶子都喝光，好好地痛快痛快。我跟你说，孩子大了，你得知道放手。让拴住去吧，跟着秋分走，不会出差错。她亲妈在北京是个人物呀，怎会照顾不了俩孩子。你踏实吧，春分在那里不是也很好嘛。思禾呀，等着拴住带钱回，给你，再给你带个北京洋媳妇回，回吧。刘万禾哈哈地大笑，刘思禾也笑。秋分和拴住在一边，吃羊肉，小声说话，约定着去北京的日子。拴住听了万禾大伯说到娶媳妇回家，张开着嘴，盯着秋分一个劲呵呵地笑着说，我不要媳妇。

在回家的路上，刘思禾对拴住说，我记得当年插在咱们村那些知青，就是住在村头破庙里那些个学生，里边有个背个药箱子的女孩子。就是秋分的亲妈。那女孩子漂亮。你看到秋分了吧，跟当年那个知青一样一样的，她就是你爷爷跟那女知青生的私孩子。她说让你叫她姑姑，对的呢。只是在咱们家里这么叫，有点乱，驴日的，到底是怎么回事呢？

告诉你拴住，到了北京，见到秋分的妈妈，要叫奶奶的。她现在是个大人物了。人家这些孩子，都是有背景的人呢。

刘思禾对拴住说，当年，你爷爷为护着那些北京来的学生，还跟公社里的领导动过手，生生地把公社革委会主任家的狗给砍死了。白日里呀，当着公社革委会主任的面，在他家门前砍死的！那回你爷狠得邪行，主任家的狗没来得及叫一声，你爷的刀，狠狠地剁下去；说着话，他把胳膊抡起来像用大刀砍东西似的用劲一挥，接着说，狗头立刻掉下来，血流满地。那家的人，脸都吓白了呢，没一个人敢说什么。你爷有种呢。他那大刀你见过吧？就是放在你大伯家那把刀。那刀可不是一般的刀，是抗日战争时砍过小鬼子的刀呢。

小村睡了。夜很黑，地上没亮着一盏灯。拴住与爹在夜的黑暗中回家，爷俩在酒的怂恿里，一起走得颠簸，说得兴奋。

我爷爷为啥呢？为啥砍公社主任家的狗呀？拴住问。

唉，因为秋分她妈，为给她要个回北京上大学的名额。公社主任要留下她，把她弄到公社去工作，你爷才发了狠。

那女孩子漂亮，爱说爱笑，自打一来咱们村插队，大伙都喜欢，她还带了个小药箱子，谁家有头疼脑热的病人，她就送给几个小药片吃。后来主任来过几次，要把她弄到公社去。他说，这么好的女孩子，放在下边村里耪大地可惜了，她自己也遭罪，到公社里去吧，在我身边我会照顾她。

你爷爷不同意把她调到公社，硬生生把她留在咱村里。公社主任火了。但他不敢直接跟你爷翻脸，就变着花样找村里的麻烦，找知青们的麻烦。那些个北京知青，可不容易，他们那时候像你这般大吧，正是长身体的时候，可整天干庄稼活，还得唱歌跳舞开会，回家来又吃不饱。那时候，他们就住在村头的破庙里，难呀！他们不像咱们土生土长的人家，再怎么穷，吃的东西还是能凑合找到点。他们哪里有？没的吃倒是难不住他们，那些学生心里鬼祟呀。到了秋收的时候，他们夜里去地里偷青玉米，跑到老远的山上，把青玉米烤了，吃完才回。到了春天，他们没的偷，就串村子，偷鸡盗狗，可把周围这些村祸害惨喽！好几个村的人知道后不干，找到公社，要领导做主，管教这些北京知青。那主任亲自带了几个村的民兵，拿了绳子要去捆他们。你爷知道后，硬是给拦下了。

拴住啊，你爷爷可英雄呢。好几个村的人都来了，咱村也有人悄悄地混在里边，男男女女全都瞪着眼睛，一脸的杀气，他们站在主任身后。你爷爷就带着咱们家和你二爷爷家的七八口男人，站在知青点的门前，就是村边那个庙前。主任说，刘十福，你赶紧带着家人给我躲开，我们是公事，不能让他们祸害咱们社会主义农村，他们是来接受咱们贫下中农再教育的！这些学生们，把咱们这儿祸害得鸡犬不宁。有村民在他身后说，刘十福，你家的鸡没丢是哇，我们的鸡养了一年了，指着用鸡下蛋换盐，可鸡该下蛋了，鸡没了，被这些学生给吃了。没鸡我们怎么活？！你说！怎么活？

你爷爷听了这话，转身进了知青屋里，拽出一个男孩儿，让他说偷了咱家几只鸡。男孩儿说干爹家九只，万禾家六只，一共十五只，还有……你爷把男孩儿推回屋，关上了门。你爷转过身对着大伙说，孩子们大老远地来咱们这儿插队，帮咱们学文化，还得学着种庄稼，咱们总不能饿死他们吧！都是孩子，家家户户都有孩子，咱们不能没了人性。为吃……你爷说着话，还把大刀伸出去，在半空里抢了抢，那刀抢得带风声，谁不怕！你爷爷说，为吃，谁要是敢难为这些北京知青，我刘十福一家，跟他不共戴天！

主任带着人走了，可与你爷爷却记下了仇恨。后来，等秋分妈要回北京上大学时，他暗地里给拦下了，不给她名额。你爷爷知道是他拦阻时，带了大刀去了公社主任家。到了他家里，你爷爷什么也没说，抢起大刀对准跑到他脚边的狗就是一刀。你爷爷赢了，秋分的妈妈后来回北京时，再也没人拦阻。

那天，公社主任气愤地离开了知青点，别村的人也散去了，咱村的人没走，哭成堆呢。北京的知青们也哭呢，男孩子女孩子们从屋里涌出来，叫着叔叫着婶跪了一地，抱在一起哭。后来，咱们村就再没丢过鸡狗庄稼什么的。知青们要吃鸡的时候，都是跑出十几里地，甚至几十里地的外村外镇偷。

这些学生们主意可多呢。我记得他们偷咱家鸡那回，我坐在窗前吃饭，鸡就撒在院子里。忽然看见有只鸡伸长了脖子，俩翅膀托挲着，一步一步地往破栅栏那里走，就那么一直走。到了栅栏前也不停，顺着一个空就钻出去，然后就再也没见过那只鸡。当时，谁也没想到鸡会丢，都以为它是出去找食吃。一直到了丢第四只鸡的时候，我们才发现，原来是这些学生，挑选出大个儿的玉米粒儿，用根很结实的小细线穿了拴牢固，再把玉米粒儿扔进院子里，等鸡去吃。鸡把玉米吃进嘴里，咽不下去，便使劲往下咽。他们在外面看到鸡伸着脖子，很费劲地将玉米粒吞进咽喉后，立刻用力拽手里的线。那鸡就这么被他们弄出去，鸡一到手，他们立刻把鸡脖子一扭，鸡连一声都叫不出来。夜里，他们就把鸡煮着吃，有时候，一次吃几只鸡呢。学生们有分工，男孩儿专管偷鸡杀鸡，女孩子们管煮，吃完鸡，他们把骨头和鸡毛都埋掉，人们第二天什么也看不见。

11

刘思禾和拴住走后，刘万禾被酒推倒，他敞胸露怀地歪斜在炕边。卧在屋门外的狗，听着屋里和小院里没了动静，觉得没趣儿，把嘴搭在两只前爪子上歇了。

秋分看看歪躺在炕上的刘万禾，四肢绵软，满脸通红，早被扯开的上衣纽扣处，露出了一大块酱红色的胸脯。常年的劳作，使刘万禾前胸的肌肉，显得厚实坚硬。秋分看着这个做了自己二十多年爹的男人想，他真的很可怜，这么壮实的一个男人，怎么会没有一点骨气，没有一点狠劲，怎么就不像他爹刘十福呢？如果他的性情、脾气真像刘十福，哪怕有刘十福的一半，他也不会被赵古头欺压，自己当然也不会被赵古头糟蹋。唉——秋分暗自叹了口气。她想，要不要把春分的事讲给他听，告诉他，春分并不像她回家来时说的那样，在另一人家做保姆，而是准备嫁给那个老男人。

秋分看着躺在床上的刘万禾，看着他健壮的胸脯，没有规律地一起一伏地喘息着。内心里对刘万禾的怜悯，妈妈年轻时的人生遭遇，妈妈对刘十福的怨恨，自己对赵古头的仇恨等思想，乌七八糟地搅和在一起，杂乱无章，她理不出头绪。秋分感觉心疼，只能在心里问天问地问自己，生活为什么是这样？为什么啊？！

躺在她面前的这个男人，与她同是一个男人所生，却把她当闺女养了十几年。在这近二十年的时间里，他对她的爱，是一种没有掺杂一点虚假的父爱亲情。秋分怎么也不能忘掉这些。可她在妈妈的讲述里，也知道了，她的父亲，也是刘万禾的父亲刘十福，是怎么占有了她妈妈的青春。妈妈说过，她插在农村时，这个男人还是非常照顾她的，为让她回北京上大学，他一刀砍下了公社革委会主任家的狗头，鲜血四溅。然而妈妈坚信，也是这个叫刘十福的男人，把她女人的一生给毁掉了。妈妈说，可恨的刘十福，他虽然对我挺好的，可他一样是个野蛮的畜类东西，他在冰凉的破炕上，在碎麦秸草堆上，在许多地方，一次次凶狠地占有我。冬天啊！那种冰冷、尖锐和疯狂的刺疼，深深地刻进我的生命。许多年后，当我开始自己的恋爱时，我才知道，我已经没有了感觉，心虽然活着，身体却已经麻木了。多少年了，我无法从那个冰冷的氛围里挣扎出来，身体的记忆太可怕了。

妈妈讲述这些故事的时候，泪流满面。妈妈说，心早已经变得坚硬，好久没这样哭过了，妈的青春岁月里，没有一丁点儿美好的记忆。秋分听妈妈说着她年轻时的遭遇，也想起自己被赵古头按在庄稼地里的情景，那个驴日的男人对她的凶狠蹂躏，与妈妈的遭遇是多么的相似啊。秋分感到从未有过的寒冷。她把自己内心的仇恨，与妈妈的怨恨，凝结在一起，让它高亢，让它喧嚣起来。

那天，秋分与妈妈拥抱在一起，她流着眼泪对妈妈说，妈妈！不哭，咱们不哭。我给你报仇，让他们偿还！妈妈用手轻轻地拍着她的后背，说，妈已经老了。妈老了。妈现在有钱，但妈妈没有亲人。只有你。妈妈的心里只有秋分。多少次，我想回去把你领回来，也派人去找过你，可去调查的人回来说，没有这个孩子。现在想想，一定是那个赵古头搞的鬼。关于你的一切事情，都随着刘十福的死，被人遗忘了，一切都被尘封得严严实实。

当年妈妈回北京时，应该把你带回来，让你在妈妈身边生活。可妈妈那时年轻，还要去上大学，还有自己的梦想啊。妈妈也希望有一段刻骨铭心的爱情，我遇到过，可是我不能了，我的身体不能了啊。只要有男人说喜欢我，爱我，要娶我的时候，妈妈就恶心。

孩子啊，你回来后，妈本来要立刻送你去出国留学，但妈妈又想让你在身边待一段时间，好好陪陪我。这么多年了，妈孤独啊。你念大学这几年，学了知识，得到了锻炼，熟悉了咱们的生活，也与妈妈加深了感情。妈妈早已经为你安排好，一直没对你说，现在好了，你大学毕业了，妈告诉你，妈要送你去斯坦福大学读研究生，然后你留在那边发展。不过，你走之前，先回趟谷雨湾村，妈有两件事要你去办。

秋分记得清清楚楚，妈问她怕不怕赵古头？她说早先怕，现在不怕，我恨不能亲自杀了那畜生！

妈妈说，好。你不知道，你上学的这四年，有好几次，妈妈要亲自去为你处理这件事，可左思右想，我不能去。妈妈现在不能去做这样的事，怕有不好的影响。妈让你去上学，就是等你长大，等你成熟。现在你回去办这两件事，把一切安排好，你回北京后立刻动身去美国。孩子，远走高飞吧。你走了，妈虽然仍然是一个人，但妈没有任何顾虑了，我离休后就去找你。

秋分说，妈妈，我出国留学去，你不用再孤独。女儿也为你想好了，刘家的思禾，有个十九岁的男孩儿，那孩子有点憨，人倒是还利落。听村里人说，他是赵古头的种，与刘家没有一点关系。我不知道这事是不是真的，看那孩子的面相，不像刘思禾，不像刘家的人，与赵古头倒很像，可能是真事。我回去把他给你带来，让他伺候你，随你使唤他，让他们偿还欠咱们的债。

妈妈没答应秋分把刘思禾的拴住带来，只轻轻地拍着秋分的后背，摇着头说，不，不。你不像妈妈的脾气，你的心比妈妈的心硬实，像那个糟蹋妈妈的畜生刘十福。

秋分想着这些事，眼睛里漾满了泪。

再过几天就要回北京了，把拴住带回去伺候妈妈的事，她做到了，妈妈会有个安慰。还有个赵古头，秋分把牙紧紧咬在一起，她不知道该怎么把结赵古头的事对刘万禾说。想着自己和妈妈曾经的一切事，她叹了口气，又回头看了刘万禾一眼。

刘万禾醉在酒里，身体软在炕上，嘴却活跃着。他呼呼地喘粗气，不清不楚地说着话。他在说什么，秋分认真听了下，听不清楚他在说什么。

秋分走过去，微微伏下身体，从炕里拉过一个被子，要帮刘万禾盖在身上。

秋分的动作很轻，可刘万禾还是感觉到有团绵软的东西，轻轻地挨到他的身体，同时他还嗅到股好闻的香气。刘万禾微微睁开眼睛，酒醉中的他，看到的不是秋分，而是横在他眼前的女人的身体，是女人鼓胀的胸脯。那鼓胀的胸脯，在他眼前晃动。继而，他看到了秋分裸着的胳膊，两条白肉绵润，骨髓般的细腻。秋分的胳膊一动，便有香味飘荡，直往他鼻孔里钻。刘万禾被秋分前胸的软肉碰醒了。

并不明亮的屋子里，刘万禾仿如在梦境中，他的身体，飘飘忽忽地腾空而起，飘浮在秋分身体散发出的香气之上。他感觉浑身烧灼，晕晕的感觉里，他看到屋子里的一切，都扭曲着女人的诱惑，那是他的老婆秦喜凤。他歪斜着舒展在大炕上的身体，渐渐地，变得无拘无束了，迷迷糊糊中，寡淡了多年的他，突然蓬勃起来。刘万禾拉了秋分的手，活跃着，大声喊叫着喜凤！喜凤！我亲亲的喜凤啊！

秋分站在炕边，冷冷地看着刘万禾，她用力抽回自己的手，轻轻叫了声爹说，你喝醉了。我是秋分。

猛地听见秋分的声音，刘万禾的酒醒了。他用力睁开眼睛，扭头看着秋分说，做梦了，做了个梦。你咋还不歇着？

秋分说，万禾你起来喝口水，我有事要对你说。过几天就回北京了，有件事得说给你听。

听到秋分叫万禾，刘万禾从酒里真正地惊醒过来。

……

12

拴住临出门时，被思禾反复地叫住了三次。听到爹的叫声，他站住，回头看着爹，爹却不说话。后一次时，爹手扶桌子站起来，两眼直巴巴看着拴住说，孩子，咱不上北京吧。咱不能跟你秋分姐比。人家在城里有个有钱的亲妈，你有谁？咱不去吧。拴住说我要去。爹，你要再拦我，我就跟了德成他们下广东。思禾的眼睛干涩，编织在脸上鸟巢一样的皱纹闪了闪，横七竖八地僵硬着。他仰着下巴赶忙说，爹不拦，不拦。

刘思禾听到拴住说要跟德成去广东，心一紧，撅着的下巴一抖。他最怕儿子说去广东，他知道那边开放得很，怕拴住去那边心野喽。最近一段时间，广东这个词，只要一从拴住嘴里说出来，他的心就哆嗦，眼前立刻会出现许多女孩子光裸的胳膊、大腿和高跟鞋晃动。这并不是广东不好，而是思禾觉得自己的拴住去不妥。尤其是他看了秋分那双白脚后，整日那神魂颠倒的样子，让思禾日夜都不踏实。要是拴住真的去了广东，那里有多少秋分样的白脚丫给他看啊。思禾老觉得秋分那双白光闪闪的脚丫子，像两把磨快了的镰刀一样，晃晃地要剜出他的眼珠子，割断他的命脉。他想，得叮嘱拴住，去了北京，一定去找春分，不能跟秋分多来往。好好的一个男孩儿，生生被秋分的一双白脚给弄坏了，被毁了。

刘思禾站在桌子边上，看门缝外面的一条亮光，又叫了声拴住说，你把那地址和电话号拿好，千万别弄丢。到北京下了车，安顿了，先去找你堂姐春分，找到她，爹就放心了。千万别跟秋分混在一起，可以让她妈帮忙找个工作，找个安稳点的活干。我和你娘在家也踏实。

拴住看了爹，又转眼看着娘说，我知道，你们放心，又使手拍拍胸脯，说我又不是傻子。我只跟秋分姐一起到北京，到了北京就去找春分姐。

我走啊，你们别送了。

爹说娘也说，送送呀，送孩子到村口。秋分不是在村口等你嘛。

拴住背了包，转身向外走，爹妈随在他身后，一起出了房门。卧在栅栏门边的大黄狗，听见屋门有了响动，一个激灵站起来，仰起狗头瞧着自己的主人，不明不白地突然狂叫起来，狂躁得它撒欢，蹦着跳着向几个人的方向扑，脖子上拴着的铁链子，被它抖动得哗啦哗啦脆响。

拴住抢前两步，侧了身子，抬起脚吓唬狗，嘴里喊着，叫！你叫！踢死你！大黄狗没理会拴住的威胁，仍然高高地仰着狗头大叫，叫着，狗眼里就湿亮了。眼瞧着自己的三位主人走出了院子，它耷拉了脑袋，嘴里呜呜呜地响着在原地打转转。远处也传来嗡嗡的狗叫声，拴住爹妈的心，随了狗叫声，忽悠地绷紧了。

村里的小路曲折，也不平整，刚下过的那场秋雨润透了地面，脚踩上去软腻腻地粘鞋，鞋底上沾染的泥，越来越厚，沉重地坠脚。拴住背了大包走在前边，爹妈跟在他身后两步远的地方，三个人都不说话。瞧着儿子瘦瘦的后背，刘麦穗心里发酸，扯了袖子擦眼睛，忍不住说，孩子，在外边嘴要甜，手要勤，眼也要勤。

挣到钱先要吃呢，要吃饱，不能亏了身子。遇着事，多问问你春分姐，让她帮你出主意。别贪财，该咱挣的咱要，不该咱挣的钱咱不沾，到年早回，回来妈给你说媳妇。

拴住答应着，没停下脚步，也没回头看妈一眼，他怕看见妈掉眼泪。转过自家的房山，他歪了脸朝后边说，爹！和我妈回吧！你们回。

刘思禾没搭理他的话，微微仰起头看着远处，嘴里嘀咕着说天好呢，大晴天呀。拴住知道爹妈是一定要送他到村口的。他伸手从兜里掏出烟，磕出一支，停了脚步子等爹。刘思禾背着手走到儿子面前停住，接了烟按在嘴上。拴住给爹点了烟，顺便把那包烟也塞给了刘思禾说，您留着抽吧，老也没抽过什么好烟，总是烟袋锅子，要不就卷纸筒，都大半辈子了，我凑合几天，到了北京，最差的烟也比这好呀。爹，等我在北京有了活做，把钱挣下了，给你带高级烟回。

刘思禾没接拴住塞过来的烟，只把手里那支烟按在嘴上，使劲地嗑。然后满嘴冒着烟说，拴住，你带着，路上抽，汽车、火车上烦闷，要走几天的。人堆里，散一散烟，人就和气，没这个怎行？刘思禾说着话，把手里的烟抽到了根儿。没扔，烟头仍然拿在手里，散乱的烟雾扑在手上暖暖的。刘思禾直呆呆瞧着拴住的眼睛犯愣。

13

秋分带着拴住离开谷雨湾村三个月后的某天深夜，赵古头被人装进麻袋，滚下了远离大暑川二十多里地的一条陡峭的山坡。

没了秋分和春分却有了钱的刘万禾，常常把同样没了拴住也有了钱的刘思禾找来，兄弟俩人，披了衣服，蹲在小桌子两边，说说闲话，抽抽纸烟，喝喝酒，觉得日子过得安稳，有滋有味儿。

　　天黑下来后，只剩刘万禾自己时，他会躺在宽敞的大炕上，放开嗓子，吱啦吱啦地哼唱：水灵灵的妹子哟，虎生生的汉，人尖尖就出在这九曲黄河边……

大雪天

　　雪还没下起来的时候，陈士德蹬着三轮车回到了家。其实回家也没事干，就是猫在小屋里喝酒，喝完酒往床上一侧歪睡觉。光棍儿的日子过得简单。

　　陈士德仍然像每天一样，用一根挺长挺粗的铁链子，把三轮车锁在门前那棵槐树上。早一年的时候，这车是用不着锁的，蹬车回来，往院子门口靠墙的地方一放，感觉不妨碍别人过来过去地走动就行。第二天早上起来，出了院子，走到车边后，哈着腰，使俩大拇指卡在轮胎上，用力按按车轱辘，车胎若是被按瘪了，伸手从车的平板底下抽出气筒，把俩轱辘的气打足，不缺气蹦腿蹬车就走。每天出门上班这套程序，陈士德做得连贯流畅，很有板儿爷的潇洒劲头儿。早先不仅车丢不了，连随手扔在车座子后边平板上捆绑货物用的绳子，隔了夜仍然会在那里，用不着每天收回家里去。有时候，街坊邻居要用车拉怀孕的媳妇去医院检查，买煤球运送家具什么的，也不用专门去跟他说，推了车去就是了。还回来时，把车打扫干净，还是往那儿一放。若赶上陈士德在门口，就说声谢谢，没遇到，过几天见面时再跟他说，那天我使三轮拉了一百斤白薯。光棍听了就呵呵地笑笑说，怎没叫我？我去给你蹬回来。可是，现今不行了，这车不锁牢靠喽，没准就丢了。所以陈士德到家的头一件事就是把车锁好，这是一天里的最后一件事。

这两年使用三轮车的人太多了。刚刚入夏的时候，中学生们突然间就不上课了，闹起了什么"文化的革命"。学生们每天还是照常去学校，可是去了不是听老师讲文化课，而是他们抢着小胳膊讲演，贴老师校长的大字报。个个都生龙活虎的样子，学校像开了锅似的沸腾起来。

开始，学生们还只是在学校里面闹，后来干脆就上街了。上街去不像在学校里边行动那样省事，想用什么东西，像糨糊桶，登高的梯子，随手拿来用就可以了。到了外面不行，所有这些东西都要带着。上街去贴大字报，手提肩扛会很累，也累赘。于是，孩子们发现了三轮车这种交通工具。这种平板三轮车，可以拉东西，登高，好用，轻快，移动方便。还有个优点是人可以坐在上面，很适合朝气蓬勃的孩子们使用。有时候一辆三轮上能挤十几个学生，三轮车走着走着轮胎放炮是经常的事。

学校里也有三轮车，但很少，是为食堂买菜，后勤运送教材教具等物专用。现在大家都用，那几辆三轮十分抢手，谁先抓到算谁的，没多少天，三轮车就被骑得七扭八歪。食堂的大师傅们去买菜，都改为用扁担挑着，用手提了。这样一来，学校周围住户的这些平板三轮车，就显得金贵。

学生们需要用三轮车的时候，就派两三个住在附近，又会骑三轮车的学生，到学校周边的胡同里去转悠，碰到谁家的车在门口停放着，他们立刻来了精神。一个人先骑到三轮车上准备好，然后冲着院子里大声喊：嗨！——使使三轮啊！然后不等里边的车主回话，另外几个学生在三轮车周围用力一推，三轮车便离弦的箭似的崩出去，然后他们灵敏地蹿上三轮车，大笑着绝尘而去。三轮车被骑得飞快，根本不管路上的坑坑坎坎，更不考虑那三轮车是否经受得了这么折腾。等三轮车主人听到动静，从院子里出来时，孩子们早就没了踪影。弯弯拐拐的胡同，让学生们很容易得逞。

三轮车驾驭起来并不难，任何一个普普通通的中学生，无论男女，只要胆子大，腿脚利落，用不了三分钟，就能把它骑得很平稳。但中学生们可不要什么平稳，他们要的是分秒必争，行动起来总是风风火火透出紧迫性。中学生们用三轮车拉上成桶的糨糊和一卷一卷写好了字的纸，五六个男女学生往车上一坐，想到哪里就到哪里，想把大字报贴哪儿就贴哪儿。如果三轮车能像飞机样的在天上飞，他们一定会把大字报贴上天。为贴大字报，学生们喜欢夜里行动，为的是给被贴大字报的人一个措手不及的效应。

陈士德住家附近，有许多居民靠蹬三轮车维持生计。有拉座儿的，有拉货的，也有拉破铜烂铁回收废品的。三轮车分两种，一种陈士德使用的这种平板三轮，另一种是安装了座位的专门拉人用的三轮车。陈士德蹬车早，公司合营那会儿他就骑着一辆破三轮，所以他很早就入了三轮车运输联社。入了社就算有了组织，工作归社里统筹安排，三轮车工人挣工资只管蹬车，上下班的也基本有个准点。陈士德常拿自己跟左邻右舍的汉子们比较，感觉着比那些个蹬车的散户优越多了，每月有固定的收入，活儿也轻巧，还算在组织入了工会。拉散活儿的就不一样了，每天得出去自己找活儿，活儿多就多挣点钱，活儿少或是没活儿，那就一分钱也没得挣。但总体算下来，哪月的进项都比陈士德多，可他们干的活儿，也比陈士德辛苦。

离这片居民区最近的第六十四中学里，有好多学生都是三轮车夫的后代。这些学生中学毕业后，往往并不再去考高中，而是直接进入社会，许多人便子承父业，继续蹬三轮车，图个没人管着的自由。慢慢地，学生们也看出了自己学校的这个特征，于是就戏称自己的学校为"板儿篮"。

"板儿篮"的确切意思有两部分内容组成，"板儿"，指蹬三轮车的人，并不是指三轮车，而是"板儿爷"的简称；"篮"，则是摇篮的简称，全部意思合起来，就是说这所学校，是培养三轮车夫的摇篮，简称"板儿篮"。学生们自己说起这个来，并非瞧不起自己的学校，而是对这样一群人的自嘲。板儿篮！哈哈……哈，还在上学的学生，和已经弃学蹬上了三轮车的学兄们，一起大笑。

在这片居民区的东边、西边各有一所中学，南边有两所中学。东边的学校是这个城市里很著名的女子第四中学；西边的是刚建校不久的雅宝路中学；南边的一所是日坛中学，另一所就是被称为"板儿蓝"的该市第六十四中学。再稍稍远一点，还有什么一一九中学、呼家楼中学、三里屯一中、二中什么的。这些所学校，都离陈士德他们这片居民区不远。几个学校的孩子们加起来，总数足有七八千人。有句老话说人一近万，无边无沿。这么多的孩子一起闹，主意得有多少，动静得有多大。尤其是东边的那所女子第四中学的女学生最能闹腾，这所学校档次高，不是一般的学生随便就能考进去的，这学校不仅要求分数高，而且考进去的学生，一般都得有点家庭背景。所以，这个学校里的学生个人素质高，文化根基也好，学生们的学习成绩，在本市中学里总是名列前茅，有的学生父母还有很高的社会地位。

这些十几岁的女孩子们，在这年夏天，突然间放弃了花花绿绿的服装，改穿旧军服了，头发也一律剪得很短，头上戴顶洗得发白的旧军帽，或者是簇新的国防绿军帽，腰里扎着军用武装皮带，样子倒也显得英姿飒爽威风得很。她们常有出乎人们意料的行动，什么罢课，排着整齐的队伍走上街头喊口号。她们能把"1、2、3、4"这四个数码喊出几种节奏，譬如她们喊："1——2——3——4！"前面三个数码要拉长声音，喊4的时候要很干脆地收住。又如："1234"连续快速地喊出，还有"123——4！""1！2！3！4！"等花样。她们走在大街上，总是迈着铿锵有力的正步，喊着昂扬顿挫的女声，看起来威风凛凛，听起来别有风情呢。她们还到别的学校串联、到街头演讲等，什么都敢干，胆子比那几所男女混合学校的学生们大多了。

在中学生的行动越来越多的时候，"板儿爷"们开始把自己的三轮车锁上了，不把三轮锁上，附近学校里的男女学生们，谁都有可能把三轮车骑走去使用。其实呢，这车早晨起来没了，也不一定就是丢失了，大多数时候，孩子们是会把三轮还回来。他们不随便偷拿别人的东西为己有，只是临时用用，但他们不一定给你把车放回原来的地方，还回来的时间也是绝对没有保证，还有就是车胎扎了，撞坏前轱辘什么的事情也是经常发生。他们把车骑出去，抄到几辆就算几辆，也没准时候回来。回来时，随便把三轮车往附近的胡同口一放，算是把车还回了，因为记不清楚是从哪家门口骑走的了。革命嘛，总得有革命的样子，怎么可能像上学似的按照作息时间，听着叮叮当当的电铃，来来去去规规矩矩的呢。可"板儿爷"们到联社去上班是有准时间的，尤其是班前的早请示，谁也不敢迟到。陈士德的三轮被学生们临时借走，又耽误了几次上班以后，他就到废品回收公司买了根儿粗壮的铁链子，又去五金商店买了一把拳头大的铁锁，每天出车回来，都把三轮锁上。这么做只为省心，省得第二天早上着急，得到处去找自己的三轮车，也省得招惹了那些学生们。

陈士德锁好了三轮车，从腰里抽出一条脏得没了本色儿的羊肚儿白毛巾。他先把毛巾团巴团巴擦擦脸和光头，再把身子离开三轮车远一点，把手里的毛巾松散开成一条，再用手一捋，把毛巾对折，然后抡着那毛巾使劲地"啪啪啪"地用毛巾抽着浑身上下左右的浮土。抽完了身上，他把毛巾掖在腰里系着的绳子上，仰头瞧了瞧阴沉沉的天，慢条斯理地绕到三轮车后面，拉开车平板下面像抽屉一样的小盒子，从里面拿出一个小纸包塞进怀里。他的手摸到纸包的时候，眼睛已经笑得眯成了一条缝儿。又侧歪了身子，瞧了瞧三轮车的轱辘，很粗的铁链子穿过车轱辘又缠绕在树上，大铁锁在上边挂着，确信三轮车锁好了后，他笑着，转过身进了院子。

陈士德的家说是家，光有个家的名称，确切地说那仅仅是普普通通的一间小房子。陈士德住的小屋是一个大杂院里的南房，很小也很旧，卐字纹的窗子上糊着已经泛黄的高粱纸，高粱纸上面还用各种报纸、传单什么的纸张打了许多歪七扭八的补丁。这些随时光不断消失而渐渐添加上去的零碎纸片，乱七八糟地点缀了陈士德家的窗户，使糊在窗子上的高粱纸既失去了本来的颜色儿，也变得越来越厚重了。越来越厚的窗户纸，悄悄地固执地挡住了外面的光亮，使他的屋子里显得黑了许多。也是这厚重的分量，把屋子的门窗歪歪扭扭地坠出了疲惫样儿。但陈士德不在乎这些，屋里黑点怕什么，又不念书写字。陈士德回到家就两件事，喝酒和睡觉。喝酒的时候感觉屋子里黑了，就把灯开开，睡觉时再把灯关喽，生活很简单。所以，屋里黑暗多少和亮堂多少，对陈士德来说并不重要，他也不在意。

陈士德住的那个大杂院，坐落在南营房三条的中间，和笸箩婆的家斜对门。这条胡同与北京城里其他的胡同，没有什么不一样的地方，都是灰砖灰瓦地显着陈旧和沉稳。无论是磨砖对缝的墙，掉了墙皮满目疮痍的墙，还是核桃样的碎砖堆砌的墙，那些缝隙里，墙面上，密密麻麻地泥满了故事。在这里边住着的人们都是老住户，街里街坊的就这样在这里住了几十年上百年。虽说有时候，邻居们也因鸡毛蒜皮的小事，也因孩子打架，互相吵吵嘴，骂骂架，甚至揪巴几下子，但夜里睡过一个觉，不管昨儿个是怎么样红了脸，骂了对方的亲娘祖奶奶，骂得多难听，只要天一亮，彼此就又没事似的了。第二天一大早起来，大家只要见了面，仍然是他大哥、三婶、七奶奶、二太太、大六他爸等很亲热地叫着，好像昨儿个根本没发生什么事似的，谁跟谁也没红过脸，人们彼此间相处得一团和气。当然了，要是今天仍然发生刘家小二把孙家小五推了个屁股蹲儿什么的事情，大人们也仍然照常拌嘴红脸，仍然把对手已经死了多少年的亲娘祖奶奶请出来羞辱，那骂人的话也很不入耳朵，非常难听。

在这条胡同里住的人，没人叫陈士德的名字，甚至没人知道他的名字。大家伙无论男女老少，老到七八十岁的老人，小到四五岁刚把话说利索的孩子，一律管陈士德叫"光棍儿"，就连大姑娘小媳妇们说话的时候，要是提到了陈士德，都会毫无顾忌地说，就那个"光棍儿"，就那个蹬三轮车的"光棍儿"。赶上谁烦闷了的时候，也常常是拿陈士德开玩笑，说他是一根儿。一根柳树枝儿。还是垂柳的枝儿。大家伙说的"一根儿"，也就是"棍儿"的意思，"柳树枝儿"，则就是贬他那本该是棍子样的东西柔柔软软的了。而这"垂柳枝儿"的叫法，真真地就把陈士德彻底地推向了悲哀和无言可辩的境地。

对这些叫法暗含着的意义，陈士德心里当然明白，他知道大伙说的是什么，可他从来不生气，无论谁叫，叫他"光棍儿"，还是说他"一根儿"，或者说他是"柳树枝儿"，陈士德不恼，不仅不恼，还常常眯了眼睛笑呢。他说，光棍儿，没媳妇可不就是光棍儿嘛。但"光棍儿"也是根儿棍儿啊。这么说的时候，陈士德总得笑笑，还要把胳膊伸出来，弯一弯给你看，指着胳膊上一棱子一块的肌肉让你按按，说你摸摸硬不硬？咱是个正儿八经的爷们儿！

陈士德年轻的时候，绝对不能说是一表人才，却是光光鲜鲜、硬硬实实的小伙子样。他身量不高，容貌不俊，但体格健壮，浑身上下晒得黢黑，特别是到了夏天，他蹬车的时候，经常裸露着的上身，更是把身体晒得黑中透亮，再加胸脯子鼓鼓的见棱见角，很有几分男人的威武样。那个时候，谁也不相信他后来会落个光棍儿的下场，哪有姑娘不爱这样的棒小伙儿的道理？可陈士德独身一直到死。

陈士德年轻的时候，人缘挺好。街坊们买了白薯，大白菜，成袋子的米面，拉煤球，运送家具什么的，借他的三轮车使使，或是要他骑了车去帮忙，陈士德从来没说过不字，连眉头都不皱，骑了车就跟您走。就连赶上他喝酒的时候，他也会立刻撂下酒盅，咂巴着嘴吸溜着嘴里的酒气说，耽误我喝酒了。喝个酒都不痛快。您可真会挑时候。我这儿一喝酒，不是张三家有事，就是李四家有事。话虽是这么说着，他却走得轻快。大伙都夸他人厚道，说哪家的姑娘要是跟了他，得享一辈子福。你瞧他那胳膊腿，铁打的一样，油光锃亮，准有劲儿！这么结实的胳膊腿，那劲头子得多大呀！甭说跟他上床去做点什么，光瞧瞧，心里都舒坦。马寡妇说。他蹬车也不少挣呢，一个人花不过来。谁嫁了他啊，谁享福！二德子妈和笤箒婆也常常这么说。

　　所以，街坊四邻们，只要发现了哪家有合适的大姑娘，往往会想到首先介绍给陈士德。大家伙的心是好心，火炭一样的热，都想让他的小屋成为一个真正的家，让他的小屋里的床上床下，也传出点女人的响动，甭管那响动是怎么弄出来的，是男人打女人也好，还是男人爱女人也好，反正小屋里只要有了男人和女人折腾出来的响动，才能叫家。没帮他说过对象的邻居，也会时不时地对自己的亲朋好友提起他，说我们胡同里有个蹬三轮的大老爷们儿，人干净利索，身材结实，很好的人呢！手里还有点积蓄。你们方邻左近的要是有合适的姑娘，想着给说说呀。邻居们总希望陈士德早点成个家，省得他老是出来进去的一个人，怪孤单的。他这样无冬历夏的老是一个人，大伙瞧着也碍眼、别扭，让人心疼。

　　可陈士德却没娶过媳妇，他压根儿对接触女人入不了门儿，高的矮的胖的瘦的，他见过不少女人，却总也不能弄出点能让人感兴趣的响动来。有时候，就是去见见面，看看不合适，就算吹了。因为人家女人不乐意，嫌他嘴里的酒气味儿太重。面对面地坐着，他一张嘴说话，那酒气呼呼一阵一阵地往外冒，跟对面放个大酒瓮似的，熏死人。为这，每次去见女人之前，介绍人都要嘱咐他千万别喝酒。可陈士德嘴里答应着不喝不喝，一转脸的工夫，他就把酒喝了。他说，我也想不喝，可不喝，心里跟有个小手抓挠似的，一看见酒瓶子，就更受不了了，非得喝两口才踏实。所以到了去见女人的时候，他总是满嘴的酒气臭味儿，人也是脸膛红黑红黑的，眼睛还发直，无精打采地弄不出个自然的笑模样。

那些给他说媒的人费了挺大劲，终于也没有一个能让陈士德有了媳妇。其实也有被说活动了心眼，又不怎么在乎男人喝酒的女人。那会儿妇女出门工作还不很普遍，所以能嫁个会挣钱的男人，也是很实际的。再说了，有的女人自己也喝酒。可等到来见陈士德的时候，女人们仍然会感到十分意外。人是高高兴兴地来了，可一闻到他那满嘴的酒气味儿，就皱眉头，就摇头。背了陈士德，跟媒人说，大婶啊，这人可不成，他哪像您说的那样爱喝个酒啊，人倒是不错，可他是个酒鬼。这坐得离着还有好几尺远呢，他嘴里的酒臭味儿有多冲，您闻见了吧，得喝多少酒才能弄出他嘴里那样的味儿来？这要是离得近点，时候再长点，比方说将来结了婚，一块儿躺在床上，脸对了脸的时候，咱甭说俩人还得折腾，就是不折腾，光那么脸对脸地躺着，也受不了啊，还不得把人给熏出个好歹来！再说了，今儿个什么日子呀，他还这么喝。将来成了家，他还不把自己泡酒缸里，怎么一块儿过日子！大婶，您告诉他，不行。我不乐意。

陈士德搞对象，往往都是这么只见了一面后，就再没有下文。也有几个跟他来往了几回，但是也没听说他们弄出点什么可让人嚼舌头的事来，倒是有不少的传言，说他干那个不行，根本就不是男人。既然如此，没有一个女人能够成为他老婆就很正常了。陈士德的小屋，自从他搬进去住，十几年的时间了，始终没有实质性的变化，就这样冷清着。

　　爱管闲事的马寡妇，曾认认真真地劝过陈士德，劝他好啊歹的你得娶个媳妇。马寡妇说，甭管她长得猪样儿还是狗样儿，丑了俊了的，只要她不缺鼻子不短眼睛，只要人是母的，不是石女儿，你就把她娶回来当媳妇。缝缝补补咱们不说，她给你烧壶热水，你蹬车回来喝一口是热乎的。再说，到了冬天，日短夜长的，屋里有个说话的人，也不寂寞。晚上睡觉时，被窝里还有个人，多暖和！嗨，棍子，我告诉你，那光了眼子的女人身子，得有多少好处，你搂一搂，你摸一摸，你揉一揉，那肉肉的身子，软软的奶子，温柔的小脚丫，可不仅是暖和啊……她那肥肥的大屁股，软软地往你身上那么一靠一贴，比盖张羊羔皮还舒坦！将来不是还能给你养活个崽儿嘛。

　　说话的是女人，话里话外充满了诱惑。马寡妇又说，你喝了酒，要是心里烧得慌，你钻进被窝里去闻闻她的小脚丫，准解酒败火！说完她便张扬着自己的欲望，哈哈地大笑起来。

　　陈士德听了这些话，不哼不哈，要不低着头不言语，要不就一个劲儿地胡噜他的秃脑壳，还故意把脑瓜子拍得啪啪响。

　　问急了，他就咧着大嘴笑得挺难看的样子说，大婶儿，您让我闻她的脚丫子？您瞧瞧您，这是给我出的什么主意？我凭什么闻她的脚丫子！甭说我眼下还没媳妇，娶了媳妇，这浑身上下闻哪儿都行，不能闻她脚丫子。再说了，我大叔活着的时候，就跟您一个被窝睡觉吧，他闻过您的脚丫儿吗？臭！多臭啊！不闻，我可不闻！我大叔就是让您的脚臭给熏死的吧！

一句话，把马寡妇说急了，边骂边伸手打陈士德。陈士德不躲，微微低了秃脑壳让马寡妇打。还咯咯咯咯地乐。

乐够了，他又说，大婶儿您说，费挺大的劲儿弄个媳妇回家，就为烧壶热水啊？就为被窝里暖和啊？贵了，也忒费事儿。我跟您说吧，我不喝水，我喝酒！我这酒，陈士德举起手里拿着的扁酒瓶子，使劲地晃着说，这酒什么时候进了我的肚子，什么时候就是热的。

然后他把酒瓶子举到马寡妇的耳朵边，使劲地摇晃出很轻很轻的哗啦哗啦的液体碰撞玻璃瓶子的声音。这样的液体与玻璃碰撞发出的简单的响声，对他来说就像是嘹亮的仙乐，不仅仅好听，还充满了诱惑。陈士德摇晃着酒瓶子，听着它发出的哗啦哗啦的轻微响声，他便美美地乐着说，大婶儿，您听，这声音有多好听！您说，水有这东西好喝吗？我渴极了也就喝口凉水，我从来不喝热水，我要热水干吗？不要热水，要媳妇干吗？再说，我喝了酒，躺雪地里睡觉都没事！不信？不信等赶明儿到了冬天，等到下大雪的时候，我躺雪地里睡一宿给您看看，要是我冻挺了尸，不怨您。您没听老人们说：傻小子睡凉炕，凭的是火气壮！我火气壮，我那被窝里怎么会冷？被窝里边老有个人，按照您的说法，还得是光着眼子，那多碍事！要是我边上躺个光眼子女人，我准睡不着觉，搂搂摸摸揉揉地干点什么？我蹬他妈一天的三轮车了，我累不累啊？好容易到了倒头睡觉的时候了，我还得搂搂摸摸揉揉地干活儿，费事不说，我不习惯身边睡着个人。

其实，陈士德说"我不习惯身边睡着个人"的时候，他已经处在了无可奈何的地步。在这之前的冬天，对门住的笸箩婆给他说了个二婚的女人，是她自己本家亲戚的远房外甥女。那女人结婚一年多点，没生养过。她丈夫是在赶驴车的时候，翻到山沟里摔死了。虽然她只和那男人结婚一年多，却有村人说是她把那男人累的，挺健壮的小伙子，才一年来的工夫，眼瞧着就瘦得皮包了骨，整天的打不起精神。还有人说，驴车翻下山时，那男人躺车上睡着了，驴没有了管束，就翻下了山。

把这女人说给陈士德的时候，笸箩婆是好意，一来为了陈士德能娶个媳妇，二来，他们结婚后，有了机会的时候，好把她那亲戚的户口弄到北京来。笸箩婆不像马寡妇那样说话没边，欺男瞒女的。陈士德是什么人品，怎么个情况，她都是一五一十地跟女方说了。

那叫秀芬的女人听了这事后说，我乐意。她跟笸箩婆说，喝酒怎么了？哪个男人不喝酒啊，酒喝得多是男人的本事呢。笸箩婆听了她的话，知道她是把自己的话误解了。她以为喝酒多是能喝的意思，绝没想到陈士德喝酒是成天里随时随地地喝。笸箩婆听秀芬乐意，她还挺高兴，也就没有再纠正秀芬的说法，她心想，成不成的看他们的缘分吧。可没想到，这叫秀芬的女人，让陈士德从此断了娶媳妇的念想。

对这个二婚女人，陈士德是动了心思的。见面那天，笸箩婆一大早就到了陈士德家，几乎是不错眼珠地盯着他，没让他喝酒。直到中午吃了饭，她就坐着陈士德的三轮，去东直门长途汽车站接秀芬。女人一下车，笸箩婆就指给陈士德看，说就是刚下车那个，穿一条毛蓝色儿裤子，碎花棉袄的那个。陈士德一看，人瘦，大扁脸，皮肤不白，穿戴很一般，是个普通的农村女人。可陈士德瞧着她挺面善，人也透着温顺，衣服洗得干干净净的没有一点褶子，尤其是她那俩眼珠，水灵灵的像两汪水。陈士德心里挺高兴。他悄悄地对笸箩婆说，大伙都费了这么多的劲，得了，这回我听您的，我也不挑什么长相和身量了，省得街坊们，不娶媳妇的人，倒都比我还着急，我干吗老是死乞白赖地不乐意啊。得，您回头再帮我跟她说说，我就把她娶了吧。

笸箩婆说，这才像个人说的话。

出了长途汽车站，陈士德拿车拉着笸箩婆和秀芬，说是去了东四牌楼喝面茶。半道上，笸箩婆说我不去，你们俩人去吧，喝了面茶再到隆福寺市场里去转转，俩人好好说说话。说完，她又扒着陈士德的耳朵小声说，你要是觉得合适，就给人家买身衣服穿，弄点好的吃，别小气喽。在朝阳门外的神路街口，笸箩婆下车自己回家了。

陈士德慢悠悠地骑着三轮，迎着已经偏西的太阳，奔东四牌楼骑。秀芬坐在三轮车的平板上，看着陈士德因双腿用力蹬车而微微晃动着的后背，一声也不言语。

到了白福老号的时候，太阳已经快落下去。陈士德问秀芬想吃什么，秀芬低着头不说话。陈士德给她买了一碗面茶、一盘炸灌肠和俩烧饼，他呢，拿了自己的小扁酒瓶子，还是喝酒。陈士德边喝酒，边看着秀芬。他心里琢磨，这女人不错。她低头喝面茶的模样，还挺腼腆的，白白的脑门上飘散着几缕散碎的头发，鲜红的嘴唇边上沾着了面茶糊糊，她就伸出舌头，一舔、一舔、一舔，小猫一样。舔干净嘴边上的面茶糊糊，她就悄悄地抬眼皮乜陈士德一眼，像是不好意思似的。秀芬水汪汪的俩大眼睛，就这么的一乜，把陈士德的魂给迷惑了。陈士德挺爱看，瞧她那腼腆样儿，哪像二婚，害羞的大姑娘一样。

天黑透了时候，他们才从四牌楼回来。秀芬回筐箩婆家跟舅妈打过招呼，就到陈士德家里来了。来了，她不坐，先把火捅了又捅，那小火炉一会儿就旺旺地烧了起来，屋里暖和了。她又烧了壶水，想给陈士德沏杯茶，却没看到茶叶筒。问陈士德你的茶叶搁哪儿了？陈士德说我不喝茶，没茶叶。秀芬就说，赶明儿你拿三轮儿带了我，咱们去买点茶叶吧。说着话，就给陈士德倒了杯热水，端给他的时候她说，喝酒的人，喝点热茶好，暖胃，也醒酒。陈士德瞧着她干活，不说话，身子扭扭的。又听她说暖胃、醒酒的时候，就乐了，心里觉得暖融融的。秀芬把热水端给陈士德以后，便悄悄坐在床边，盯着陈士德的大腿看。小屋里静悄悄的。

忽然外面起风了，窗户纸被风吹得呼嗒呼嗒响。秀芬坐在陈士德的小床边上，低着头干干地坐着。陈士德手里拿着他那个小扁酒瓶，眯缝着眼睛，时不时地抬眼看秀芬一眼，俩人谁也不出声。听得见放在窗台儿上的马蹄表嘀嗒嘀嗒走动的响声。

过一会儿，秀芬对陈士德说，我今儿不走了，就睡你这。明儿你去蹬车，我在家给你做饭吃。刚才我舅妈说，她家人多，没地方住，就算住下了，也挤。舅妈把你说的话告诉我了，问我乐意不乐意，说我要是乐意呢，就自己跟你商量，让我问问你，今儿个黑夜，我住你这里行不？

陈士德没说什么，话已经跟筐箩婆说了，秀芬也知道了。自己瞧着秀芬人不错，心想，反正也就是她了，不是早晚得娶她回来嘛，住就住下来吧。想着，就抬了头对秀芬说，你要不嫌我喝酒，就住。我这床窄，睡着挤，赶明儿我去弄个宽大点的床来。

秀芬说，就挤着，挤着好，暖和。说着，把头低下去偷偷地乐。

可秀芬只在陈士德家住了一夜，第二天一大早就走了。直到后来笸箩婆问陈士德，到底出了什么事。陈士德才把那天夜里的经过说出来。

他对笸箩婆说，她不睡觉啊。大婶儿，不是我搂搂摸摸揉揉，是她，她那手不老实。多半宿啊，她那手没老实一会儿，她不让我睡觉。还拿脑瓜子往我怀里扎，使她前胸那俩软软的东西揉搓我，贱贱地轻声问我想不想，要不要她。我说都让你住下了，怎么能不要你。可她还是没完没了地问，你要不要我呀？你要不要我呀？就这一句话，折腾了我整整的多半宿。

您说，我蹬了一天的车，又喝了酒，我乏了累了，想睡个安稳觉都难，她老拿手摸索你，我这皮糙肉厚的又没感觉。我越没感觉她就越使劲，又抓又掐又拧的，等我有了感觉，困乏劲儿没了！您说烦不烦啊？这些个都不算，最可恨的是她还使劲地攥我、揪我那东西，揪得我那东西生疼！早上起来，一尿尿那东西就别扭。大婶儿，您说我这是娶媳妇还是找罪受呢！

陈士德的几句话，让街坊们目瞪口呆。听话听音，人家秀芬所作所为没什么不对的地方，虽说急了点，可那不能怨她吧，她不是过来人嘛。二婚的女人，有几个不急？她经历了从无到有的喜兴日子，又经历了从有到无的空旷日子，那种先前的快乐和后来的煎熬，怎么能不让她有所期待有所动作呢？再说了，秀芬虽是二婚了，可人家没生养过呀，她动你，这是你光棍儿的福气，怎么能说碍事。你身边上躺根儿木头不揪你不抓你，可你娶媳妇干吗，不就是让她摸让她动吗？好像这婆媳妇是别人的事，不仅跟他陈士德无关，还给他带来了不少的麻烦似的，大家伙这不是背着丈母娘游舞台，费力不讨好嘛。气得笸箩婆见人就说这事，也就把陈士德彻底推向绝望。

后来，有好事的人又从秀芬那儿打听出来，说陈士德不是男人，虽说挺健壮的身子骨儿，摸哪儿哪儿硬。瞧外表挺招女人疼的，可唯独他那该硬的地方一点不硬！

秀芬是经历过男人的人，什么不知道，再说她又正年轻，正在火头上，守了个男人睡在一个被窝儿里，她能不想吗？可陈士德根本没开窍，他不懂得男女之间除了躺一起睡觉，烧壶热水，洗衣服做饭之外，还有更要紧的事得做。尤其是他喝了酒以后，瞧着那黑乎乎一团有模有样的家伙，却软了吧唧，就跟他醉酒后那东倒西歪的人一样，蔫头耷脑没有一点骨气劲儿。

秀芬说，我是听了我舅妈的话，让我心疼他伺候他，说他一个人独惯了，让我主动着点，还说嫁了他，将来能把我的户口给转上来。我可是豁出了女人的脸面的。没见过他这样的男人，任你怎么抚弄捏弄，他连碰你一下都不碰，嘴里还骂骂咧咧的。哪个女人不喜欢硬邦邦的汉子，哪个女人不喜欢汉子硬邦邦的东西，哪个嫁过的女人能经受得了男人的无动于衷呀。可是，无论我怎么做，没用！他那东西没用！我都快急死了，多半宿呢，我怎么弄他，那东西都硬不起来！要是他那东西没用，只管撒尿，我嫁他干吗？把户口换成了城市的又怎么样？我可不愿意跟这么一个酒腻子过守活寡的日子。

"窗户纸"让人给捅破了，大家伙火炭似的心也就凉了。男人嘛，那东西软了怎么成？这结婚是一辈子的事，得生儿育女的，要是真像秀芬说的那样，他那东西不行的话，也就再没有必要给他陈士德说媳妇了。谁家的姑娘都是人，嫁给陈士德不成了活人妻了吗，不能把人家姑娘往火坑里推不是？

通过陈士德与秀芬的事实交往，他的婚姻前景是被人们看透了。慢慢地，人们也就懒得再跟陈士德费口舌，没人再提给他说媳妇的事。大家伙跟商量好了似的说，如果谁再给他陈士德说媳妇，那可真是缺了大德。陈士德自己大概也知道自己的毛病，也就更不提娶媳妇的事了。

不娶媳妇了，陈士德的生活就简单了许多，也就有了更多的空闲时间。日子慢悠悠地过，在陈士德那间狭小的破屋子里，除了他自己以外，再有的就是他自己的影子在灯底下忽大忽小地地晃悠。他的生活也就简单到早起出门蹬三轮车，晚上回来喝酒、喊街、睡觉。

喊街只在冬天的时候喊，夏天用不着喊。

在这南营房住着的人们，家家都烧煤火炉。到了冬天，住户们为了使屋子暖和点，全把自己的屋子弄得很严实。而走烟的烟囱常常弄得不很严实。这样就常有被煤气熏着的人，轻的，得灌醋送医院，重喽，往往是第二天早上起来已经没了生命。家里人多的，往往会好一点，人多，活动就多，出来进去的，屋门总是开了关，关了开，空气也就常常借了开门关门的空当有了流通。而家里人少的就不行了，像陈士德这样的单身汉，就存在着非常大的危险。尤其是陈士德爱喝酒，喝了酒撂脑袋就睡。火封好没有，他根本就顾不上管。为了陈士德的生命安全，也为了街坊四邻的生命安全，街道主任就把一个薄铁皮制作的扩音喇叭给了陈士德。街道主任嘱咐陈士德，到了冬天的生火期，喝完了酒，别急着睡觉，出去喊喊街，给街坊四邻们提个醒，谁家也别马虎了。白天你出去蹭车，我喊，到了夜里，你喊。咱们给大伙尽点力。你呢，每天夜里至少得喊它三遍，把南营房胡同都转悠到喽，别落下哪个犄角旮旯儿。喝酒也不能误事啊！

陈士德从街道主任手里接了那个喊话的扩音喇叭，拿手掂了掂，放在嘴边上"喂、喂、喂……"地试试声，眼睛就笑眯成了一条缝儿。他问，我喊什么？

街道主任说你喊天寒地冻，预防煤气中毒！——预防煤气中毒！每天反复地喊，多多地喊，别嫌烦。

我不嫌烦，您放心，我喝了酒正好出去活动活动，喊喊不是也出火嘛。

就这样，每到了冬天夜里，陈士德喝完了酒，就出去喊街。他把这件事当成很重要的事情来做，做得尽职尽责。

下雪之前的天，板起了一张哭丧脸，死气沉沉的。

陈士德进了院子，仰头瞅了瞅灰蒙蒙的天儿，铁青的脸也就像天一样阴了下来，龇牙露齿的嘴一张一合叨唠着，又是个遭罪的天。说着话，他把手伸进怀里，摸索着什么，拉门就进了屋。

陈士德的屋门从来不锁，为的是院子里的邻居们给他捅个炉子，罐瓶热水方便。再说他那屋里也根本没有什么像样的东西，靠西墙是一张木板拼搭的小床，门边上放着一个小煤球火炉，小炕桌和马扎儿立在床头前边的缝隙里，再有就是窗台儿上摆着的酒瓶子了。

陈士德爱喝酒，每天进门的头件事就是喝酒。有时候临睡了，还要灌他两口。这不是刚进家门就从窗台上抄过了酒瓶子。他拔出塞在瓶子口上的纸团，先仰脖就着瓶子喝了一大口酒。又从怀里掏出刚刚塞进去的那个小纸包，用一只手托着，抬手低头，嘴和大拇指配合着弄开了小纸包，用牙很熟练地从里边叼出一个腌辣椒，双唇一抿，那辣椒就进了嘴里，连那细小的辣椒把儿都给嚼了。嚼着，嚼着，眼睛就笑成了一条缝儿，一回身，左脚一勾，微微弯了腰，用拿着酒瓶子的那只手一扶，就把小炕桌放躺下了，酒瓶子往桌上"砰"地一蹾，人也就顺着小火炉子和床边的空隙窝下去。

陈士德年轻的时候就和酒结下了不解之缘，就是这么一天酒不离嘴地喝，连蹬车的时候，都得带着一个小小的扁酒瓶子，抽空就一手扶了车把，一手伸进怀里掏出酒瓶子，用牙咬着拧开瓶子盖儿，仰起脖子灌它一口。也不知道他那硬不起来的东西，是不是与他这么没节制地喝酒有关，反正他那男人的家伙硬不起来的事实被公开后，他也没耽误一天甚至一顿的酒。陈士德所有的衣服，都求了街坊在里面靠心口那地方，给他缝了个大兜儿，为的就是装这样的扁酒瓶子。

每天出车前，他把酒瓶子灌满了酒，出门的时候，装在上衣里面的大兜儿里，蹬车的时候伸手掏着方便，还能靠自己身子的热乎劲儿将那酒焐热喽，冬天喝也伤不了身子。四十来年了，喝得他面目黝黑，浑身精瘦，身体虽然因为不断地蹬三轮车一直挺棒，可牙却被酒泡得没剩下几颗。因为嘴里缺了牙，两边的腮帮子就往里凹陷了许多，见人说话一张嘴，豁牙露齿的难看极了，简直就像个妖魔鬼怪。可偏偏的陈士德还爱笑，甭管什么事，他都得哼哼着笑两声，一笑那模样就更难看了。

人是丑了点，又是个酒腻子，可陈士德却不讨人厌，除了不能与女人有实际的交往外，和街坊四邻还是很融合的，有时候还挺招大伙喜欢。

头几年，大家伙突然都传说遭了自然的灾害，全国各地粮食紧缺，简直地说吧，市面上除了面黄肌瘦的人，几乎什么都没有。再去商店买什么东西，都得凭了票啊证啊什么的，连买盒火柴都得拿着购货证，由售货员在那上面详细地记录了：火柴一盒。没有票证，是什么东西都买不成的。

可是怎么会突然间的就没粮食了呢？

陈士德不信。怎么会没了粮食了呢？再说了，也没糟蹋，再往前的几年不是还除了四害吗？祸害庄稼的耗子和家雀儿不是都给除干净了吗，这粮食，怎么会说没了就没了呢？陈士德想不明白。

眼瞧着胡同里那些欢蹦乱跳的孩子们一天天蔫了下去，个个都变成了精瘦的小脸，而且那小脸们一律都是泛着暗绿色儿，小身子也细得跟根儿柴火棍儿似的。瞧着这些，他心里难受，也相信了：这是真的没的吃了，谁的崽子谁不疼，怎么会都饿成这个样子了？这是真没了吃的，没了吃的！眼瞧着这一切，他没了笑模样。

陈士德是有酒就饱的主儿，基本上不怎么吃粮食，他也不开火做饭。饿了的时候，常常是花六分钱、二两粮票买一个大火烧，加上几个腌透的小辣椒，或者抹上一块臭豆腐，就是他的饭。一个月三十六斤的粮票，有个十斤八斤的就够了，其余的基本用不着的。他想着街坊们曾经帮过他，现在自己也应该帮帮大伙。再喝酒的时候，他就把自己的粮票都拿出来，摊在小炕桌上，把那些印着数额的小纸片撕开，撕成一小张一小张的。印有"五斤"字样的放一堆儿，印有"二斤"字样的放一堆儿……然后他边喝酒，边摆弄那些小纸片，把它们按照张家、李家、老刘家等家庭，重新搭配分堆儿。谁家的男孩子多，他就会把粮票多分过一斤半斤的。有时候这粮票都是十斤、二十斤的大票，他就仔细地把它们用一张纸包起来，第二天拿到粮食店去换小面额的粮票。为的是分堆儿的时候好分。陈士德每个月的粮票，自己留下八九斤，剩下的，就都分成份给了邻居。

可那点东西搁一个人的嘴里能顶个饱儿，一胡同子的人家都这样，家家户户都缺粮食，他又不是粮食仓库。怎么办？陈士德乐不出来了。他整天哭丧着脸，话也不爱说了，人也不见了笑模样，好像大伙没粮食吃，是他的错。

后来陈士德又乐了。他每天去蹬车拉货的时候，常常被联社派去为食品厂运送糕点。他从食品厂装上糕点，再把它们运送到食品店，从食品店把空盒子拉回食品厂。在这样的过程里，陈士德发现，那些盛装糕点的木头盒子里，常常留下一点点食品渣滓。虽说那些渣滓很少很少，可那就是吃的啊！瞧着那些碎碎的食品渣滓，陈士德的心里就跟点上了一捧小火儿似的，烧得他的心啊又暖和又痒痒。他发现了一个弄到食品的渠道，怎么不乐！他虽然不知道民以食为天这句话，可却知道人活着得吃饭，而且得吃饱的道理。

每到被联社分派去拉食品的时候，陈士德就琢磨，拿点吧，不就是一小撮儿食品渣滓吗，弄回去给孩子们吃，多少它也解饿。可想是这样想，他却不敢轻易地拿那些食品渣滓。他害怕，那些东西，虽然是食品渣滓，可那是公家的东西。你看着是剩在容器里没人要的食品渣滓，就拿回家去，哪有这么简单的事情。只要你一往家里拿，那就是偷。若没有人告发还好，若是有人把这件事告诉给了领导，事情就大了。轻则给你个处分，重了就得开会批判。

再说，在联社干活是有很严格的工作程序的，派车有派车单，蹬车的人只管运输，无论是装货还是卸货，都凭派车单说话。装车的时候有人签字，卸车的时候一样有人签字。那个时候，尤其是被派去拉食品，是有着更严格的程序的。从食品厂装车的时候，食品厂的管理人员要把你装走的食品按种类过秤，多少斤多少两都要一一记录下来，给你写到运货单子上。到了收货的商店，管收食品的管理人员先看单子，再对照上面写的糕点种类，一种一种地过秤、记录，最后给你签上字，这运货程序才算完整。这一装一收，食品的重量不能有太大的出入。差得多了，人家收货的商店不干。因为他们最后结账时，要把相同数量的粮票一起上交，对不上数，就没法结账。

所以运送食品，是个很重要的活计。拉货的人要是饿了，他怎么可能不吃一块两块的点心呢？联社派陈士德去拉食品，是人家信得过他。看他就是光棍儿一人，配给他的三十六斤粮票基本够用。陈士德人不仅老实，他还爱喝酒，连自己配给的那三十六斤粮票都用不完。派他运送食品，联社的领导们放心。而派陈士德运送食品，也确实很少缺斤短两。

可自打陈士德发现了食品渣滓以后，他的心就不安分了。卸货的时候，俩眼珠子老盯着装食品的大盒子，瞧那里边还剩多少渣滓。既然有了"弄点儿"食品渣滓的想法，陈士德就再也没踏实过，总想着把那些渣滓带回家去，给街坊的孩子们吃。开始的时候，他不敢拿，但不拿他又不甘心。于是他给自己想了个办法，卸完了食品，他故意当着人家管理人员的面，用手捏那盒子里剩下的渣滓。他把那些渣滓使并拢的手指慢慢拢成一小堆，然后捏起来，送进嘴里。一次，两次，没人理他。人家照样在运货单子上签字。于是陈士德的胆子就大了一点。慢慢地，他不把食品渣滓往自己嘴里送了，总是想方设法地瞒了接收货物人的眼睛，把这些渣滓多多少少地拢成一堆儿，用事前准备好的一张干净的草纸包起来，然后就很快地揣进怀里，带回家。

每到这样的时候，他那铁青的脸上就有了笑容。

只要能弄到一点点糕点渣滓，陈士德就高兴，不管冬天刮多大的风下多大的雪，也不管夏天多热的天下多大的雨，更不管多远的路，他都蹬着三轮车，绕道回家一趟。只要他的怀里装着剩下的食品渣滓，只要一离开接收糕点商店的大门，后面又没有人追他，陈士德就高兴得要疯。一进了胡同口，他更是把三轮车骑得像飞，边蹬车边放开他那被酒浸泡得沙哑的喉咙，撒了欢儿地喊："预防煤气中毒！——预防煤气中毒啊！——"

于是，凡是在家的孩子们，听见了陈士德的喊声，都会像饿惊了的牲口一样，从家里炮着蹦儿跑出来，"嗡嗡嗡"的一群绿豆蝇似的，撒着欢儿追在他的车边，等着他给分那一小撮食品渣滓吃。因为那"预防煤气中毒"的喊声，是他夜里才喊的。白天喊，则就变成了一种隐语，那就是告诉孩子们，快出来，我回来了。我给你们弄回吃的啦！日久天长，这"预防煤气中毒"的喊声，只要是在白天喊，就成了他和孩子们约定的暗号了。因为他不敢喊别的，更不敢大张旗鼓地张扬这件事。

孤独了多半辈子的陈士德，几乎没掉过眼泪。天下的光棍儿都一样，他们的心都是铁石一样的冰凉棒硬。可那会儿，陈士德看着围在他车边，眼巴巴瞧着他，等着他给分食品渣滓的孩子们，一个个被饿得细脖大脑壳，他心里十分难受。

那些孩子们，一个个都是面黄肌瘦的，脸上除了绿色儿，没别的色儿。那一双双小眼睛，看着陈士德的时候，都是渴望的眼神。陈士德看着孩子们，眼泪就围着他的眼圈转。都是街坊们的孩子，都是叔长叔短地喊着他，都是他瞧着长起来的，看着这些孩子吃不饱饭，他心里是真的难受啊。

后来，再送货的时候他发现，凡是食品渣滓，只要不是很多，不用瞒着，人家收货单位也不要。可是那一小撮能管什么用？既然人家商店不要食品渣滓，那么再多一点渣滓，人家也肯定不要，陈士德想。于是，他的胆子开始大了点，他想，反正这拉货的路上就我自己，谁也没跟着我，也没捆上我的手堵住我的嘴，那么我在路上把整块的点心揉搓碎喽，让它们变成渣滓，渣滓不就多了吗？

人呢，往往是在有了想法后，就会失去理智，就会在没有人来否决这想法的时候，去实施，把这想法变成现实。陈士德也一样不能例外，他为自己的想法骄傲。再拉食品的时候，他就蹬着三轮车，绕道找个人少僻静的地方停下来，小心地打开包装，把上面一层糕点挪开，然后把下层的糕点拿出两三块，用手一揉，一按，里边的食品就碎成了末儿。这样做了几次以后，他感觉，虽然食品渣滓多了许多，果然没人管，也没人问。有时候，人家还对他说，大陈呢，把这些渣滓包包，带回去吃吧，别糟蹋了，这可是实打实的粮食。

陈士德就笑了说，是啊，是啊。挺珍贵的东西，我带走，我带走。

　　后来，陈士德的胆子更大了，他把自己弄碎了的食品渣滓提前包好，提前放进三轮车平板下面的小盒子里，然后再给收货单位送去。为了能多弄一点食品渣滓，他专门求人在三轮车的平板下面做了个抽屉。那抽屉安装得很隐蔽，位置靠里，不知道的人很难发现。为了商店收货过秤时不缺斤短两，不露痕迹，他专门找了几根儿大钉子，进商店之前就悄悄地钉在食品盒子底下。为了实施这个计划，他专门买了各种各样的糕点和几种大、中号不同的钉子，夜里在他的小屋里，分别把糕点和钉子过秤，然后把它们的重量记在心里。几根大钉子等于几块蛋糕，几根中号钉子等于几块桃酥，陈士德心里记得十分清楚。他把一把锤子放在车里，准备随时用。揉碎几块糕点，什么样的糕点，他就钉上与那糕点重量相近的钉子。钉了钉子的食品盒子，人家商店收货时一过秤，重量基本合适。

　　可每次过秤的时候，陈士德心里嘣嘣地跳，生怕人家发现不对劲。瞧着管事的人把字一签，陈士德心里立刻就舒坦了。可他不敢笑，只能暗藏了自己的喜兴，把空食品盒子装车，用绳子捆好。走了。到了没人的地方，他停下车，翻看那些食品盒子，看看上面有没有他钉的大钉子，如有，他就拿了钳子、锤子，把钉子起出来收好，以备下次再用。然后重新把空盒子捆好，蹬车把它们送回糕点厂。

　　就这样，每次他弄回的食品渣滓越来越多，碎块儿也越来越大，逗得南营房九条胡同的孩子们，见了他比见了自己的亲爸爸还亲。孩子们围着他等着分食品渣滓的时候，陈士德就乐了，龇牙咧嘴的鬼模样里，就漾出了一点点的甜。他手里捧着糕点渣滓，在孩子们的眼前晃动，逗那些孩子：叫我陈爸！叫我陈爸！谁不叫就不给谁吃！谁先叫就先给谁！

孩子们为了能吃上食品渣滓，都跳着脚，尥着蹦儿地使劲喊陈士德："陈爸！""陈爸！"

听着孩子们"陈爸！陈爸！"的喊声，陈士德那豁牙露齿的嘴就能笑出了声。他一边打开草纸包，用他那黑黢黢粗硬的手指，你一撮，他一撮地给孩子们分发点心渣滓，一边数数儿，嘴里还念叨：……六个，九个，十个，又是闺女，又是儿子，多好！回家跟你妈说，你又找了个爸爸，听见没有啊？！孩子们便大声地喊：听见了！

陈士德这么做，不为别的，也不为占哪个的便宜，你就是美若天仙，他也没那个闲心，他知道自己的毛病。他自己连媳妇都娶不上，怎么会惦记占别人媳妇的便宜呢？就算他有这样的野心，他也达不到目的。这里的居民谁不知道他陈士德的家伙只是撒尿用的啊。

陈士德就是为了能让孩子们多吃上一口粮食。瞧着孩子们枯瘦的小脸上有点笑模样，他心里舒坦。再喝酒的时候，就能多喝两盅。

陈士德喝酒那可叫真喝酒，虽然那会儿没什么好酒，只是八分钱一两的散装白薯烧酒，也不好喝，跟喝辣椒水差不多。可一天三顿，哪顿他也得喝个四两半斤的。为了使自己的酒不断顿，他屋里搁着俩大玻璃瓶子，专门装酒。凡是亲朋好友谁那里有酒，他总得想着法子给弄到他的大玻璃瓶子里存着。陈士德喝酒也简单，他不像别人似的，说是喝酒，其实是为了借喝酒吃菜，酒喝不了许多，菜却绝不少吃，还又推又让地闹哄。陈士德喝酒的喝法，那才叫喝酒。陈士德喝酒，不需要什么下酒的菜，永远是一小撮腌辣椒。没有腌辣椒的时候，干萝卜干儿沾盐也凑合。反正他从来不是靠喝酒骗菜吃。陈士德的酒，是一小口一小口地喝，细细地品味那酒的滋味，腌辣椒也是一个一个地吃，感觉那辣椒的辣劲儿有多辣。他每喝一口酒，每吃一个腌辣椒，都像吃山珍海味似的那么美，都要细细地咂摸滋味儿。喝过酒，他就什么也不干了，腻腻歪歪往小床上一躺，迷迷糊糊歇了。只是到了冬天的时候，他先歇个小觉儿，然后再爬起来，去喊街。

这天的酒也像往常一样，喝了很长的时间。

酒瓶子里剩下一个底儿的时候，陈士德放下酒盅，睁着混浊的眼睛，瞅了瞅瓶子里剩下的一点儿酒，伸手捏起一个腌辣椒塞进嘴里，用牙和牙床子慢慢嚼着蹲到火炉旁。掭完了炉灰，添上煤就又坐到了小炕桌边上。他把瓶子一歪，将里面剩下的酒，全部倒进酒杯。侧歪着身子，想把空瓶子塞进床底下去。他把手伸到小床底下时，碰到了一个冰凉的东西。陈士德撂下酒瓶子，顺手就把那个玩意儿带出来了。是一个薄铁皮打制的扩音筒，已经锈迹斑斑了。他把那个扩音筒像酒瓶子似的，蹾在小炕桌上。瞧着它，心里就漾出了一点乐儿，铁青的脸上也皱起了许多难看的笑纹。再喝酒，就觉得那辣水进了嘴里更舒坦。捏了一个腌辣椒塞进嘴里，又把那玩意儿拿起来放到嘴边，"喂喂喂"地试了试声音。隔一会儿小声说，好些日子没喊了。然后又加大声音"喂喂喂、喂喂喂"地试着声音。试完了声音，回头瞧了瞧门那儿，屋门关得紧紧的。他转回头，自己对着墙上自己的影子，做了个怪样，就乐了。瞧瞧表，已经快十点了。于是，他一仰脖喝光了酒盅里的酒，龇牙咧嘴地做着怪样，再吧唧吧唧嘴，回身从床上揪过大棉袄，两手一伸就穿在了身上。

陈士德走到门边，把门打开一条缝隙，往外看。外面很亮，白得晃眼睛，外面的世界已经全被大雪铺盖成白色儿了。他把门关上，回身从炕边上拽过一条布绳子，双手一捋，右手拦腰横着一抢，布绳子就绕在腰间，用左手接住绳子头儿，很快地在前边拴了个扣儿，又使劲地一勒，系了系，就系紧了布绳子。中间拴了绳子的大棉袄，显得利落许多。他用手拍了拍大棉袄的底襟儿，又往下拽了拽，回身抄起小酒桌上的扩音筒，脑袋一缩，拿着扩音筒就出了屋门。

那天的雪是悄悄地下起来的，柳絮毛子似的大雪片子，神不知鬼不觉，噗噗啦啦地已经下了有两寸来厚。天和地白蒙蒙地连在了一块儿。大团大团的雪花，被看不见的气流搅动得飞旋着在半空里撒欢儿，像是一群牛头马面在阎王爷的带领下，撒着欢儿地在天地间撒纸钱儿玩。感觉不到风，可漫天的雪花却不知道被什么东西搅得飞旋着在半空里旋转，真的像漫天飞舞的纸钱儿一样。

冬日的雪夜里，非常寒冷。

胡同里已经没有人走动，两边的住户早早地就关门闭户了。只有靠墙排着的那一串街灯，站岗的小鬼儿似的，睁着昏黄的小眼睛，盯着这个闯进黑暗的家伙。

陈士德在大雪肆虐的一片白色儿中向前走着，心里还不断地琢磨：这么遭罪的天，家家户户都得把火炉子烧得旺旺的，这要是有一个不留神——嗨！想着，嘴里喷着酒气，还小声地念叨：喊喊吧，给大伙提个醒，可别让煤气钻了空子。要是有人不让喊呢，我就先使劲喊他几句，再回去，反正今儿个，我是喊了！

被大雪掩埋着的看似平整实则坑洼不平的黄土路，使喝了酒的陈士德，走得摇摇晃晃。每走出十几米，他就把那个扩音筒放到嘴边喊：天寒地冻，预防煤气中毒！——预防煤气中毒！——天干物燥，防火防盗！预防煤气中毒！——

陈士德嘶哑的喊话声，悠悠呼呼地盘旋在南营房这几条胡同上空，带着这个光棍儿心里的一点点温情，飘进了已经沉睡的人家。昏暗却泛着白亮白亮的光的胡同里，厚厚的雪地上，光棍儿陈士德那摇摇晃晃的身影，在街灯的照射下，一会儿粗壮矮小，一会儿精瘦细长，就像一个鬼魂，游荡在大雪的白色和深夜的黑色之中。

十来年了，陈士德一直这么喊来着。每一个冬天的夜晚，住在南营房胡同里的人们，都能听见陈士德的喊声。从天一擦黑儿，到夜里十一二点钟，他得喊个五六遍。可是，这个冬天他没喊。红卫兵不让喊了，要喊也得喊革命口号或者喊"1234"什么的。可他觉得喊这些个口号太绕嘴，太单调，也与和他朝夕相处的街坊们，没有什么直接的关系。他喊预防煤气中毒，只是提醒街坊们甭管多累，也别忘了安全。转过年到了五月节，老少爷们儿一个也别少，还都那么欢欢实实地活着。可不让喊了，说是他的这种做法，有点像旧社会里给老爷们打更的看街人，他这个蹬三轮车的工人，属于工人阶级，不能低贱喽。再说，不是还有人揭发他在粮食困难时期，偷过公家的食品嘛。这是一个有关思想和道德的问题，不上纲上线，就是爱占个小便宜，若是上纲上线，那么偷公家的东西就是挖社会主义的墙角，他就是阶级异己分子。

让这么一个尚未定性的家伙，深更半夜地随便乱溜达，还胡喊乱喊，那怎么成？于是，一九六六年初冬的一个傍晚，一大群红卫兵就挤进了陈士德那间小破屋。

陈士德的小屋从来没这么红火过，喝了酒的他坐在小炕桌旁，睁着浑浊的眼睛，瞧着把他围在中间的红卫兵们，听他们七嘴八舌却十分严肃地命令他：陈士德！陈士德！你听着陈士德！革命的红卫兵小将严正地勒令你，今后晚上再也不准你出去乱喊乱叫！你听见了吗？

哎哟！我听见了。我听见了。陈士德在这个冬天的傍晚，第一次听到这个胡同里的人喊他"陈士德"！这样的喊声对于他来说，已经是十分陌生的了。他听惯了"光棍儿"的喊声，而叫他的名字让他感觉别扭，听起来也不顺耳。几十年了，这里的人们，无论大人孩子，都是光棍儿光棍儿地喊他，叫他，这么突然地叫他"陈士德"让他感到很不适应，仿佛那不是在叫他，而是在叫另一个人。陈士德使劲地睁睁眼睛，看看周围的孩子们，都是那么真真儿地绷着脸，很严肃地看着他，他就知道了，这确确实实是在叫他呢。

那天，陈士德也喝了不少的酒。听了红卫兵们叫他陈士德，听见不让他再出去喊预防煤气中毒的话，他心里感觉到了一点难过。陈士德抬起头看了看围着他的中学生们，迷迷糊糊的眼睛里看到了好些熟悉的小脸儿，那些熟悉的小脸，就是头几年曾经喊他"陈爸"的那些孩子。可今天那些个小脸儿啊，全都紧紧儿地板着，上边没有一丁点儿的笑模样不说，每个人的胳膊上还带着个红布箍儿，有的孩子手里还都攥着一条棉线编织的军用武装皮带。看着眼前的一切，肚子里有了酒的陈士德就唉地长出了一口气，摇着头说，不喊了，不喊了。不让我喊，我就不出去喊了。

听见陈士德说不喊了，红卫兵们就挥舞着年轻的，却非常有力量的胳膊，喊起了革命的口号。

不让喊，陈士德就不喊了，也不敢喊了。不敢喊了，他心里那一点乐儿，也就没有了。每天蹬车回来，他就只剩下喝酒和睡觉。

其实，陈士德觉得自己每天这么喊一喊，是和老街坊的一种联络，也是自己情感的寄托。再说，他也喊惯了，这抽冷子不让喊了，他还真觉得心里头出了个空儿。除了喝酒，他只有这么一种消遣的方式。他没法像别人那样，在外面受了气，就回家来打孩子骂孩子，或者关上屋门，跟媳妇悄悄地玩一玩有意思的游戏。编写大字报触及人们的灵魂，他更不成，他连自己的名字都写不工整。都喊了十几年了，如今却不让喊了。他弄不明白，这到底是怎么一回子事儿呢？陈士德不明白。

喝着酒，吃着辣椒，陈士德觉得那酒不是酒味儿，连打嗝漾出来的味儿都是"白薯味儿"。辣椒也太辣，辣得他腮帮子都麻木了。

这天晚上，火烛一样的灯光，把陈士德的身形皮影似的打扁了挂在墙角，黑乎乎一个鬼样的轮廓，忽大忽小，忽圆忽扁，不停地在墙角上晃动，演示着他心里的不安分。陈士德对着墙上自己的影子，忽快忽慢地摇晃着秃脑壳，豁牙露齿的嘴就发出了"嘿儿嘿儿嘿儿"的笑声。

陈士德喝了酒，喊这么两声图的是心里痛快，也是借机会出去走走，散散酒气。有些日子没喊了，他感到憋闷，都快憋闷死。每到了夜晚，只要外边一刮大风，他的心就跟着糊在窗户上的高梁纸一块儿呼扇。

今儿个，天儿不好，又下了大雪。他呢，偏偏地摸到了那个喊话的筒子，心里就又呼扇着坐不住了。喝了酒的陈士德感到了兴奋，一种跃跃欲试的冲动笼罩着了他，酒烧得他不断地膨胀，越膨胀他就感觉自己越高大，越觉得自己高大，也就在不知不觉间把自己的身份给忘了。于是，他就出来喊了。喊的仍然是：天寒地冻，预防煤气中毒！——预防煤气中毒啊！天干物燥，防火防盗！预防煤气中毒！——

这天夜里的雪，可大啊，多少年了，也没下过这么大的雪，满世界都是铺天盖地的白色儿。

陈士德摇摇晃晃地在雪地上走着，尽心尽力地喊着。

两寸多厚的积雪在他的脚下"咯吱咯吱，咯吱咯吱"地响。

漫天飘落的雪花，纸钱一样在天地间飞旋着，飞旋着，不断地落在陈士德的头顶上、肩膀上，落在他的脸上、肚子上，慢慢地覆盖着他蜷缩着的身体。

他身体周围的雪慢慢地被洇湿成了深紫色。